Le Bouchon de cristal

Leblanc, Maurice

Publication: 1912

A Propos Leblanc:

Marie Émile Maurice Leblanc, écrivain français né le 11 décembre 1864, à Rouen, et mort le 6 novembre 1941, à Perpignan. Auteur de nombreux romans policiers et d'aventures et créateur du célèbre personnage d'Arsène Lupin, le gentleman-cambrioleur.

On peut visiter la maison de Maurice Leblanc, le Clos Lupin à Étretat, dans la Coine-Maritime. L'aiguille d'Étretat forme d'ailleurs l'un des décors du roman L'Aiguille creuce

Chapitre 1

Arrestation

Les deux barques se balançaient dans l'ombre, attachées au petit môle qui pointait hors du jardin. A travers la brume épaisse, on apercevait çà et là, sur les bords du lac, des fenêtres éclairées. En face, le casino d'Enghien ruisselait de lumière, bien qu'on fût aux derniers jours de septembre. Quelques étoiles apparaissaient entre les nuages. Une brise légère soulevait la surface de l'eau.

Arsène Lupin sortit du kiosque où il fumait une cigarette, et, se penchant au bout du môle :

– Grognard ? Le Ballu ?... vous êtes là ?

Un homme surgit de chacune des barques, et l'un d'eux répondit :

– Oui, patron.

– Préparez-vous, j'entends l'auto qui revient avec Gilbert et Vaucheray.

Il traversa le jardin, fit le tour d'une maison en construction dont on discernait les échafaudages, et entrouvrit avec précaution la porte qui donnait sur l'avenue de Ceinture. Il ne s'était pas trompé : une lueur vive jaillit au tournant, et une grande auto découverte s'arrêta, d'où sautèrent deux hommes vêtus de pardessus au col relevé, et coiffés de casquettes.

C'étaient Gilbert et Vaucheray – Gilbert, un garçon de vingt ou vingt deux ans, le visage sympathique, l'allure souple et puissante – Vaucheray, plus petit, les cheveux grisonnants, la face blême et maladive.

– Eh bien, demanda Lupin, vous l'avez vu, le député ?...

– Oui, patron, répondit Gilbert, nous l'avons aperçu qui prenait le train de sept heures quarante pour Paris, comme nous le savions.

– En ce cas, nous sommes libres d'agir ?

– Entièrement libres. La villa Marie-Thérèse est à notre disposition.

Le chauffeur étant resté sur son siège, Lupin lui dit :

– Ne stationne pas ici. Ça pourrait attirer l'attention. Reviens à neuf heures et demie précises, à temps pour charger la voiture... si toutefois l'expédition ne rate pas.

– Pourquoi voulez-vous que ça rate ? observa Gilbert.

L'auto s'en alla et Lupin, reprenant la route du lac avec ses nouveaux compagnons, répondit :

– Pourquoi ? parce que ce n'est pas moi qui ai préparé le coup, et quand ce n'est pas moi, je n'ai qu'à moitié confiance.

– Bah ! patron, voilà trois ans que je travaille avec vous... Je commence à la connaître !

Oui... mon garçon, tu commences, dit Lupin et c'est justement pourquoi je crains les gaffes... Allons, embarque... Et toi, Vaucheray, prends l'autre bateau... Bien... Maintenant, nagez les enfants... et le moins de bruit possible.

Grognard et Le Ballu, les deux rameurs, piquèrent droit vers la rive opposée, un peu à gauche du casino.

On rencontra d'abord une barque où un homme et une femme se tenaient enlacés et qui glissait à l'aventure ; puis une autre où des gens chantaient à tue-tête. Et ce fut tout.

Lupin se rapprocha de son compagnon et dit à voix basse :

– Dis donc, Gilbert, c'est toi qui as eu l'idée de ce coup-là, ou bien Vaucheray ?

– Ma foi, je ne sais pas trop... il y a des semaines qu'on en parle tous deux.

– C'est que je me méfie de Vaucheray... Un sale caractère... en dessous... Je me demande pourquoi je ne me débarrasse pas de lui...

– Oh ! patron !

– Mais si ! mais si ! c'est un gaillard dangereux... sans compter qu'il doit avoir sur la conscience quelques peccadilles plutôt sérieuses.

Il demeura silencieux un instant, et reprit :

– Ainsi tu es bien sûr d'avoir vu le député Daubrecq ?

– De mes yeux vu, patron.

– Et tu sais qu'il a un rendez-vous à Paris ?

– Il va au théâtre.

– Bien, mais ses domestiques sont restés à sa villa d'Enghien...

– La cuisinière est renvoyée. Quant au valet de chambre Léonard qui est l'homme de confiance du député Daubrecq, il attend son maître à Paris, d'où ils ne peuvent pas revenir avant une heure du matin. Mais...

– Mais ?

– Nous devons compter sur un caprice possible de Daubrecq, sur un changement d'humeur, sur un retour inopiné et, par conséquent, prendre nos dispositions pour avoir tout fini dans une heure.

Et tu possèdes ces renseignements ?...

– Depuis ce matin. Aussitôt, Vaucheray et moi nous avons pensé que le moment était favorable. J'ai choisi comme point de départ le jardin de cette maison en construction que nous venons de quitter et qui n'est pas gardée la nuit. J'ai averti deux camarades pour conduire les barques, et je vous ai téléphoné. Voilà toute l'histoire.

– Tu as les clefs ?

– Celles du perron.

– C'est bien la villa qu'on discerne là-bas, entourée d'un parc ?

– Oui, la villa Marie-Thérèse, et comme les deux autres, dont les jardins l'encadrent, ne sont plus habitées depuis une semaine, nous avons tout le temps de déménager ce qu'il nous plaît, et je vous jure, patron, que ça en vaut la peine.

Lupin marmotta :

– Beaucoup trop commode, l'aventure. Aucun charme.

Ils abordèrent dans une petite anse d'où s'élevaient, à l'abri d'un toit vermoulu, quelques marches de pierre. Lupin jugea que le transbordement des meubles serait facile. Mais il dit soudain :

Il y a du monde à la villa. Tenez... une lumière.

– C'est un bec de gaz, patron.., la lumière ne bouge pas...

Grognard resta près des barques, avec mission de faire le guet, tandis que Le Ballu, l'autre rameur, se rendait à la grille de l'avenue de Ceinture et que Lupin et ses deux compagnons rampaient dans l'ombre jusqu'au bas du perron.

Gilbert monta le premier. Ayant cherché à tâtons, il introduisit d'abord la clef de la serrure, puis celle du verrou de sûreté.

Toutes deux fonctionnèrent aisément, de sorte que le battant put être entrebâillé et livra passage aux trois hommes.

Dans le vestibule, un bec de gaz flambait.

– Vous voyez, patron.... dit Gilbert.

– Oui, oui..., dit Lupin, à voix basse, mais il me semble que la lumière qui brillait ne venait pas de là.

– D'où alors ?

– Ma foi, je n'en sais rien... Le salon est ici ?

– Non, répondit Gilbert, qui ne craignait pas de parler un peu fort non, par précaution il a tout réuni au premier étage, dans sa chambre et dans les chambres voisines.

– Et l'escalier ?

– A droite, derrière le rideau.

Lupin se dirigea vers ce rideau, et déjà, il écartait l'étoffe quand, tout à coup, à quatre pas sur la gauche, une porte s'ouvrit, et une tête apparut, une tête d'homme blême, avec des yeux d'épouvante.

– Au secours ! à l'assassin hurla-t-il.

Et précipitamment, il rentra dans la pièce.

– C'est Léonard ! le domestique cria Gilbert.

– S'il fait des manières, je l'abats, gronda Vaucheray.

– Tu vas nous fiche la paix, Vaucheray, hein ? ordonna Lupin, qui s'élançait à la poursuite du domestique.

Il traversa d'abord une salle à manger, où il y avait encore, auprès d'une lampe, des assiettes et une bouteille, et il retrouva Léonard au fond d'un office dont il essayait vainement d'ouvrir la fenêtre.

– Ne bouge pas, l'artiste ! Pas de blague !... Ah la brute !

Il s'était abattu à terre, d'un geste, en voyant Léonard lever le bras vers lui. Trois détonations furent jetées dans la pénombre de l'office, puis le domestique bascula, saisi aux jambes par Lupin qui lui arracha son arme et l'étreignit à la gorge.

– Sacrée brute, va ! grogna-t-il... Un peu plus, il me démolissait... Vaucheray, ligote-moi ce gentilhomme.

Avec sa lanterne de poche, il éclaira le visage du domestique et ricana :

– Pas joli, le monsieur... Tu ne dois pas avoir la conscience très nette, Léonard ; d'ailleurs, pour être le larbin du député

Daubrecq... Tu as fini, Vaucheray ? Je voudrais bien ne pas moisir ici !

– Aucun danger, patron, dit Gilbert.

– Ah vraiment... et le coup de feu, tu crois que ça ne s'entend pas ?...

– Absolument impossible.

– N'importe ! il s'agit de faire vite. Vaucheray, prends la lampe et montons.

Il empoigna le bras de Gilbert, et l'entraînant vers le premier étage :

– Imbécile ! c'est comme ça que tu t'informes ? Avais-je raison de me méfier ?

– Voyons, patron, je ne pouvais pas savoir qu'il changerait d'avis et reviendrait dîner.

– On doit tout savoir, quand on a l'honneur de cambrioler les gens. Mazette, je vous retiens, Vaucheray et toi... Vous avez le chic...

La vue des meubles, au premier étage, apaisa Lupin, et, commençant l'inventaire avec une satisfaction d'amateur qui vient de s'offrir quelques objets d'art :

– Bigre ! peu de chose, mais du nanan. Ce représentant du peuple ne manque pas de goût... Quatre fauteuils d'Aubusson... un secrétaire signé, je gage, Percier-Fontaine... deux appliques de Gouttières... un vrai Fragonard, et un faux Nattier qu'un milliardaire américain avalerait tout cru... Bref, une fortune. Et il y a des grincheux qui prétendent qu'on ne trouve plus rien d'authentique. Crebleu ! qu'ils fassent comme moi ! Qu'ils cherchent !

Gilbert et Vaucheray, sur l'ordre de Lupin, et d'après ses indications, procédèrent aussitôt à l'enlèvement méthodique des plus gros meubles. Au bout d'une demi-heure, la première barque étant remplie, il fut décidé que Grognard et Le Ballu partiraient en avant et commenceraient le chargement de l'auto.

Lupin surveilla leur départ. En revenant à la maison, il lui sembla, comme il passait dans le vestibule, entendre un bruit de paroles, du côté de l'office. Il s'y rendit. Léonard était bien seul, couché à plat ventre, et les mains liées derrière le dos.

– C'est donc toi qui grognes, larbin de confiance ? T'émeus pas. C'est presque fini. Seulement, si tu criais trop fort, tu nous obligerais à prendre des mesures plus sévères... Aimes-tu les poires ? On t'en collerait une, d'angoisse...

Au moment de remonter, il entendit de nouveau le même bruit de paroles et, ayant prêté l'oreille, il perçut ces mots prononcés d'une voix rauque et gémissante et qui venaient, en toute certitude, de l'office.

– Au secours !... à l'assassin !... au secours !... on va me tuer... qu'on avertisse le commissaire ! ...

– Complètement loufoque, le bonhomme murmura Lupin. Sapristi ... déranger la police à neuf heures du soir, quelle indiscrétion ! ...

Il se remit à l'œuvre. Cela dura plus longtemps qu'il ne le pensait, car on découvrait dans les armoires des bibelots de valeur qu'il eût été malséant de dédaigner, et, d'autre part, Vaucheray et Gilbert apportaient à leurs investigations une minutie qui le déconcertait.

A la fin, il s'impatienta.

– Assez ! ordonna-t-il. Pour les quelques rossignols qui restent, nous n'allons pas gâcher l'affaire et laisser l'auto en station. J'embarque.

Ils se trouvaient alors au bord de l'eau, et Lupin descendait l'escalier. Gilbert le retint.

– Écoutez, patron, il nous faut un voyage de plus... cinq minutes, pas davantage.

– Mais pourquoi, que diantre !

– Voilà... On nous a parlé d'un reliquaire ancien... quelque chose d'épatant...

– Eh bien ?

– Impossible de mettre la main dessus. Et je pense à l'office... Il y a là un placard à grosse serrure... vous comprenez bien que nous ne pouvons pas...

Il retournait déjà vers le perron. Vaucheray s'élança également.

– Dix minutes... pas une de plus, leur cria Lupin. Dans dix minutes, moi, je me défile.

Mais les dix minutes s'écoulèrent, et il attendait encore.

Il consulta sa montre.

– Neuf heures et quart... c'est de la folie, se dit-il.

En outre, il songeait que, durant tout ce déménagement, Gilbert et Vaucheray s'étaient conduits de façon assez bizarre, ne se quittant pas et semblant se surveiller l'un l'autre. Que se passait-il donc ?

Insensiblement, Lupin retournait à la maison, poussé par une inquiétude qu'il ne s'expliquait pas, et, en même temps, il écoutait une rumeur sourde qui s'élevait au loin, du côté d'Enghien, et qui paraissait se rapprocher... Des promeneurs sans doute...

Vivement il donna un coup de sifflet, puis il se dirigea vers la grille principale, pour jeter un coup d'œil aux environs de l'avenue. Mais soudain, comme il tirait le battant, une détonation retentit, suivie d'un hurlement de douleur. Il revint en courant, fit le tour de la maison, escalada le perron et se rua vers la salle à manger.

– Sacré tonnerre ! qu'est-ce que vous fichez là, tous les deux ?

Gilbert et Vaucheray, mêlés dans un corps à corps furieux, roulaient sur le parquet avec des cris de rage. Leurs habits dégouttaient de sang. Lupin bondit. Mais déjà Gilbert avait terrassé son adversaire et lui arrachait de la main un objet que Lupin n'eut pas le temps de distinguer. Vaucheray, d'ailleurs, qui perdait du sang par une blessure à l'épaule, s'évanouit.

– Qui l'a blessé ? Toi, Gilbert ? demanda Lupin exaspéré.

– Non... Léonard.

– Léonard ! il était attaché...

– Il avait défait ses liens et repris son revolver.

– La canaille ! où est-il ?

Lupin saisit la lampe et passa dans l'office.

Le domestique gisait sur le dos, les bras en croix, un poignard planté dans la gorge, la face livide. Un filet rouge coulait de sa bouche.

– Ah ! balbutia Lupin, après l'avoir examiné... il est mort !

– Vous croyez... Vous croyez... fit Gilbert, d'une voix tremblante.

– Mort, je te dis.

Gilbert bredouilla :

– C'est Vaucheray... qui l'a frappé...

Pâle de colère, Lupin l'empoigna.

– C'est Vaucheray... et toi aussi, gredin puisque tu étais là, et que tu as laissé faire... Du sang ! du sang ! vous savez bien que je n'en veux pas. On se laisse tuer, plutôt. Ah ! tant pis pour vous, les gaillards... vous paierez la casse s'il y a lieu. Et ça coûte cher... Gare la Veuve !

La vue du cadavre le bouleversait et, secouant brutalement Gilbert :

– Pourquoi ? ... pourquoi Vaucheray l'a-t-il tué ?

– Il voulait le fouiller et lui prendre la clef du placard. Quand il s'est penché sur lui, il a vu que l'autre s'était délié les bras... Il a eu peur... et il a frappé.

– Mais le coup de revolver ?

– C'est Léonard... il avait l'arme à la main... Avant de mourir il a encore eu la force de viser...

– Et la clef du placard ?

– Vaucheray l'a prise...

– Il a ouvert ?

– Oui.

– Et il a trouvé ?

– Oui.

– Et toi, tu as voulu lui arracher l'objet ?... Le reliquaire ? non, c'était plus petit... Alors, quoi ? réponds donc...

Au silence, à l'expression résolue de Gilbert, il comprit qu'il n'obtiendrait pas de réponse. Avec un geste de menace, il articula :

– Tu causeras, mon bonhomme. Foi de Lupin, je te ferai cracher ta confession. Mais, pour l'instant, il s'agit de déguerpir. Tiens, aide-moi... nous allons embarquer Vaucheray...

Ils étaient revenus vers la salle, et Gilbert se penchait au-dessus du blessé, quand Lupin l'arrêta :

– Écoute !

Ils échangèrent un même regard d'inquiétude. On parlait dans l'office... une voix très basse, étrange, très lointaine... Pourtant, ils s'en assurèrent aussitôt, il n'y avait personne dans la pièce, personne que le mort dont ils voyaient la silhouette sombre.

Et la voix parla de nouveau, tour à tour aiguë, étouffée, chevrotante, inégale, criarde, terrifiante. Elle prononçait des mots indistincts, des syllabes interrompues.

Lupin sentit que son crâne se couvrait de sueur. Qu'était-ce que cette voix incohérente, mystérieuse comme une voix d'outre-tombe ?

Il s'était baissé sur le domestique. La voix se tut, puis recommença. Éclairé-nous mieux, dit-il à Gilbert.

Il tremblait un peu, agité par une peur nerveuse qu'il ne pouvait dominer, car aucun doute n'était possible Gilbert ayant enlevé l'abat-jour, il constata que la voix sortait du cadavre même, sans qu'un soubresaut en remuât la masse inerte, sans que la bouche sanglante eût un frémissement.

– Patron, j'ai la frousse, bégaya Gilbert.

Le même bruit encore, le même chuchotement nasillard.

Lupin éclata de rire, et rapidement, il saisit le cadavre et le déplaça.

– Parfait dit-il en apercevant un objet de métal brillant... Parfait nous y sommes... Eh bien, vrai, j'y ai mis le temps !

C'était, à la place même qu'il avait découverte, le cornet récepteur d'un appareil téléphonique dont le fil remontait jusqu'au poste fixé dans le mur, à la hauteur habituelle.

Lupin appliqua ce récepteur contre son oreille. Presque aussitôt le bruit recommença, mais un bruit multiple, composé d'appels divers, d'interjections, de clameurs entrecroisées, le bruit que font plusieurs personnes qui s'interpellent.

– Êtes-vous là ?... Il ne répond plus... C'est horrible.., On l'aura tué... Êtes-vous là ?... Qu 'y a t-il ?... Du courage... Le secours est en marche... des agents... des soldats...

– Crédieu ! fit Lupin, qui lâcha le récepteur.

En une vision effrayante, la vérité lui apparaissait. Tout au début, et tandis que le déménagement s'effectuait, Léonard, dont les liens n'étaient pas rigides, avait réussi à se dresser, à décrocher le récepteur, probablement avec ses dents, à le faire tomber et à demander du secours au bureau téléphonique d'Enghien.

Et c'était là les paroles que Lupin avait surprises une fois déjà, après le départ de la première barque « Au secours... à l'assassin ! On va me tuer... »

Et c'était là maintenant la réponse du bureau téléphonique. La police accourait. Et Lupin se rappelait les rumeurs qu'il avait perçues du jardin, quatre ou cinq minutes auparavant tout au plus.

– La police... sauve qui peut, proféra-t-il en se ruant à travers la salle à manger.

Gilbert objecta :

– Et Vaucheray ?

– Tant pis pour lui.

Mais Vaucheray, sorti de sa torpeur, le supplia au passage :

– Patron, vous n'allez pas me lâcher comme ça !

Lupin s'arrêta, malgré le péril, et, avec l'assistance de Gilbert, il soulevait le blessé, quand un tumulte se produisit dehors.

– Trop tard dit-il.

A ce moment, des coups ébranlèrent la porte du vestibule qui donnait sur la façade postérieure. Il courut à la porte du perron : des hommes avaient déjà contourné la maison et se précipitaient. Peut-être aurait-il réussi à prendre de l'avance et à gagner le bord de l'eau ainsi que Gilbert. Mais comment s'embarquer et fuir sous le feu de l'ennemi ?

Il ferma et mit le verrou.

– Nous sommes cernés... fichus... bredouilla Gilbert.

– Tais-toi, dit Lupin.

– Mais ils nous ont vus, patron. Tenez les voilà qui frappent.

– Tais-toi, répéta Lupin... Pas un mot... Pas un geste.

Lui-même demeurait impassible, le visage absolument calme, l'attitude pensive de quelqu'un qui a tous les loisirs nécessaires pour examiner une situation délicate sous toutes ses faces. Il se trouvait à l'un de ces instants qu'il appelait les minutes supérieures de la vie, celles qui seulement donnent à l'existence sa valeur et son prix. En cette occurrence, et quelle que fût la menace du danger, il commençait toujours par compter en lui-même et lentement : « un... deux... trois... quatre... cinq... six », jusqu'à ce que le battement de son cœur redevînt normal et régulier. Alors seulement, il réfléchissait, mais avec quelle acuité ! avec quelle puissance formidable ! avec quelle intuition profonde des événements possibles ! Toutes les données du problème se présentaient à son esprit. Il prévoyait tout, il admettait tout. Et il prenait sa résolution en toute logique et en toute certitude.

Après trente ou quarante secondes, tandis que l'on cognait aux portes et que l'on crochetait les serrures, il dit à son compagnon :

– Suis-moi.

Il rentra dans le salon et poussa doucement la croisée et les persiennes d'une fenêtre qui s'ouvrait sur le côté. Des gens allaient et venaient, rendant la fuite impraticable. Alors il se mit à crier de toutes ses forces et d'une voix essoufflée :

– Par ici !... A l'aide !... Je les tiens... Par ici !

Il braqua son revolver et tira deux coups dans les branches des arbres. Puis il revint à Vaucheray, se pencha sur lui et se barbouilla les mains et le visage avec le sang de la blessure. Enfin se retournant contre Gilbert brutalement, il le saisit aux épaules et le renversa.

– Qu'est-ce que vous voulez, patron ? En voilà une idée !

– Laisse-toi faire, scanda Lupin d'un ton impérieux, je réponds de tout... je réponds de vous deux... Laisse-toi faire... Je vous sortirai de prison... Mais, pour cela, il faut que je sois libre.

On s'agitait, on appelait au-dessous de la fenêtre ouverte.

– Par ici, cria-t-il... je les tiens ! à l'aide !

Et, tout bas, tranquillement :

– Réfléchis bien... As-tu quelque chose à me dire ?... une communication qui puisse nous être utile...

Gilbert se débattait, furieux, trop bouleversé pour comprendre le plan de Lupin. Vaucheray, plus perspicace, et qui d'ailleurs à cause de sa blessure avait abandonné tout espoir de fuite, Vaucheray ricana :

– Laisse-toi faire, idiot... Pourvu que le patron se tire des pattes... c'est-y pas l'essentiel ?

Brusquement, Lupin se rappela l'objet que Gilbert avait mis dans sa poche après l'avoir repris à Vaucheray. A son tour, il voulut s'en saisir.

– Ah ça, jamais ! grinça Gilbert qui parvint à se dégager.

Lupin le terrassa de nouveau. Mais subitement, comme deux hommes surgissaient à la fenêtre, Gilbert céda et, passant l'objet à Lupin qui l'empocha sans le regarder, murmura :

– Tenez, patron, voilà... je vous expliquerai.., vous pouvez être sûr que...

Il n'eut pas le temps d'achever... Deux agents, et d'autres qui les suivaient, et des soldats qui pénétraient par toutes les issues, arrivaient au secours de Lupin.

Gilbert fut aussitôt maintenu et lié solidement. Lupin se releva.

– Ce n'est pas dommage, dit-il, le bougre m'a donné assez de mal j'ai blessé l'autre, mais celui-là...

En hâte le commissaire de police lui demanda :

– Vous avez vu le domestique ? est-ce qu'ils l'ont tué ?

– Je ne sais pas, répliqua-t-il.

– Vous ne savez pas ?...

– Dame ! je suis venu d'Enghien avec vous tous, à la nouvelle du meurtre. Seulement, tandis que vous faisiez le tour à gauche de la maison, moi je faisais le tour à droite. Il y avait une fenêtre ouverte. J'y suis monté au moment même où ces deux bandits voulaient descendre. J'ai tiré sur celui-ci – il désigna Vaucheray – et j'ai empoigné son camarade.

Comment eût-on pu le soupçonner ? Il était couvert de sang. C'est lui qui livrait les assassins du domestique. Dix personnes avaient vu le dénouement du combat héroïque livré par lui.

D'ailleurs le tumulte était trop grand pour qu'on prît la peine de raisonner ou qu'on perdît son temps à concevoir des doutes. Dans le premier désarroi, les gens du pays envahissaient la villa. Tout le monde s'affolait. On courait de tous côtés, en haut, en bas, jusqu'à la cave. On s'interpellait. On criait, et nul ne songeait à contrôler les affirmations si vraisemblables de Lupin.

Cependant la découverte du cadavre dans l'office rendit au commissaire le sentiment de sa responsabilité. Il donna des ordres à la grille afin que personne ne pût entrer ou sortir. Puis, sans plus tarder, il examina les lieux et commença l'enquête.

Vaucheray donna son nom. Gilbert refusa de donner le sien, sous prétexte qu'il ne parlerait qu'en présence d'un avocat. Mais comme on l'accusait du crime il dénonça Vaucheray, lequel se défendit en l'attaquant, et tous deux péroraient à la fois, avec le désir évident d'accaparer l'attention du commissaire. Lorsque celui-ci se retourna vers Lupin pour invoquer son témoignage, il constata que l'inconnu n'était plus là.

Sans aucune défiance, il dit à l'un des agents :

– Prévenez donc ce monsieur que je désire lui poser quelques questions.

On chercha le monsieur. Quelqu'un l'avait vu sur le perron allumant une cigarette. On sut alors qu'il avait offert des cigarettes à un groupe de soldats, et qu'il s'était éloigné vers le lac, en disant qu'on l'appelât en cas de besoin.

On l'appela, personne ne répondit.

Mais un soldat accourut. Le monsieur venait de monter dans une barque et faisait force de rames.

Le commissaire regarda Gilbert et comprit qu'il avait été roulé.

– Qu'on l'arrête cria-t-il... Qu'on tire dessus ! C'est un complice...

Lui-même s'élança, suivi de deux agents, tandis que les autres demeuraient auprès des captifs. De la berge, il aperçut, à une centaine de mètres, le monsieur qui dans l'ombre faisait des salutations avec son chapeau.

Vainement un des agents déchargea son revolver.

La brise apporta un bruit de paroles. Le monsieur chantait, tout en ramant :

Va petit mousse

Le vent te pousse...

Mais le commissaire avisa une barque, attachée au môle de la propriété voisine. On réussit à franchir la haie qui séparait les deux jardins et, après avoir prescrit aux soldats de sur-veiller les rives du lac et d'appréhender le fugitif s'il cherchait à atterrir, le commissaire et deux de ses hommes se mirent à sa poursuite.

C'était chose assez facile, car, à la clarté intermittente de la lune, on pouvait discerner ses évolutions, et se rendre compte qu'il essayait de traverser le lac en obliquant toutefois vers la droite, c'est-à-dire vers le village de Saint-Gratien.

Aussitôt, d'ailleurs, le commissaire constata que, avec l'aide de ses hommes, et grâce peut-être à la légèreté de son embar-cation, il gagnait de vitesse. En dix minutes il rattrapa la moitié de l'intervalle.

– Ça y est, dit-il, nous n'avons même pas besoin des fantas-sins pour l'empêcher d'aborder. J'ai bien envie de connaître ce type-là. Il ne manque pas d'un certain culot.

Ce qu'il y avait de plus bizarre, c'est que la distance dimi-nuait dans des proportions anormales, comme si le fuyard se fût découragé en comprenant l'inutilité de la lutte. Les agents redoublaient d'efforts. La barque glissait sur l'eau avec une ex-trême rapidité. Encore une centaine de mètres tout au plus, et l'on atteignait l'homme.

– Halte ! commanda le commissaire.

L'ennemi, dont on distinguait la silhouette accroupie, ne bougeait pas. Les rames s'en allaient à vau-l'eau. Et cette immobilité avait quelque chose d'inquiétant. Un bandit de cette espèce pouvait fort bien attendre les agresseurs, vendre chèrement sa vie et même les démolir à coups de feu avant qu'ils ne pussent l'attaquer.

– Rends-toi ! cria le commissaire...

La nuit était obscure à ce moment. Les trois hommes s'abattirent au fond de leur canot, car il leur avait semblé surprendre un geste de menace.

La barque emportée par son élan, approchait de l'autre.

Le commissaire grogna :

– Nous n'allons pas nous laisser canarder. Tirons dessus, vous êtes prêts ?

Et il cria de nouveau :

– Rends-toi.., sinon...

Pas de réponse.

L'ennemi ne remuait pas.

– Rends-toi... Bas les armes... Tu ne veux pas ?... Alors, tant pis... Je compte... Une... Deux...

Les agents n'attendirent pas le commandement. Ils tirèrent, et aussitôt, se courbant sur leurs avirons, donnèrent à la barque une impulsion si vigoureuse que, en quelques brassées, elle atteignit le but.

Revolver au poing, attentif au moindre mouvement, le commissaire veillait.

Il tendit les bras.

– Un geste, et je te casse la tête.

Mais l'ennemi ne fit aucun geste, et le commissaire, quand l'abordage eut lieu, et que les deux hommes, lâchant leurs rames, se préparèrent à l'assaut redoutable, le commissaire comprit la raison de cette attitude passive : il n'y avait personne dans le canot. L'ennemi s'était enfui à la nage, laissant aux mains du vainqueur un certain nombre des objets cambriolés, dont l'amoncellement, surmonté d'une veste et d'un chapeau melon, pouvait à la grande rigueur, dans les demi-ténèbres, figurer la silhouette confuse d'un individu.

A la lueur d'allumettes, on examina les dépouilles de l'ennemi. Aucune initiale n'était gravée à l'intérieur du chapeau. La veste ne contenait ni papiers ni portefeuille. Cependant on fit une découverte qui devait donner à l'affaire un retentissement considérable et influer terriblement sur le sort de Gilbert et de Vaucheray c'était, dans une des poches, une carte oubliée par le fugitif, la carte d'Arsène Lupin.

A peu près au même moment, tandis que la police, remorquant le vaisseau capturé, continuait de vagues recherches, et que, échelonnés sur la rive, inactifs, les soldats écarquillaient les yeux pour tâcher de voir les péripéties du combat naval, ledit Arsène Lupin abordait tranquillement à l'endroit même qu'il avait quitté deux heures auparavant.

Il y fut accueilli par ses deux autres complices, Grognard et Le Ballu, leur jeta quelques explications en toute hâte, s'installa dans l'automobile parmi les fauteuils et les bibelots du député Daubrecq, s'enveloppa de fourrures et se fit conduire par les routes désertes, jusqu'à son garde-meuble de Neuilly, où il laissa le chauffeur. Un taxi le ramena dans Paris et l'arrêta près de Saint-Philippe-du-Roule.

Il possédait non loin de là, rue Matignon, à l'insu de toute sa bande, sauf de Gilbert, un entresol avec sortie personnelle.

Ce ne fut pas sans plaisir qu'il se changea et se frictionna. Car, malgré son tempérament robuste, il était transi. Comme chaque soir en se couchant, il vida sur la cheminée le contenu de ses poches. Alors seulement il remarqua, près de son portefeuille et de ses clefs, l'objet que Gilbert à la dernière minute, lui avait glissé dans les mains.

Et il fut très surpris. C'était un bouchon de carafe, un petit bouchon en cristal, comme on en met aux flacons destinés aux liqueurs. Et ce bouchon de cristal n'avait rien de particulier. Tout au plus Lupin observa-t-il que la tête aux multiples facettes était dorée jusqu'à la gorge centrale. Mais, en vérité, aucun détail ne lui sembla de nature à frapper l'attention.

« Et c'est ce morceau de verre auquel Gilbert et Vaucheray tenaient si opiniâtrement ? Et voilà pourquoi ils ont tué le domestique, pourquoi ils se sont battus, pourquoi ils ont perdu leur temps, pourquoi ils ont risqué la prison... les assises... l'échafaud ?... Bigre, c'est tout de même cocasse ! ... »

Trop las pour s'attarder davantage à l'examen de cette affaire, si passionnante qu'elle lui parût, il reposa le bouchon sur la cheminée et se mit au lit.

Il eut de mauvais rêves. A genoux sur les dalles de leurs cellules, Gilbert et Vaucheray tendaient vers lui des mains éperdues et poussaient des hurlements d'épouvante.

« Au secours !... Au secours ! » criaient-ils.

Mais malgré tous ses efforts il ne pouvait pas bouger. Lui-même était attaché par des liens invisibles. Et tout tremblant, obsédé par une vision monstrueuse, il assista aux funèbres préparatifs, ô la toilette des condamnés, au drame sinistre.

« Bigre ! dit-il, en se réveillant après une série de cauchemars, voilà de bien fâcheux présages. Heureusement que nous ne péchons pas par faiblesse d'esprit ! Sans quoi ... »

Et il ajouta :

« Nous avons là, d'ailleurs, près de nous, un talisman qui, si je m'en rapporte à la conduite de Gilbert et de Vaucheray, suffira, avec l'aide de Lupin, à conjurer le mauvais sort et à faire triompher la bonne cause. Voyons ce bouchon de cristal. »

Il se leva pour prendre l'objet et l'étudier plus attentivement. Un cri lui échappa. Le bouchon de cristal avait disparu...

Chapitre 2

Huit ôtés de neuf, reste un

Il est une chose que, malgré mes bonnes relations avec Lupin et la confiance dont il m'a donné des témoignages si flatteurs, une chose que je n'ai jamais pu percer à fond : c'est l'organisation de sa bande.

L'existence de cette bande ne fait pas de doute. Certaines aventures ne s'expliquent que par la mise en action de dévouements innombrables, d'énergies irrésistibles et de complicités puissantes, toutes forces obéissant à une volonté unique et formidable. Mais comment cette volonté s'exerce-t-elle ? par quels intermédiaires et par quels sous-ordres ? Je l'ignore. Lupin garde son secret et les secrets que Lupin veut garder sont, pour ainsi dire, impénétrables.

La seule hypothèse qu'il me soit permis d'avancer, c'est que cette bande, très restreinte à mon avis, et d'autant plus redoutable, se complète par l'adjonction d'unités indépendantes, d'affiliés provisoires, pris dans tous les mondes et dans tous les pays, et qui sont les agents exécutifs d'une autorité, que souvent ils ne connaissent même pas. Entre eux et le maître, vont et viennent les compagnons, les initiés, les fidèles, ceux qui jouent les premiers rôles sous le commandement direct de Lupin.

Gilbert et Faucheray furent évidemment au nombre de ceux-là. Et c'est pourquoi la justice se montra si implacable à leur égard. Pour la première fois, elle tenait des complices de Lupin, des complices avérés, indiscutables, et ces complices avaient commis un meurtre ! Que ce meurtre fût prémédité, que l'accusation d'assassinat pût être établie sur de fortes preuves, et c'était l'échafaud. Or, comme preuve, il y en avait tout au moins une, évidente : l'appel téléphonique de Léonard, quelques minutes avant sa mort « Au secours, à l'assassin.., ils vont me tuer. » Cet appel désespéré, deux hommes l'avaient entendu, l'employé de service et l'un de ses camarades, qui en témoignèrent catégoriquement. Et c'est à la suite de cet appel que le commissaire de police, aussitôt prévenu, avait pris le chemin de la villa Marie-Thérèse, escorté de ses hommes et d'un groupe de soldats en permission.

Dès les premiers jours Lupin eut la notion exacte du péril. La lutte si violente qu'il avait engagée contre la société entrait dans une phase nouvelle et terrible. La chance tournait. Cette fois il s'agissait d'un meurtre, d'un acte contre lequel lui-même s'insurgeait – et non plus d'un de ces cambriolages amusants où, après avoir refait quelque rastaquouère, quelque financier véreux, il savait mettre les rieurs de son côté et se concilier l'opinion. Cette fois, il ne s'agissait plus d'attaquer, mais de se défendre et de sauver la tête de ses deux compagnons.

Une petite note que j'ai recopiée sur un des carnets où il expose le plus souvent et résume les situations qui l'embarrassent, nous montre la suite de ses réflexions :

« Tout d'abord une certitude Gilbert et Vaucheray se sont joués de moi. L'expédition d'Enghien, en apparence destinée au cambriolage de la villa Marie-Thérèse, avait un but caché. Pendant toutes les opérations, ce but les obséda, et, sous les meubles comme au fond des placards ils ne cherchaient qu'une chose, et rien d'autre, le bouchon de cristal. Donc, si je veux voir clair dans les ténèbres, il faut avant tout que je sache à quoi m'en tenir là-dessus. Il est certain que, pour des raisons secrètes, ce mystérieux morceau de verre possède à leurs yeux une valeur immense... Et non pas seulement à leurs yeux, puisque, cette nuit, quelqu'un a eu l'audace et l'habileté de s'introduire dans mon appartement pour dérober l'objet en question. »

Ce vol, dont il était victime, intriguait singulièrement Lupin.

Deux problèmes, également insolubles, se posaient à son esprit. D'abord, quel était le mystérieux visiteur ? Gilbert seul, qui avait toute sa confiance et lui servait de secrétaire particulier, connaissait la retraite de la rue Matignon. Or, Gilbert était en prison. Fallait-il supposer que Gilbert, le trahissant, avait envoyé la police à ses trousses ? En ce cas, comment au lieu de l'arrêter, lui, Lupin, se fût-on contenté de prendre le bouchon de cristal ?

Mais il y avait quelque chose de beaucoup plus étrange. En admettant que l'on eût pu forcer les portes de son appartement – et cela, il devait bien l'admettre, quoique nul indice ne le prouvât de quelle façon avait-on réussi à pénétrer dans la chambre ? Comme chaque soir, et selon une habitude dont il ne se départait jamais, il avait tourné la clef et mis le verrou. Pourtant – fait irrécusable – le bouchon de cristal disparaissait sans que la serrure et le verrou eussent été touchés. Et, bien que Lupin se flattât d'avoir l'oreille fine, même pendant son sommeil, aucun bruit ne l'avait réveillé.

Il chercha peu. Il connaissait trop ces sortes d'énigmes pour espérer que celle-ci pût s'éclaircir autrement que par la suite des événements. Mais, très déconcerté, fort inquiet, il ferma aussitôt son entresol de la rue Matignon en se jurant qu'il n'y remettrait pas les pieds.

Et tout de suite il s'occupa de correspondre avec Gilbert et Vaucheray.

De ce côté un nouveau mécompte l'attendait. La justice, bien qu'elle ne pût établir sur des bases sérieuses la complicité de Lupin, avait décidé que l'affaire serait instruite, non pas en Seine-et-Oise, mais à Paris, et rattachée à l'instruction générale ouverte contre Lupin. Aussi Gilbert et Vaucheray furent-ils enfermés à la prison de la Santé. Or, à la Santé comme au Palais de Justice, on comprenait si nettement qu'il fallait empêcher toute communication entre Lupin et les détenus, qu'un ensemble de précautions minutieuses était prescrit par le Préfet de Police et minutieusement observé par les moindres subalternes. Jour et nuit, des agents éprouvés, toujours les mêmes, gardaient Gilbert et Vaucheray et ne les quittaient pas de vue.

Lupin qui, à cette époque, ne s'était pas encore promu – honneur de sa carrière – au poste de chef de la Sûreté, et qui, par conséquent, n'avait pu prendre, au Palais de Justice, les mesures nécessaires à l'exécution de ses plans, Lupin après quinze jours de tentatives infructueuses, dut s'incliner. Il le fit la rage au cœur et avec une inquiétude croissante.

« Le plus difficile dans une affaire, dit-il, souvent ce n'est pas d'aboutir, c'est de débuter. En l'occurrence, par où débuter ? Quel chemin suivre ? »

Il se retourna vers le député Daubrecq, premier possesseur du bouchon de cristal, et qui devait probablement en connaître l'importance. D'autre part, comment Gilbert était-il au courant des faits et des gestes du député Daubrecq ? Quels avaient été ses moyens de surveillance ? Qui l'avait renseigné sur l'endroit où Daubrecq passait la soirée de ce jour ? Autant de questions intéressantes à résoudre.

Tout de suite après le cambriolage de la villa Marie-Thérèse, Daubrecq avait pris ses quartiers d'hiver à Paris, et occupait son hôtel particulier, à gauche de ce petit square Lamartine, qui s'ouvre au bout de l'avenue Victor-Hugo.

Lupin, préalablement camouflé, l'aspect d'un vieux rentier qui flâne, la canne à la main, s'installa dans ces parages, sur les bancs du square et de l'avenue.

Dès le premier jour, une découverte le frappa. Deux hommes, vêtus comme des ouvriers, mais dont les allures indiquaient suffisamment le rôle, surveillaient l'hôtel du député. Quand Daubrecq sortait, ils se mettaient à sa poursuite et revenaient derrière lui. Le soir, sitôt les lumières éteintes, ils s'en allaient.

A son tour, Lupin les fila. C'étaient des agents de la Sûreté.

« Tiens, tiens, se dit-il, voici qui ne manque pas d'imprévu. Le Daubrecq est donc en suspicion ? »

Mais le quatrième jour, à la nuit tombante, les deux hommes furent rejoints par six autres personnages, qui s'entretinrent avec eux dans l'endroit le plus sombre du square Lamartine. Et, parmi ces nouveaux personnages, Lupin fut très étonné de reconnaître, à sa taille et à ses manières, le fameux Prasville, ancien avocat, ancien sportsman, ancien explorateur, actuellement favori de l'Élysée, et, qui, pour des raisons mystérieuses avait été imposé comme secrétaire général de la Préfecture.

Et brusquement Lupin se rappela deux années auparavant, il y avait eu, place du Palais-Bourbon, un pugilat retentissant entre Prasville et le député Daubrecq. La cause, on l'ignorait. Le jour même, Prasville envoyait ses témoins. Daubrecq refusait de se battre.

Quelque temps après, Prasville était nommé secrétaire général.

« Bizarre.., bizarre... », dit Lupin, qui demeura pensif, tout en observant le manège de Prasville.

A sept heures le groupe de Prasville s'éloigna un peu vers l'avenue Henri-Martin. La porte d'un petit jardin qui flanquait l'hôtel vers la droite, livra passage à Daubrecq. Les deux agents lui emboîtèrent le pas, et, comme lui, prirent le tramway de la rue Taitbout.

Aussitôt Prasville traversa le square et sonna. La grille reliait l'hôtel au pavillon de la concierge. Celle-ci vint ouvrir. Il y eut un rapide conciliabule, après lequel Prasville et ses compagnons furent introduits.

« Visite domiciliaire, secrète et illégale, dit Lupin. La stricte politesse eût voulu qu'on me convoquât. Ma présence est indispensable. »

Sans la moindre hésitation, il se rendit à l'hôtel, dont la porte n'était pas fermée, et, passant devant la concierge qui surveillait les alentours, il dit du ton pressé de quelqu'un que l'on attend :

– Ces messieurs sont là ?

– Oui, dans le cabinet de travail.

Son plan était simple : rencontré, il se présentait comme fournisseur. Prétexte inutile. Il put, après avoir franchi un vestibule désert, entrer dans la salle à manger où il n'y avait personne, mais d'où il aperçut par les carreaux d'une baie vitrée qui séparait la salle du cabinet de travail, Prasville et ses cinq compagnons.

Prasville, à l'aide de fausses clefs, forçait tous les tiroirs. Puis il compulsait tous les dossiers, pendant que ses quatre compagnons extrayaient de la bibliothèque chacun des volumes, secouaient les pages et vérifiaient l'intérieur des reliures.

« Décidément, se dit Lupin, c'est un papier que l'on cherche... des billets de banque, peut-être... »

Prasville s'exclama :

– Quelle bêtise ! Nous ne trouvons rien...

Mais sans doute ne renonçait-il pas à trouver, car il saisit tout à coup les quatre flacons d'une cave à liqueur ancienne, ôta les quatre bouchons et les examina.

« Allons bon pensa Lupin, le voilà qui s'attaque, lui aussi, à des bouchons de carafe. Il ne s'agit donc pas d'un papier ? Vrai, je n'y comprends plus rien. »

Ensuite Prasville souleva et scruta divers objets, et il dit :

– Combien de fois êtes-vous venus ici ?

– Six fois l'hiver dernier, lui fut-il répondu.

– Et vous avez visité à fond ? Chacune des pièces, et pendant des jours entiers, puisqu'il était en tournée électorale.

– Cependant... cependant...

Et il reprit :

– Il n'a donc pas de domestique, pour l'instant ?

– Non, il en cherche. Il mange au restaurant, et la concierge entretient le ménage tant bien que mal. Cette femme nous est toute dévouée...

Durant près d'une heure et demie, Prasville s'obstina dans ses investigations, dérangeant et palpant tous les bibelots, mais en ayant soin de reposer chacun d'eux à la place exacte qu'il occupait. A neuf heures, les deux agents qui avaient suivi Daubrecq firent irruption.

– Le voilà qui revient...

– A pied ?

– A pied.

– Nous avons le temps ?

– Oh ! oui !

Sans trop se hâter, Prasville et les hommes de la Préfecture, après avoir jeté un dernier coup d'œil sur la pièce et s'être assurés que rien ne trahissait leur visite, se retirèrent.

La situation devenait critique pour Lupin. Il risquait, en partant, de se heurter à Daubrecq, en demeurant, de ne plus pouvoir sortir. Mais ayant constaté que les fenêtres de la salle à manger lui offraient une sortie directe sur le square, il résolut de rester. D'ailleurs, l'occasion de voir Daubrecq d'un peu près était trop bonne pour qu'il n'en profitât point, et, puisque Daubrecq venait de dîner, il y avait peu de chance pour qu'il entrât dans cette salle.

Il attendit donc, prêt à se dissimuler derrière un rideau de velours qui se tirait au besoin sur la baie vitrée.

Il perçut le bruit des portes. Quelqu'un entra dans le cabinet de travail et ralluma l'électricité. Il reconnut Daubrecq.

C'était un gros homme, trapu, court d'encolure, avec un collier de barbe grise, presque chauve, et qui portait toujours – car il avait les yeux très fatigués – un binocle à verres noirs par dessus ses lunettes.

Lupin remarqua l'énergie du visage, le menton carré, la saillie des os. Les poings étaient velus et massifs, les jambes torses, et il marchait, le dos voûté, en pesant alternativement sur l'une et sur l'autre hanche, ce qui lui donnait un peu l'allure d'un quadrumane. Mais un front énorme, tourmenté, creusé de vallons, hérissé de bosses, surmontait la face.

L'ensemble avait quelque chose de bestial, de répugnant, de sauvage. Lupin se rappela que, à la Chambre, on appelait Daubrecq « l'homme des Bois », et on l'appelait ainsi non pas seulement parce qu'il se tenait à l'écart et ne frayait guère avec ses collègues, mais aussi à cause de son aspect même, de ses façons, de sa démarche, de sa musculature puissante.

Il s'assit devant son bureau, tira de sa poche une pipe en écume, choisit parmi plusieurs paquets de tabac qui séchaient dans un vase, un paquet de maryland, déchira la bande, bourra sa pipe et l'alluma. Puis il se mit à écrire des lettres.

Au bout d'un moment, il suspendit sa besogne et demeura songeur, l'attention fixée sur un point de son bureau.

Vivement il prit une petite boîte à timbres qu'il examina. Ensuite, il vérifia la position de certains objets que Prasville avait touchés et replacés et il les scrutait du regard, les palpait de la main, se penchait sur eux, comme si certains signes, connus de lui seul, eussent pu le renseigner.

A la fin, il saisit la poire d'une sonnerie électrique et pressa le bouton.

Une minute après, la concierge se présentait.

Il lui dit :

– Ils sont venus, n'est-ce pas ?

Et, comme la femme hésitait, il insista :

– Voyons, Clémence, est-ce vous qui avez ouvert cette petite boîte à timbres ?

– Non, monsieur.

– Eh bien, j'en avais cacheté le couvercle avec une bande étroite de papier gommé. Cette bande a été brisée.

– Je peux pourtant certifier, commença la femme...

– Pourquoi mentir, dit-il, puisque je vous ai dit, moi-même, de vous prêter à toutes ces visites ?

– C'est que...

– C'est que vous aimez bien manger aux deux râteliers... Soit... Il lui tendit un billet de cinquante francs et répéta :

– Ils sont venus ?

– Oui, monsieur.

– Les mêmes qu'au printemps ?

– Oui, tous les cinq.., avec un autre... qui les commandait.

– Un grand ?... brun ?...

– Oui.

Lupin vit la mâchoire de Daubrecq qui se contractait, et Daubrecq poursuivit :

– C'est tout ?

– Il en est venu un autre, après eux, qui les a rejoints... et puis, tout à l'heure, deux autres, les deux qui montent ordinairement la faction devant l'hôtel.

– Ils sont restés dans ce cabinet ?

– Oui, monsieur.

– Et ils sont repartis comme j'arrivais ? Quelques minutes avant, peut-être ?

– Oui, monsieur.

– C'est bien.

La femme s'en alla. Daubrecq se remit à sa correspondance. Puis, allongeant le bras, il inscrivit des signes sur un cahier de papier blanc qui se trouvait à l'extrémité de son bureau, et qu'il dressa ensuite, comme s'il eût voulu ne point le perdre de vue.

C'étaient des chiffres. Lupin put lire cette formule de soustraction :

9-8=1

Et Daubrecq, entre ses dents, articulait ces syllabes d'un air attentif.

– Pas le moindre doute, dit-il à haute voix.

Il écrivit encore une lettre, très courte, et, sur l'enveloppe, il traça cette adresse que Lupin déchiffra quand la lettre fut posée près du cahier de papier.

« Monsieur Prasville, secrétaire général de la Préfecture. »

Puis il sonna de nouveau.

– Clémence, dit-il à la concierge, est-ce que vous avez été à l'école dans votre jeune âge ?

– Dame, oui ! monsieur.

– Et l'on vous a enseigné le calcul ?

– Mais, monsieur...

– C'est que vous n'êtes pas très forte en soustraction.

– Pourquoi donc ?

– Parce que vous ignorez que neuf moins huit égale un, et cela, vous voyez, c'est d'une importance capitale. Pas d'existence possible si vous ignorez cette vérité première.

Tout en parlant, il s'était levé et faisait le tour de la pièce, les mains au dos, et en se balançant sur ses hanches. Il le fit encore une fois. Puis, s'arrêtant devant la salle à manger, il ouvrit la porte.

– Le problème, d'ailleurs, peut s'énoncer autrement, dit-il. Qui de neuf ôte huit, reste un. Et celui qui reste, le voilà, hein ? l'opération est juste, et monsieur, n'est-il pas vrai ? nous en fournit une preuve éclatante.

Il tapotait le rideau de velours dans les plis duquel Lupin s'était vivement enveloppé.

– En vérité, monsieur, vous devez étouffer là-dessous ? Sans compter que j'aurais pu me divertir à transpercer ce rideau à coups de dague... Rappelez-vous le délire d'Hamlet et la mort de Polonius... « C'est un rat, vous dis-je, un gros rat... » Allons, monsieur Polonius, sortez de votre trou.

C'était là une de ces postures dont Lupin n'avait pas l'habitude et qu'il exécrait. Prendre les autres au piège et se payer leur tête, il l'admettait, mais non point qu'on se gaussât de lui et qu'on s'esclaffât à ses dépens. Pourtant pouvait-il riposter ?

– Un peu pâle, monsieur Polonius... Tiens, mais, c'est le bon bourgeois qui fait le pied de grue dans le square depuis quelques jours ! De la police aussi, monsieur Polonius ? Allons, remettez-vous, je ne vous veux aucun mal... Mais vous voyez, Clémence, la justesse de mon calcul. Il est entré ici, selon vous, neuf mouchards. Moi, en revenant, j'en ai compté, de loin, sur l'avenue, une bande de huit. Huit ôtés de neuf reste un, lequel évidemment était resté ici en observation. Ecce Homo.

– Et après ? dit Lupin, qui avait une envie folle de sauter sur le personnage et de le réduire au silence.

– Après ? Mais rien du tout, mon brave. Que voulez-vous de plus ? La comédie est finie. Je vous demanderai seulement de porter au sieur Prasville, votre maître, cette petite missive que je viens de lui écrire. Clémence, veuillez montrer le chemin à M. Polonius. Et, si jamais il se présente, ouvrez-lui les portes toutes grandes. Vous êtes ici chez vous, monsieur Polonius. Votre serviteur...

Lupin hésita. Il eût voulu le prendre de haut, et lancer une phrase d'adieu, un mot de la fin, comme on en lance au théâtre du fond de la scène, pour se ménager d'une belle sortie et disparaître tout au moins avec les honneurs de la guerre. Mais sa défaite était si pitoyable qu'il ne trouva rien de mieux que d'enfoncer son chapeau sur la tête, d'un coup de poing, et de suivre la concierge en frappant des pieds. La revanche était maigre.

– Bougre de coquin ! cria-t-il une fois dehors et en se retournant vers les fenêtres de Daubrecq. Misérable ! Canaille ! Député ! Tu me la paieras, celle-là ... Ah ! monsieur se permet... Ah monsieur a le culot... Eh bien, je te jure Dieu, monsieur, qu'un jour ou l'autre...

Il écumait de rage, d'autant que, au fond de lui, il reconnaissait la force de cet ennemi nouveau, et qu'il ne pouvait nier la maîtrise déployée en cette affaire.

Le flegme de Daubrecq, l'assurance avec laquelle il roulait les fonctionnaires de la Préfecture, le mépris avec lequel il se prêtait aux visites de son appartement, et, par-dessus tout, son sang-froid admirable, sa désinvolture et l'impertinence de sa conduite en face du neuvième personnage qui l'espionnait, tout cela dénotait un homme de caractère, puissant, équilibré, lucide, audacieux, sûr de lui et des cartes qu'il avait en mains.

Mais quelles étaient ces cartes ? Quelle partie jouait-il ? Qui tenait l'enjeu ? Et jusqu'à quel point se trouvait-on engagé de part et d'autre ? Lupin l'ignorait. Sans rien connaître, tête baissée il se jetait au plus fort de la bataille, entre des adversaires violemment engagés dont il ne savait ni la position, ni les armes, ni les ressources, ni les plans secrets. Car, enfin, il ne pouvait admettre que le but de tant d'efforts fût la possession d'un bouchon de cristal !

Une seule chose le réjouissait Daubrecq ne l'avait pas démasqué. Daubrecq le croyait inféodé à la police. Ni Daubrecq, ni la police par conséquent, ne soupçonnaient l'intrusion dans l'affaire d'un troisième larron. C'était son unique atout, atout qui lui donnait une liberté d'action à laquelle il attachait une importance extrême.

Sans plus tarder, il décacheta la lettre que Daubrecq lui avait remise pour le secrétaire général de la Préfecture. Elle contenait ces quelques lignes :

« A portée de ta main, mon bon Prasville... Tu l'as touché. Un peu plus, et ça y était... mais tu es trop bête. Et dire qu'on n'a pas trouvé mieux que toi pour me faire mordre la poussière. Pauvre France ! Au revoir, Prasville. Mais si je te pince sur le fait, tant pis pour toi, je tire.

« Signé : DAUBRECQ. »

« A portée de la main... se répéta Lupin, après avoir lu. Ce drôle écrit peut-être la vérité. Les cachettes les plus élémentaires sont les plus sûres. Tout de même, tout de même, il faudra que nous voyions cela... Et il faudra voir aussi pourquoi ce Daubrecq est l'objet d'une surveillance si étroite, et de se documenter quelque peu sur l'individu. »

Les renseignements que Lupin avait fait prendre, dans une agence spéciale, se résumaient ainsi :

Alexis Daubrecq, député des Bouches-du-Rhône depuis deux ans, siège parmi les indépendants ; opinions assez mal définies, mais situation électorale très solide grâce aux énormes sommes qu'il dépense pour sa candidature. Aucune fortune. Cependant hôtel à Paris, villa à Enghien et à Nice, grosses pertes au jeu, sans qu'on sache d'où vient l'argent. Très influent, obtient ce qu'il veut, quoiqu'il ne fréquente pas les ministères, et ne paraisse avoir ni amitiés, ni relations dans les milieux politiques.

« Fiche commerciale, se dit Lupin en relisant cette note. Ce qu'il me faudrait, c'est une fiche intime, une fiche policière, qui me renseigne sur la vie privée du monsieur, et qui me permette de manœuvrer plus à l'aise dans ces ténèbres et de savoir si je ne patauge pas en m'occupant du Daubrecq. Bigre ! c'est que le temps marche ! »

Un des logis que Lupin habitait à cette époque, et où il revenait le plus souvent, était situé rue Chateaubriand, près de l'Arc de Triomphe. On l'y connaissait sous le nom de Michel Beaumont. Il y avait une installation assez confortable, et un domestique, Achille, qui lui était très dévoué, et dont la besogne consistait à centraliser les communications téléphoniques adressées à Lupin par ses affidés.

Rentré chez lui, Lupin apprit avec un grand étonnement qu'une ouvrière l'attendait depuis une heure au moins.

– Comment ? Mais personne ne vient jamais me voir ici ? Elle est jeune ?

– Non... Je ne crois pas.

– Tu ne crois pas !

– Elle porte une mantille sur la tête, à la place du chapeau, et on ne voit pas sa figure... C'est plutôt une employée... une personne de magasin pas élégante...

– Qui a-t-elle demandé ?

– M. Michel Beaumont, répondit le domestique.

– Bizarre. Et quel motif ?

– Elle m'a dit simplement que cela concernait l'affaire d'Enghien !... Alors, j'ai cru...

– Hein ! l'affaire d'Enghien ! elle sait donc que je suis mêlé à cette affaire !... Elle sait donc qu'en s'adressant ici...

– Je n'ai rien pu obtenir d'elle, mais j'ai cru tout de même qu'il fallait la recevoir.

– Tu as bien fait. Où est-elle ?

– Au salon. J'ai allumé.

Lupin traversa vivement l'antichambre et ouvrit la porte du salon.

– Qu'est-ce que tu chantes ? dit-il à son domestique. Il n'y a personne.

– Personne ? fit Achille qui s'élança. En effet, le salon était vide.

– Oh ! par exemple, celle-là est raide ! s'écria le domestique. Il n'y a pas plus de vingt minutes que je suis revenu voir par précaution. Elle était là. Je n'ai pourtant pas la berlue.

– Voyons, voyons, dit Lupin avec irritation. Où étais-tu pendant que cette femme attendait ?

– Dans le vestibule, patron ! Je n'ai pas quitté le vestibule une seconde ! Je l'aurais bien vue sortir, nom d'un chien !

– Cependant elle n'est plus là...

– Évidemment... évidemment... gémit le domestique, ahuri... Elle aura perdu patience, et elle s'en est allée. Mais je voudrais bien savoir par où, crebleu !

– Par où ? dit Lupin... pas besoin d'être sorcier pour le savoir.

– Comment ?

– Par la fenêtre. Tiens, elle est encore entrebâillée... nous sommes au rez-de-chaussée... la rue est presque toujours déserte, le soir... Il n'y a pas de doute.

Il regardait autour de lui et s'assurait que rien n'avait été enlevé ni dérangé. D'ailleurs, la pièce ne contenait aucun bibelot précieux, aucun papier important, qui eût pu expliquer la visite, puis la disparition soudaine de la femme. Et cependant, pourquoi cette fuite inexplicable ?...

– Il n'y a pas eu de téléphone aujourd'hui ? demanda-t-il.

– Non.

– Pas de lettre ce soir ?

– Si, une lettre par le dernier courrier.

– Donne.

– Je l'ai mise, comme d'habitude, sur la cheminée de monsieur.

La chambre de Lupin était contiguë au salon, mais Lupin avait condamné la porte qui faisait communiquer les deux pièces. Il fallut donc repasser par le vestibule.

Lupin alluma l'électricité et, au bout d'un instant, déclara :

– Je ne vois pas...

– Si... je l'ai posée près de la coupe.

– Il n'y a rien du tout.

– Monsieur cherche mal.

Mais Achille eut beau déplacer la coupe, soulever la pendule, se baisser... la lettre n'était pas là.

– Ah ! crénom... crénom..., murmura-t-il. C'est elle... c'est elle qui l'a volée... et puis quand elle a eu la lettre, elle a fichu le camp... Ah ! la garce...

Lupin objecta :

– Tu es fou Il n'y a pas de communication entre les deux pièces.

– Alors qui voulez-vous que ce soit, patron ?

Ils se turent tous les deux. Lupin s'efforçait de contenir sa colère et de rassembler ses idées.

Il interrogea :

– Tu as examiné cette lettre ?

– Oui !

– Elle n'avait rien de particulier ?

– Rien. Une enveloppe quelconque, avec une adresse au crayon.

– Ah !... au crayon ?

Oui, et comme écrite en hâte, griffonnée plutôt.

– La formule de l'adresse... Tu l'as retenue ? demanda Lupin avec une certaine angoisse.

– Je l'ai retenue parce qu'elle m'a paru drôle...

– Parle ! mais parle donc !

– « Monsieur de Beaumont Michel. »

Lupin secoua vivement son domestique.

– Il y avait « de » Beaumont ? Tu en es sûr ? et « Michel » après Beaumont ?

– Absolument certain.

– Ah ! murmura Lupin d'une voix étranglée... c'était une lettre de Gilbert !

Il demeurait immobile, un peu pâle, et la figure contractée. A n'en point douter, c'était une lettre de Gilbert ! C'était la formule que, sur son ordre, depuis des années, Gilbert employait toujours pour correspondre avec lui. Ayant enfin trouvé, du fond de sa prison – et après quelle attente ! au prix de quelles ruses ! – ayant enfin trouvé le moyen de faire jeter une lettre à la poste, Gilbert avait écrit précipitamment cette lettre. Et voilà qu'on l'interceptait Que contenait-elle ? Quelles instructions donnait le malheureux prisonnier ? Quel secours implorait-il ? Quel stratagème proposait-il ?

Lupin examina la chambre, laquelle, contrairement au salon, contenait des papiers importants. Mais, aucune des serrures n'ayant été fracturée, il fallait bien admettre que la femme n'avait pas eu d'autre but que de prendre la lettre de Gilbert. Se contraignant à demeurer calme, il reprit :

– La lettre est arrivée pendant que la femme était là ?

– En même temps. La concierge sonnait au même moment.

– Elle a pu voir l'enveloppe ?

– Oui.

La conclusion se tirait donc d'elle-même. Restait à savoir comment la visiteuse avait pu effectuer ce vol. En se glissant, par l'extérieur, d'une fenêtre à l'autre ? Impossible : Lupin retrouva la fenêtre de sa chambre fermée. En ouvrant la porte de communication ? Impossible : Lupin la retrouva close, barricadée de ses deux verrous extérieurs.

Pourtant on ne passe pas au travers d'un mur par une simple opération de la volonté. Pour entrer quelque part, et en sortir, il faut une issue et, comme l'acte avait été accompli en l'espace de quelques minutes, il fallait, en l'occurrence, que l'issue fût antérieure, qu'elle fût déjà pratiquée dans le mur et connue évidemment de la femme. Cette hypothèse simplifiait les recherches en les concentrant sur la porte, car le mur, tout nu, sans placard, sans cheminée, sans tenture ne pouvait dissimuler aucun passage.

Lupin regagna le salon et se mit en mesure d'étudier la porte. Mais tout de suite il tressaillit. Au premier coup d'œil, il constatait que, à gauche, en bas, un des six petits panneaux placés entre les barres transversales du battant, n'occupait pas sa position normale, et que la lumière ne le frappait pas d'aplomb. S'étant penché, il aperçut deux menues pointes de fer qui soutenaient le panneau à la manière d'une plaque de bois derrière un cadre. Il n'eut qu'à les écarter. Le panneau se détacha.

Achille poussa un cri de stupéfaction. Mais Lupin objecta :

– Et après ? En sommes-nous plus avancés ? Voilà un rectangle vide d'environ quinze à dix-huit centimètres de longueur sur quarante de hauteur. Tu ne vas pas prétendre que cette femme ait pu se glisser par un orifice qui serait déjà trop étroit pour un enfant de dix ans, si maigre qu'il fût !

– Non, mais elle a pu passer le bras, et tirer les verrous.

– Le verrou du bas, oui, dit Lupin. Mais le verrou du haut, non, la distance est beaucoup trop grande. Essaye et tu verras.

Achille dut, en effet, y renoncer.

– Alors ? dit-il.

Lupin ne répondit pas. Il resta longtemps à réfléchir.

Puis, soudain, il ordonna :

– Mon chapeau... mon pardessus...

Il se hâtait, pressé par une idée impérieuse. Dehors, il se jeta dans un taxi.

– Rue Matignon, et vite...

A peine arrivé devant l'entrée du logement où le bouchon de cristal lui avait été repris, il sauta de voiture, ouvrit son entrée particulière, monta l'étage, courut au salon, alluma et s'accroupit devant la porte qui communiquait avec sa chambre.

Il avait deviné. Un des petits panneaux se détachait également.

Et de même qu'en son autre demeure de la rue Chateaubriand, l'orifice, suffisant pour qu'on y passât le bras et l'épaule, ne permettait pas qu'on tirât le verrou supérieur.

– Tonnerre de malheur ! s'exclama-t-il, incapable de maîtriser plus longtemps la rage qui bouillonnait en lui depuis deux heures, tonnerre de nom d'un chien, je n'en finirai donc pas avec cette histoire-là !

De fait, une malchance incroyable s'acharnait après lui et le réduisait à tâtonner au hasard, sans que jamais il lui fût possible d'utiliser les éléments de réussite que son obstination ou que la force même des choses mettaient entre ses mains. Gilbert lui confiait le bouchon de cristal. Gilbert lui envoyait une lettre. Tout cela disparaissait à l'instant même.

Et ce n'était plus, comme il avait pu le croire jusqu'ici, une série de circonstances fortuites, indépendantes les unes des autres. Non. C'était manifestement l'effet d'une volonté adverse poursuivant un but défini avec une habileté prodigieuse et une adresse inconcevable, l'attaquant lui, Lupin, au fond même de ses retraites les plus sûres, et le déconcertant par des coups si rudes et si imprévus qu'il ne savait même pas contre qui il lui fallait se défendre. Jamais encore, au cours de ses aventures, il ne s'était heurté à de pareils obstacles.

Et, au fond de lui, grandissait peu à peu une peur obsédante de l'avenir. Une date luisait devant ses yeux, la date effroyable qu'il assignait inconsciemment à la justice pour faire son œuvre de vengeance, la date à laquelle, par un matin d'avril, monteraient sur l'échafaud deux hommes qui avaient marché à ses côtés, deux camarades qui subiraient l'épouvantable châtiment.

Chapitre **3**

La vie privée d'Alexis Daubrecq

En entrant chez lui après son déjeuner, le lendemain de ce jour où la police avait exploré son domicile, le député Daubrecq fut arrêté par Clémence, sa concierge. Celle-ci avait réussi à trouver une cuisinière en qui l'on pouvait avoir toute confiance.

Cette cuisinière, qui se présenta quelques minutes plus tard, exhiba des certificats de premier ordre, signés par des personnes auprès desquelles il était facile de prendre des informations. Très active, quoique d'un certain âge, elle acceptait de faire le ménage à elle seule sans l'aide d'aucun domestique, condition imposée par Daubrecq, qui préférait réduire les chances d'être espionné.

Comme, en dernier lieu, elle était placée chez un membre du Parlement, le comte Saulevat, Daubrecq téléphona aussitôt à son collègue. L'intendant du comte Saulevat donna sur elle les meilleurs renseignements. Elle fut engagée.

Dès qu'elle eut apporté sa malle, elle se mit à l'ouvrage, nettoya toute la journée et prépara le repas.

Daubrecq dîna et sortit.

Vers onze heures, la concierge étant couchée, elle entrebâilla avec précaution la grille du jardin. Un homme approcha.

– C'est toi ? dit-elle.

– Oui, c'est moi, Lupin.

Elle le conduisit dans la chambre qu'elle occupait au troisième étage, sur le jardin, et, tout de suite, elle se lamenta :

– Encore des trucs, et toujours des trucs Tu ne peux donc pas me laisser tranquille, au lieu de m'employer à des tas de besognes !

– Que veux-tu, ma bonne Victoire, quand il me faut une personne d'apparence respectable et de mœurs incorruptibles, c'est à toi que je pense. Tu dois être flattée.

– Et c'est comme ça que tu t'émeus ! gémit-elle. Tu me jettes une fois de plus dans la gueule du loup, et ça te fait rigoler.

– Qu'est-ce que tu risques ?

– Comment ce que je risque ! tous mes certificats sont faux.

– Les certificats sont toujours faux.

– Et si M. Daubrecq s'en aperçoit ? s'il se renseigne ?

– Il s'est renseigné.

– Hein ! qu'est-ce que tu dis ?

– Il a téléphoné à l'intendant du comte Saulevat, chez qui, soi-disant, tu as eu l'honneur de servir.

– Tu vois, je suis fichue.

– L'intendant du comte n'a pas tari d'éloges à ton propos.

– Il ne me connaît pas.

– Mais moi, je le connais. C'est moi qui l'ai fait placer chez le comte Saulevat. Alors, tu comprends...

Victoire parut un peu calmée.

– Enfin ! qu'il soit fait selon la volonté de Dieu... ou plutôt selon la tienne. Et quel est mon rôle dans tout cela ?

– Me coucher ici, d'abord. Tu m'as jadis nourri de ton lait. Tu peux bien m'offrir la moitié de ta chambre. Je dormirai sur le fauteuil.

– Et après ?

– Après ? Me fournir les aliments nécessaires.

– Et après ?

– Après ? Entreprendre de concert avec moi, et sous ma direction, toute une série de recherches ayant pour but...

– Ayant pour but ?

– La découverte de l'objet précieux dont je t'ai parlé.

– Quoi ?

– Un bouchon de cristal.

– Un bouchon de cristal... Jésus-Marie Quel métier ! Et si on ne le trouve pas, ton sacré bouchon ?

Lupin lui saisit doucement le bras, et d'une voix grave :

– Si on ne le trouve pas, Gilbert, le petit Gilbert que tu connais et que tu aimes bien, a beaucoup de chances d'y laisser sa tête, ainsi que Vaucheray.

– Vaucheray, ça m'est égal... une canaille comme lui ! Mais Gilbert...

– Tu as lu les journaux, ce soir ? L'affaire tourne de plus en plus mal. Vaucheray, comme de juste, accuse Gilbert d'avoir frappé le domestique et il arrive précisément que le couteau dont Vaucheray s'est servi appartenait à Gilbert. La preuve en a été faite, ce matin. Sur quoi, Gilbert, qui est intelligent, mais qui manque d'estomac, a bafouillé et s'est lancé dans des histoires et des mensonges qui achèveront de le perdre. Voilà où nous en sommes. Veux-tu m'aider ?

A minuit le député rentra.

Dès lors, et durant plusieurs jours, Lupin modela sa vie sur celle de Daubrecq. Aussitôt que celui-ci quittait l'hôtel, Lupin commençait ses investigations.

Il les poursuivit avec méthode, divisant chacune des pièces en secteurs qu'il n'abandonnait qu'après avoir interrogé les plus petits recoins, et, pour ainsi dire, épuisé toutes les combinaisons possibles.

Victoire cherchait aussi. Et rien n'était oublié. Pieds de table, bâtons de chaises, lames de parquets, moulures, cadres de glaces ou de tableaux, pendules, socles de statuettes, ourlets de rideaux, appareils téléphoniques ou appareils d'électricité, on passait en revue tout ce qu'une imagination ingénieuse aurait pu choisir comme cachette.

Et l'on surveillait aussi les moindres actes du député, ses gestes les plus inconscients, ses regards, les livres qu'il lisait, les lettres qu'il écrivait.

C'était chose facile ; il semblait vivre au grand jour. Jamais une porte n'était fermée. Il ne recevait aucune visite. Et son existence fonctionnait avec une régularité de mécanisme. L'après-midi il allait à la Chambre, le soir au cercle.

– Pourtant, disait Lupin, il doit bien y avoir quelque chose qui n'est pas catholique dans tout cela.

– Rien que je te dis, gémissait Victoire, tu perds ton temps, et nous nous ferons pincer.

La présence des agents de la Sûreté et leurs allées et venues sous les fenêtres l'affolaient. Elle ne pouvait admettre qu'ils fussent là pour une autre raison que pour la prendre au piège, elle, Victoire. Et chaque fois qu'elle se rendait au marché, elle était toute surprise qu'un de ces hommes ne lui mît pas la main sur l'épaule.

Un jour elle revint, bouleversée. Son panier de provisions tremblait à son bras.

– Eh bien, qu'y a-t-il, ma bonne Victoire, lui dit Lupin, tu es verte.

– Verte.., n'est-ce pas ?... Il y a de quoi...

Elle dut s'asseoir, et ce n'est qu'après bien des efforts qu'elle réussit à bégayer :

– Un individu... un individu qui m'a abordée... chez la fruitière...

– Bigre ! Il voulait t'enlever ?

– Non... il m'a remis une lettre...

– Et tu te plains ? Une déclaration d'amour, évidemment !

– Non... « C'est pour votre patron », qu'il a dit. « Mon patron » que j'ai dit. « Oui, pour le monsieur qui habite votre chambre. »

– Hein !

Cette fois Lupin avait tressailli.

– Donne-moi ça, fit-il, en lui arrachant l'enveloppe.

L'enveloppe ne portait aucune adresse.

Mais il y en avait une autre, à l'intérieur, sur laquelle il lut :

« Monsieur Arsène Lupin, aux bons soins de Victoire. »

– Fichtre ! murmura-t-il, celle-ci est raide.

Il déchira cette seconde enveloppe. Elle contenait une feuille de papier, avec ces mots écrits en grosses majuscules :

« Tout ce que vous faites est inutile et dangereux... Abandonnez la partie... »

Victoire poussa un gémissement et s'évanouit. Quant à Lupin, il se sentit rougir jusqu'aux oreilles, comme si on l'eût outragé de la façon la plus grossière. Il éprouvait cette humiliation d'un duelliste dont les intentions les plus secrètes seraient annoncées à haute voix par un adversaire ironique.

D'ailleurs il ne souffla mot. Victoire reprit son service. Lui, il resta dans sa chambre, toute la journée, à réfléchir.

Le soir, il ne dormit pas.

Et il ne cessait de se répéter :

« A quoi bon réfléchir ? je me heurte à l'un de ces problèmes que l'on ne résout pas par la réflexion. Il est certain que je ne suis pas seul dans l'affaire, et que, entre Daubrecq et la police, il y a, outre le troisième larron que je suis, un quatrième larron qui marche pour son compte, et qui me connaît, et qui lit clairement dans mon jeu. Mais quel est ce quatrième larron ? Et puis, est-ce que je ne me trompe pas ? Et puis... Ah zut... dormons »

Mais il ne pouvait dormir, et une partie de la nuit s'écoula de la sorte.

Or, vers quatre heures du matin, il lui sembla entendre du bruit dans la maison. Il se leva précipitamment, et, du haut de l'escalier, il aperçut Daubrecq qui descendait le premier étage et se dirigeait ensuite vers le jardin.

Une minute plus tard le député, après avoir ouvert la grille, rentra avec un individu dont la tête était enfouie au fond d'un vaste col de fourrure, et le conduisit dans son cabinet de travail.

En prévision d'une éventualité de ce genre, Lupin avait pris ses précautions. Comme les fenêtres du cabinet et celles de sa chambre, situées derrière la maison, donnaient sur le jardin, il accrocha à son balcon une échelle de corde qu'il déroula doucement, et le long de laquelle il descendit jusqu'au niveau supérieur des fenêtres du cabinet.

Des volets masquaient ces fenêtres. Mais comme elles étaient rondes, une imposte en demi-cercle restait libre, et Lupin, bien qu'il lui fût impossible d'entendre, put discerner tout ce qui se passait à l'intérieur.

Aussitôt il constata que la personne qu'il avait prise pour un homme était une femme – une femme encore jeune, quoique sa chevelure noire se mêlât de cheveux gris, une femme d'une élégance très simple, haute de taille, et dont le beau visage avait cette expression lasse et mélancolique que donne l'habitude de souffrir.

« Où diable l'ai-je vue ? se demanda Lupin. Car, sûrement, ce sont là des traits, un regard, une physionomie que je connais. »

Debout, appuyée contre la table, impassible, elle écoutait Daubrecq. Celui-ci, debout également, lui parlait avec animation. Il tournait le dos à Lupin, mais Lupin s'étant penché, aperçut une glace où se reflétait l'image du député. Et il fut effrayé de voir avec quels yeux étranges, avec quel air de désir brutal et sauvage il regardait sa visiteuse.

Elle-même dut en être gênée, car elle s'assit et baissa les paupières. Daubrecq alors s'inclina vers elle, et il semblait prêt à l'entourer de ses longs bras aux poings énormes. Et, tout à coup, Lupin s'avisa que de grosses larmes roulaient sur le triste visage de la femme.

Est-ce la vue de ces larmes qui fit perdre la tête à Daubrecq ? D'un mouvement brusque il étreignit la femme et l'attira contre lui. Elle le repoussa avec une violence haineuse. Et tous deux, après une courte lutte où la figure de l'homme apparut à Lupin, atroce et convulsée, tous deux, dressés l'un contre l'autre, ils s'apostrophèrent comme des ennemis mortels.

Puis ils se turent. Daubrecq s'assit, il avait un air méchant, dur, ironique aussi. Et il parla de nouveau en frappant la table à petits coups secs, comme s'il posait des conditions.

Elle ne bougeait plus. Elle le dominait de tout son buste hautain, distraite, et les yeux vagues. Lupin ne la quittait pas du regard, captivé par ce visage énergique et douloureux, et il recherchait vainement à quel souvenir la rattacher, lorsqu'il s'aperçut qu'elle avait tourné légèrement la tête et qu'elle remuait le bras de façon imperceptible.

Et son bras s'écartait de son buste, et Lupin vit qu'il y avait à l'extrémité de cette table une carafe coiffée d'un bouchon à tête d'or. La main atteignit la carafe, tâtonna, s'éleva doucement et saisit le bouchon. Un mouvement de tête rapide, un coup d'œil, puis le bouchon fut remis à sa place. Sans aucun doute ce n'était pas cela que la femme espérait.

« Crebleu ! se dit Lupin, elle aussi est en quête du bouchon de cristal. Décidément, l'affaire se complique tous les jours. »

Mais, ayant de nouveau observé la visiteuse, il fut stupéfait de noter l'expression subite et imprévue de son visage, une expression terrible, implacable, féroce. Et il vit que la main continuait son manège autour de la table, et que, par un glissement ininterrompu, par une manœuvre sournoise, elle repoussait des livres et, lentement, sûrement, approchait d'un poignard dont la lame brillait parmi les feuilles éparses.

Nerveusement elle agrippa le manche.

Daubrecq continuait à discourir. Au-dessus de son dos, sans trembler, la main s'éleva peu à peu, et Lupin voyait les yeux hagards et forcenés de la femme qui fixaient le point même de la nuque qu'elle avait choisi pour y planter son couteau.

« Vous êtes en train de faire une bêtise, ma belle madame », pensa Lupin.

Et il songeait déjà au moyen de s'enfuir et d'emmener Victoire.

Elle hésitait pourtant, le bras dressé. Mais ce ne fut qu'une défaillance brève. Elle serra les dents. Toute sa face, contractée par la haine, se tordit davantage encore. Et elle fit le geste effroyable.

Au même instant, Daubrecq s'aplatissait, bondissait de sa chaise, et, se retournant, attrapait au vol le frêle poignet de la femme.

Chose curieuse, il ne lui adressa aucun reproche, comme si l'acte qu'elle avait tenté ne l'eût point surpris plus qu'un acte ordinaire, très naturel, et très simple. Il haussa les épaules, en homme habitué à courir ces sortes de dangers, et il marcha de long en large, silencieux.

Elle avait lâché l'arme et elle pleurait, la tête entre ses mains, avec des sanglots qui la secouaient tout entière.

Puis il revint près d'elle et lui dit quelques paroles en frappant encore sur la table.

Elle fit signe que non, et, comme il insistait, à son tour elle frappa violemment du pied, en criant, et si fort que Lupin entendit :

– Jamais ! ... Jamais ! ...

Alors, sans un mot de plus, il alla chercher le manteau de fourrure qu'elle avait apporté et le posa sur les épaules de la femme, tandis qu'elle s'enveloppait le visage d'une dentelle.

Et il la reconduisit.

Deux minutes plus tard, la grille du jardin se refermait.

« Dommage que je ne puisse pas courir après cette étrange personne et jaser un peu avec elle sur le Daubrecq. M'est avis qu'à nous deux on ferait de la bonne besogne. »

En tout cas, il y avait un point à éclaircir. Le député Daubrecq, dont la vie était si réglée, si exemplaire en apparence, ne recevait-il pas certaines visites, la nuit, alors que l'hôtel n'était plus surveillé par la police ?

Il chargea Victoire de prévenir deux hommes de sa bande pour qu'ils eussent à faire le guet pendant plusieurs jours. Et lui-même, la nuit suivante, se tint éveillé.

Comme la veille, à quatre heures du matin, il entendit du bruit. Comme la veille, le député introduisit quelqu'un.

Lupin descendit vivement son échelle et tout de suite, en arrivant au niveau de l'imposte, il aperçut un homme qui se traînait aux pieds de Daubrecq, qui lui embrassait les genoux avec un désespoir frénétique, et qui, lui aussi, pleurait, pleurait convulsivement.

Plusieurs fois, Daubrecq le repoussa en riant, mais l'homme se cramponnait. On eût dit qu'il était fou, et ce fut dans un véritable accès de folie que, se relevant à moitié, il empoigna le député à la gorge et le renversa sur un fauteuil. Daubrecq se débattit, impuissant d'abord et les veines gonflées. Mais, d'une force peu commune, il ne tarda pas à reprendre le dessus et à réduire son adversaire à l'immobilité.

Le tenant alors d'une main, de l'autre il le gifla, deux fois, à toute volée.

L'homme se releva lentement. Il était livide et vacillait sur ses jambes. Il attendit un moment, comme pour reprendre son sang-froid. Et, avec un calme effrayant, il tira de sa poche un revolver qu'il braqua sur Daubrecq.

Daubrecq ne broncha pas. Il souriait même d'un air de défi, et sans plus s'émouvoir que s'il eût été visé par le pistolet d'un enfant.

Durant quinze à vingt secondes peut-être, l'homme resta le bras tendu, en face de son ennemi. Puis, toujours avec la même lenteur où se révélait une maîtrise d'autant plus impressionnante qu'elle succédait à une crise d'agitation extrême, il rentra son arme et, dans une autre poche, saisit son portefeuille.

Daubrecq s'avança.

Le portefeuille fut déplié. Une liasse de billets de banque apparut.

Daubrecq s'en empara vivement et les compta.

C'étaient des billets de mille francs.

Il y en avait trente.

L'homme regardait. Il n'eut pas un geste de révolte, pas une protestation. Visiblement, il comprenait l'inutilité des paroles. Daubrecq était de ceux qu'on ne fléchit pas. Pourquoi perdrait-il son temps à le supplier, ou même à se venger de lui par des outrages et des menaces vaines ? Pouvait-il atteindre cet ennemi inaccessible ? La mort même de Daubrecq ne le délivrerait pas de Daubrecq.

Il prit son chapeau et s'en alla.

A onze heures du matin, en rentrant du marché, Victoire remit à Lupin un mot que lui envoyaient ses complices.

Il lut :

« L'homme qui est venu cette nuit chez Daubrecq est le député Langeroux, président de la gauche indépendante. Peu de fortune. Famille nombreuse. »

« Allons, se dit Lupin, Daubrecq n'est autre chose qu'un maître chanteur, mais, saperlotte les moyens d'action qu'il emploie sont rudement efficaces ! »

Les événements donnèrent une nouvelle force à la supposition de Lupin. Trois jours après, il vint un autre visiteur qui remit à Daubrecq une somme importante. Et il en vint un autre le surlendemain, qui laissa un collier de perles.

Le premier se nommait Dechaumont, sénateur, ancien ministre. Le second était le marquis d'Aibufex, député bonapartiste, ancien chef du bureau politique du prince Napoléon.

Pour ces deux-là, la scène fut à peu près semblable à l'entretien du député Langeroux, scène violente et tragique qui se termina par la victoire de Daubrecq.

« Et ainsi de suite, pensa Lupin, quand il eut ces renseignements. J'ai assisté à quatre visites. Je n'en saurai pas davantage s'il y en a dix, vingt ou trente... Il me suffit de connaître, par mes amis en faction, le nom des visiteurs. Irai-je les voir ?... Pour quoi faire ? Ils n'ont aucune raison pour se confier à moi. D'autre part, dois-je m'attarder ici à des investigations qui n'avancent pas, et que Victoire peut tout aussi bien continuer seule ? »

Il était fort embarrassé. Les nouvelles de l'instruction dirigée contre Gilbert et Vaucheray devenaient de plus en plus mauvaises, les jours s'écoulaient, et il n'était pas une heure sans se demander, et avec quelle angoisse, si tous ses efforts n'aboutiraient pas, en admettant qu'il réussît, à des résultats dérisoires et absolument étrangers au but qu'il poursuivait. Car enfin, une fois démêlées les manœuvres clandestines de Daubrecq, aurait-il pour cela les moyens de secourir Gilbert et Vaucheray ?

Ce jour-là, un incident mit fin à son indécision. Après le déjeuner, Victoire entendit, par bribes, une conversation téléphonique de Daubrecq.

De ce que rapporta Victoire, Lupin conclut que le député avait rendez-vous à huit heures et demie avec une dame, et qu'il devait la conduire dans un théâtre.

– Je prendrai une baignoire, comme il y a six semaines, avait dit Daubrecq.

Et il avait ajouté, en riant :

– J'espère que, pendant ce temps-là, je ne serai pas cambriolé.

Pour Lupin, les choses ne firent pas de doute. Daubrecq allait employer sa soirée de la même façon qu'il l'avait employée six semaines auparavant, tandis que l'on cambriolait sa villa d'Enghien. Connaître la personne qu'il devait retrouver, savoir peut-être aussi comment Gilbert et Vaucheray avaient appris que l'absence de Daubrecq durerait de huit heures du soir à une heure du matin, c'était d'une importance capitale.

Pendant l'après-midi, avec l'assistance de Victoire, et sachant par elle que Daubrecq rentrait dîner plus tôt que de coutume, Lupin sortit de l'hôtel.

Il passa chez lui, rue Chateaubriand, manda par téléphone trois de ses amis, endossa un frac, et se fit, comme il disait, sa tête de prince russe, à cheveux blonds et à favoris coupés ras.

Les complices arrivèrent en automobile.

A ce moment, Achille, le domestique, lui apporta un télégramme adressé à M. Michel Beaumont, rue Chateaubriand. Ce télégramme était ainsi conçu :

« Ne venez pas au théâtre ce soir. Votre intervention risque de tout perdre. »

Sur la cheminée, près de lui, il y avait un vase de fleurs. Lupin le saisit et le brisa en morceaux.

« C'est entendu, c'est entendu, grinça-t-il. On joue avec moi comme j'ai l'habitude de jouer avec les autres. Mêmes procédés. Mêmes artifices. Seulement, voilà, il y a cette différence... »

Quelle différence ? Il n'en savait trop rien. La vérité, c'est qu'il était déconcerté, lui aussi, troublé jusqu'au fond de l'être, et qu'il ne continuait à agir que par obstination, pour ainsi dire par devoir, et sans apporter à la besogne sa belle humeur et son entrain ordinaires.

– Allons-y ! dit-il à ses complices.

Sur son ordre, le chauffeur les arrêta non loin du square Lamartine, mais n'éteignit pas le moteur. Lupin prévoyait que Daubrecq, pour échapper aux agents de la Sûreté qui gardaient l'hôtel, sauterait dans quelque taxi, et il ne voulait pas se laisser distancer.

Il comptait sans l'habileté de Daubrecq.

A sept heures et demie, la grille du jardin fut ouverte à deux battants, une lueur vive jaillit, et rapidement une motocyclette franchit le trottoir, longea le square, tourna devant l'auto et fila vers le Bois à une allure telle qu'il eût été absurde de se mettre à sa poursuite.

– Bon voyage, monsieur Dumollet, dit Lupin, qui essaya de plaisanter, mais qui, au fond, ne dérageait pas.

Il observa ses complices avec l'espoir que l'un d'eux se permettrait un sourire moqueur. Comme il eût été heureux de passer ses nerfs sur celui-là !

– Rentrons, dit-il au bout d'un instant.

Il leur offrit à dîner, puis il fuma un cigare et ils repartirent en automobile et firent la tournée des théâtres, en commençant par ceux d'opérette et de vaudeville, pour lesquels il supposait que Daubrecq et sa dame devaient avoir quelque préférence. Il prenait un fauteuil, inspectait les baignoires et s'en allait.

Il passa ensuite aux théâtres plus sérieux, à la Renaissance, au Gymnase.

Enfin, à dix heures du soir, il aperçut au Vaudeville une baignoire presque entièrement masquée de ses deux paravents et, moyennant finances, il apprit de l'ouvreuse qu'il y avait là un monsieur d'un certain âge, gros et petit, et une dame voilée d'une dentelle épaisse.

La baignoire voisine étant libre, il la prit, retourna vers ses amis afin de leur donner les instructions nécessaires et s'installa près du couple.

Durant l'entracte, à la lumière plus vive, il discerna le profil de Daubrecq. La dame restait dans le fond, invisible.

Tous deux parlaient à voix basse, et, lorsque le rideau se releva, ils continuèrent à parler, mais de telle façon que Lupin ne distinguait pas une parole.

Dix minutes s'écoulèrent. On frappa à leur porte. C'était un inspecteur du théâtre.

– Monsieur le député Daubrecq, n'est-ce pas ? interrogea-t-il.

– Oui, fit Daubrecq d'une voix étonnée. Mais comment savez-vous mon nom ?

– Par une personne qui vous demande au téléphone et qui m'a dit de m'adresser à la baignoire 22.

– Mais qui cela ?

– Monsieur le marquis d'Albufex.

– Hein ?... Quoi ?

– Que dois-je répondre ?

– Je viens... je viens...

Daubrecq s'était levé précipitamment et suivait l'inspecteur.

Il n'avait pas disparu que Lupin surgissait de sa baignoire. Il crocheta la porte voisine et s'assit auprès de la dame.

Elle étouffa un cri.

– Taisez-vous, ordonna-t-il... j'ai à vous parler, c'est de toute importance.

– Ah ! ... fit-elle entre ses dents... Arsène Lupin.

Il fut ahuri. Un instant, il demeura coi, la bouche béante. Cette femme le connaissait ! et non seulement elle le connaissait, mais elle l'avait reconnu malgré son déguisement ! Si accoutumé qu'il fût aux événements les plus extraordinaires et les plus insolites, celui-ci le déconcertait.

Il ne songea même pas à protester et balbutia :

– Vous savez donc ?... vous savez ?...

Brusquement, avant qu'elle eût le temps de se défendre, il écarta le voile de la dame.

– Comment est-ce possible ? murmura-t-il, avec une stupeur croissante.

C'était la femme qu'il avait vue chez Daubrecq quelques jours auparavant, la femme qui avait levé son poignard sur Daubrecq, et qui avait voulu le frapper de toute sa force haineuse.

A son tour, elle parut bouleversée.

– Quoi vous m'avez vue déjà ?...

– Oui, l'autre nuit, dans son hôtel... j'ai vu votre geste...

Elle fit un mouvement pour s'enfuir. Il la retint et vivement :

– Il faut que je sache qui vous êtes... C'est pour le savoir que j'ai fait téléphoner à Daubrecq.

Elle s'effara.

– Comment, ce n'est donc pas le marquis d'Albufex ?

– Non, c'est un de mes complices.

– Alors, Daubrecq va revenir...

– Oui, mais nous avons le temps... Écoutez-moi... Il faut que nous nous retrouvions... Il est votre ennemi. Je vous sauverai de lui...

– Pourquoi ? Dans quel but ?

– Ne vous méfiez pas de moi... Il est certain que notre intérêt est le même... Où puis-je vous retrouver ? Demain, n'est-ce pas ? A quelle heure ?... à quel endroit ?

– Eh bien...

Elle le regardait avec une hésitation visible, ne sachant que faire, sur le point de parler, et pourtant pleine d'inquiétude et de doute.

– Oh ! je vous en supplie !... répondez... un moment seulement... et tout de suite... Il serait déplorable qu'on me trouvât ici... je vous en supplie.

D'une voix nette, elle répliqua :

– Mon nom.., c'est inutile... Nous nous verrons d'abord, et vous m'expliquerez... Oui, nous nous verrons. Tenez demain, à trois heures de l'après-midi, au coin du boulevard...

A ce moment précis, la porte de la baignoire s'ouvrit, d'un coup de poing pour ainsi dire, et Daubrecq parut.

– Zut de zut ! marmotta Lupin, furieux d'être pincé avant d'avoir obtenu ce qu'il voulait.

Daubrecq eut un ricanement.

– C'est bien cela... je me doutais de quelque chose... Ah ! le truc du téléphone, un peu démodé, monsieur. Je n'étais pas à moitié route que j'ai tourné bride.

Il repoussa Lupin sur le devant de la loge, et, s'asseyant à côté de la dame, il dit :

– Et alors mon prince qui sommes-nous ? Domestique à la Préfecture, probablement ? Nous avons bien la gueule de l'emploi.

Il dévisageait Lupin qui ne sourcillait pas, et il cherchait à mettre un nom sur cette figure, mais il ne reconnut pas celui qu'il avait appelé Polonius.

Lupin, sans le quitter des yeux non plus, réfléchissait. Pour rien au monde, il n'eût voulu abandonner la partie au point où il l'avait menée, et renoncer à s'entendre, puisque l'occasion était si propice, avec la mortelle ennemie de Daubrecq.

Elle, immobile en son coin, les observait tous deux.

Lupin prononça :

– Sortons, monsieur, l'entretien sera plus facile dehors.

– Ici, mon prince, riposta le député, il aura lieu ici, tout à l'heure, pendant l'entracte. Comme cela, nous ne dérangerons personne.

– Mais...

– Pas la peine, mon bonhomme, tu ne bougeras pas.

Et il saisit Lupin au collet, avec l'intention évidente de ne plus le lâcher avant l'entracte.

Geste imprudent... Comment Lupin eût-il consenti à rester dans une pareille attitude, et surtout devant une femme, une femme à laquelle il avait offert son alliance, une femme – et pour la première fois il pensait à cela – qui était belle et dont la beauté grave lui plaisait. Tout son orgueil d'homme se cabra.

Pourtant il se tut. Il accepta sur son épaule la pesée lourde de la main, et même il se cassa en deux, comme vaincu, impuissant, presque peureux.

– Ah ! drôle, railla le député, il paraît qu'on ne crâne plus.

Sur la scène, les acteurs, en grand nombre, disputaient et faisaient du bruit.

Daubrecq ayant un peu desserré son étreinte, Lupin jugea le moment favorable.

Violemment, avec le coupant de la main, il le frappa au creux du bras, ainsi qu'il eût fait avec une hache.

La douleur décontenança Daubrecq. Lupin acheva de se dégager et s'élança sur lui pour le prendre à la gorge. Mais Daubrecq, aussitôt sur la défensive, avait fait un mouvement de recul, et leurs quatre mains se saisirent.

Elles se saisirent avec une énergie surhumaine, toute la force des deux adversaires se concentrant en elles. Celles de Daubrecq étaient monstrueuses, et Lupin, happé par cet étau de fer, eut l'impression qu'il combattait, non pas avec un homme, mais avec quelque bête formidable, un gorille de taille colossale.

Ils se tenaient contre la porte, courbés comme des lutteurs qui se tâtent et cherchent à s'empoigner. Des os craquèrent. A la première défaillance, le vaincu était pris à la gorge, étranglé. Et cela se passait dans un silence brusque, les acteurs sur la scène écoutant l'un d'eux qui parlait à voix basse.

La femme, écrasée contre la cloison, terrifiée, les regardait. Que, par un geste, elle prît parti pour l'un ou pour l'autre, la victoire aussitôt se décidait pour celui-là.

Mais qui soutiendrait-elle ? Qu'est-ce que Lupin pouvait représenter à ses yeux ? un ami ou un ennemi ?

Vivement, elle gagna le devant de la baignoire, enfonça l'écran, et, le buste penché, sembla faire un signe. Puis elle revint et tâcha de se glisser jusqu'à la porte.

Lupin, comme s'il eût voulu l'aider, lui dit :

– Enlevez donc la chaise.

Il parlait d'une lourde chaise qui était tombée, qui le séparait de Daubrecq, et par-dessus laquelle ils combattaient.

La femme se baissa et tira la chaise. C'était ce que Lupin attendait.

Délivré de l'obstacle, il allongea sur la jambe de Daubrecq un coup de pied sec avec la pointe de sa bottine. Le résultat fut le même que pour le coup qu'il avait donné sur le bras. La douleur provoqua une seconde d'effarement, de distraction, dont il profita aussitôt pour rabattre les mains tendues de Daubrecq, et pour lui planter ses dix doigts autour de la gorge et de la nuque.

Daubrecq résista. Daubrecq essaya d'écarter les mains qui l'étouffaient, mais il suffoquait déjà et ses forces diminuaient.

– Ah ! vieux singe, grogna Lupin en le renversant. Pourquoi n'appelles-tu pas au secours ? Faut-il que tu aies peur du scandale !

Au bruit de la chute on frappa sur la cloison, de l'autre côté.

– Allez toujours, fit Lupin à mi-voix, le drame est sur la scène. Ici, c'est mon affaire, et jusqu'à ce que j'aie mâté ce gorille-là...

Ce ne fut pas long. Le député suffoquait. D'un coup sur la mâchoire, il l'étourdit. Il ne restait plus à Lupin qu'à entraîner la femme et à s'enfuir avec elle avant que l'alarme ne fût donnée.

Mais, quand il se retourna, il s'aperçut que la femme était partie.

Elle ne pouvait être loin. Ayant sauté hors de la loge, il se mit à courir, sans se soucier des ouvreuses et des contrôleurs.

De fait, arrivé à la rotonde du rez-de-chaussée, il l'aperçut, par une porte ouverte, qui traversait le trottoir de la Chaussée d'Antin.

Elle montait en auto quand il la rejoignit.

La portière se referma sur elle.

Il saisit la poignée et voulut tirer.

Mais, de l'intérieur, un individu surgit, qui lui envoya son poing dans la figure, moins habilement, mais aussi violemment qu'il avait envoyé le sien dans la figure de Daubrecq.

Si étourdi qu'il fût par le choc, il eut tout de même le temps, dans une vision effarée, de reconnaître cet individu, et de reconnaître aussi, sous son déguisement de chauffeur, l'individu qui conduisait l'automobile.

C'étaient Grognard et Le Ballu, les deux hommes chargés des barques, le soir d'Enghien, deux amis de Gilbert et de Vaucheray, bref deux de ses complices à lui, Lupin.

Quand il fut dans son logis de la rue Chateaubriand, Lupin, après avoir lavé son visage ensanglanté, resta plus d'une heure dans un fauteuil, comme assommé. Pour la première fois, il éprouvait la douleur d'être trahi. Pour la première fois, des camarades de combat se retournaient contre leur chef.

Machinalement, dans le but de se distraire, il prit son courrier du soir et déchira la bande d'un journal. Aux dernières nouvelles, il lut ces lignes :

« Affaire de la villa Marie-Thérèse. On a fini par découvrir la véritable identité de Vaucheray, un des assassins présumés du domestique Léonard. C'est un bandit de la pire espèce, un récidiviste, et deux fois sous un autre nom, condamné par contumace pour assassinat.

Nul doute que l'on ne finisse par découvrir également le vrai nom de son complice Gilbert. Dans tous les cas le juge d'instruction est résolu à renvoyer l'affaire le plus vite possible devant la chambre des mises en accusation.

On ne se plaindra pas des lenteurs de la justice. »

Au milieu d'autres journaux et de prospectus, il y avait une lettre.

Lupin, en l'apercevant, bondit. Elle était adressée à M. de Beaumont (Michel).

– Ah balbutia-t-il, une lettre de Gilbert. Elle contenait ces quelques mots :

« Patron, au secours ! j'ai peur... j'ai peur... »

Cette nuit-là encore fut pour Lupin une nuit d'insomnie et de cauchemars. Cette nuit-là encore, d'abominables, de terrifiantes visions le torturèrent.

Chapitre **4**

Le chef des ennemis

« Pauvre gosse murmura Lupin en relisant le lendemain la lettre de Gilbert. Comme il doit souffrir ! »

Du premier jour où il l'avait rencontré, il avait pris de l'affection pour ce grand jeune homme insouciant et joyeux de vivre. Gilbert lui était dévoué jusqu'à se tuer sur un signe du maître. Et Lupin aimait aussi sa franchise, sa belle humeur, sa naïveté, sa figure heureuse.

– Gilbert, lui disait-il souvent, tu es un honnête homme. A ta place, vois-tu, je lâcherais le métier, et je me ferais, pour de bon, honnête homme.

– Après vous patron, répondit Gilbert en riant.

– Tu ne veux pas ?

– Non, patron. Un honnête homme, ça travaille, ça turbine, et moi c'est un goût que j'ai eu peut-être étant gamin, mais qu'on m'a fait passer.

– Qui, on ?

Gilbert se taisait. Il se taisait toujours quand on l'interrogeait sur les premières années de sa vie, et Lupin savait tout au plus qu'il était orphelin depuis son jeune âge et qu'il avait vécu de droite et de gauche, changeant de nom, accrochant son existence aux métiers les plus bizarres. Il y avait là tout un mystère que personne n'avait pu pénétrer, et il ne semblait pas que la justice fût en voie d'y parvenir.

Mais il ne semblait pas non plus que ce mystère fût pour elle une raison de s'attarder. Sous son nom de Gilbert ou sous tel autre nom elle enverrait aux assises le complice de Vaucheray et le frapperait avec la même rigueur inflexible.

« Pauvre gosse ! répétait Lupin. Si on le poursuit comme ça, c'est bien à cause de moi. Ils ont peur d'une évasion et ils se hâtent d'arriver au but, au verdict d'abord... et puis à la suppression... Un gamin de vingt ans et qui n'a pas tué, qui n'est pas complice du meurtre... »

Hélas ! Lupin n'ignorait pas que c'était là chose impossible à prouver, et qu'il devait diriger ses efforts vers un autre point. Mais vers lequel ? Fallait-il renoncer à la piste du bouchon de cristal ?

Il ne put s'y décider. Son unique diversion fut d'aller à Enghien, où demeuraient Grognard et Le Ballu, et de s'assurer qu'ils avaient disparu depuis l'assassinat de la villa Marie-Thérèse. Hors cela, il s'occupa et ne voulut s'occuper que de Daubrecq.

Il refusa même de se livrer à la moindre considération sur les énigmes qui se posaient à lui, sur la trahison de Grognard et Le Ballu, sur les rapports avec la dame aux cheveux gris, sur l'espionnage dont il était l'objet, lui personnellement.

« Silence, Lupin, disait-il, dans la fièvre on raisonne à faux. Donc, tais-toi. Pas de déduction, surtout ! Rien n'est plus bête que de déduire les faits les uns des autres avant d'avoir trouvé un point de départ certain. C'est comme cela que l'on se fiche dedans. Écoute ton instinct. Marche d'après ton intuition, et puisque, en dehors de tout raisonnement, en dehors de toute logique, pourrait-on dire, puisque tu es persuadé que cette affaire tourne autour de ce sacré bouchon, vas-y hardiment. Sus au Daubrecq et à son cristal ! »

Lupin n'avait pas attendu d'aboutir à ces conclusions pour y conformer ses actes. A l'instant où il les énonçait en lui-même, il se trouvait assis, petit rentier muni d'un cache-nez et d'un vieux pardessus, il se trouvait assis trois jours après la scène du Vaudeville, sur un banc de l'avenue Victor-Hugo, à une distance assez grande du square Lamartine. Selon ses instructions, Victoire devait, chaque matin, à la même heure, passer devant ce banc.

« Oui, se répéta-t-il, le bouchon de cristal, tout est là... Quand je l'aurai... »

Victoire arrivait, son panier de provisions sous le bras. Tout de suite il nota son agitation et sa pâleur extraordinaires.

– Qu'y a-t-il ? lui demanda Lupin, en marchant aux côtés de la vieille nourrice.

Elle entra dans un grand magasin d'épicerie où il y avait beaucoup de gens, et, se retournant vers lui :

– Tiens, dit-elle, d'une voix altérée par l'émotion, voilà ce que tu cherches.

Et, tirant un objet de son panier, elle le lui donna. Lupin demeura confondu : il tenait en main le bouchon de cristal.

– Est-ce possible ? est-ce possible ? murmura-t-il, comme si la facilité d'un pareil dénouement l'eût déconcerté.

Mais le fait était là, visible et palpable. A sa forme, à ses proportions, à l'or éteint de ses facettes, il reconnaissait, à ne s'y point tromper, le bouchon de cristal qu'il avait eu déjà sous les yeux. Il n'était point jusqu'à une certaine petite éraflure qu'on ne remarquât sur la tige, et dont il se souvenait parfaitement.

D'ailleurs, si l'objet représentait tous les mêmes caractères, il n'en offrait aucun autre qui semblât nouveau. C'était un bouchon de cristal, voilà tout. Aucune marque, réellement spéciale, ne le distinguait des autres bouchons. Aucun signe ne s'y trouvait inscrit, aucun chiffre, et, taillé dans un seul bloc, il ne contenait aucune matière étrangère.

– Alors quoi ?

Et Lupin eut la vision subite et profonde de son erreur. Que lui importait de posséder ce bouchon de cristal s'il en ignorait la valeur ? Ce morceau de verre n'existait pas par lui-même, il ne comptait que par la signification qui s'attachait à lui. Avant de le prendre il fallait savoir. Et qui pouvait même lui assurer que, en le prenant, en le dérobant à Daubrecq, il ne commettait pas une bêtise ?

Question impossible à résoudre, mais qui s'imposait à lui avec une rigueur singulière.

« Pas de gaffes ! se dit-il en empochant l'objet. Dans cette diable d'affaire, les gaffes sont irréparables. »

Il n'avait pas quitté Victoire des yeux. Accompagnée d'un commis, elle allait d'un comptoir à l'autre, parmi la foule des clients. Elle stationna ensuite assez longtemps devant la caisse et passa près de Lupin.

Il ordonna, tout bas :

– Rendez-vous derrière le lycée Janson.

Elle le rejoignit dans une rue peu fréquentée.

– Et si l'on me suit ? dit-elle.

– Non, affirma-t-il. J'ai bien regardé. Écoute-moi. Où as-tu trouvé ce bouchon ?

– Dans le tiroir de sa table de nuit.

– Cependant, nous avons déjà fouillé là. Oui, et moi encore hier matin. C'est sans doute qu'il l'y a mis cette nuit.

– Et sans doute aussi qu'il va l'y reprendre, observa Lupin.

– Peut-être bien.

– Et s'il ne l'y trouve plus ?

Victoire parut effrayée.

– Réponds-moi, dit Lupin, s'il ne l'y trouve plus, est-ce toi qu'il accusera du vol ?

– Évidemment...

– Alors, va l'y remettre, et au galop.

– Mon Dieu ! mon Dieu ! gémit-elle, pourvu qu'il n'ait pas eu le temps de s'en apercevoir. Donne-moi l'objet, vite.

– Tiens, le voici, dit Lupin.

Il chercha dans la poche de son pardessus.

– Eh bien ? fit Victoire la main tendue.

– Eh bien, dit-il au bout d'un instant, il n'y est plus.

– Quoi !

– Ma foi, non, il n'y est plus... on me l'a repris.

Il éclata de rire, et d'un rire qui, cette fois, ne se mêlait d'aucune amertume.

Victoire s'indigna.

– Tu as de la gaieté de reste ! ... Dans une pareille circonstance ! ...

– Que veux-tu ? Avoue que c'est vraiment drôle. Ce n'est plus un drame que nous jouons... c'est une féerie, une féerie comme Les Pilules du Diable, ou bien Le pied de Mouton. Dès que j'aurai quelques semaines de repos, j'écrirai ça... Le Bouchon Magique, ou Les Mésaventures du pauvre Arsène.

– Enfin.., qui te l'a repris ?

– Qu'est-ce que tu chantes !... Il s'est envolé tout seul... Il s'est évanoui dans ma poche... Passez, muscade.

Il poussa doucement la vieille bonne, et, d'un ton plus sérieux :

– Rentre, Victoire, et ne t'inquiète pas. Il est évident qu'on t'avait vu me remettre ce bouchon et qu'on a profité de la bousculade, dans le magasin, pour le cueillir au fond de ma poche. Tout cela prouve que nous sommes surveillés de plus près que je ne pensais, et par des adversaires de premier ordre. Mais, encore une fois, sois tranquille. Les honnêtes gens ont toujours le dernier mot. Tu n'avais rien d'autre à me dire ?

– Si. On est venu, hier soir, pendant que M. Daubrecq était sorti. J'ai vu des lumières qui se reflétaient sur les arbres du jardin.

– La concierge ?

– La concierge n'était pas couchée.

– Alors ce sont les types de la Préfecture, ils continuent de chercher. A tantôt, Victoire... Tu me feras rentrer...

– Comment tu veux...

– Qu'est-ce que je risque ? Ta chambre est au troisième étage. Daubrecq ne se doute de rien.

– Mais les autres !

– Les autres ? S'ils avaient eu quelque intérêt à me faire mauvais parti, ils l'auraient déjà tenté. Je les gêne, voilà tout. Ils ne me craignent pas. A tantôt, Victoire, sur le coup de cinq heures.

Une surprise encore attendait Lupin. Le soir, sa vieille bonne lui annonça que, ayant ouvert par curiosité le tiroir de la table de nuit, elle y avait retrouvé le bouchon de cristal.

Lupin n'en était plus à s'émouvoir de ces incidents miraculeux. Il se dit simplement :

« Donc, on l'y a rapporté. Et la personne qui l'y a rapporté et qui s'introduit dans cet hôtel par des moyens inexplicables, cette personne a jugé comme moi que le bouchon ne devait pas disparaître. Et cependant Daubrecq, lui, qui se sait traqué jusqu'au fond de sa chambre, a de nouveau laissé ce bouchon dans un tiroir, comme s'il n'y attachait aucune importance ! Allez donc vous faire une opinion ... »

Si Lupin ne se faisait pas d'opinion, il ne pouvait tout de même pas se soustraire à certains raisonnements, à certaines associations d'idées, qui lui donnaient ce pressentiment confus de lumière que l'on éprouve à l'issue d'un tunnel.

« En l'espèce, il est inévitable, se disait-il, qu'une rencontre prochaine ait lieu entre moi et "les autres". Dès lors je serai maître de la situation. »

Cinq jours s'écoulèrent sans que Lupin relevât le moindre détail. Le sixième jour, Daubrecq eut la visite matinale d'un monsieur, le député Laybach, qui, comme ses collègues, se traîna désespérément à ses pieds, et, en fin de compte, lui remit vingt mille francs.

Deux jours encore, puis une nuit, vers deux heures, Lupin posté sur le palier du second étage, perçut le grincement d'une porte, la porte, il s'en rendit compte, qui faisait communiquer le vestibule avec le jardin. Dans l'ombre, il distingua, ou plutôt il devina la présence de deux personnes qui montèrent l'escalier et s'arrêtèrent au premier devant la chambre de Daubrecq.

Là que firent-elles ? On ne pouvait s'introduire dans cette chambre, puisque Daubrecq chaque soir mettait ses verrous. Alors qu'espérait-on ?

Évidemment un travail se pratiquait que Lupin discernait à des bruits sourds de frottement contre la porte. Puis des mots lui parvinrent, à peine chuchotés.

– Ça marche ?

– Oui, parfaitement, mais il vaut mieux remettre à demain, puisque...

Lupin n'entendit pas la fin de la phrase. Déjà les individus redescendaient à tâtons. La porte se referma, très doucement, puis la grille.

«Tout de même curieux, pensa Lupin. Dans cette maison où Daubrecq dissimule soigneusement ses turpitudes, et se méfie, non sans raison, des espionnages, tout le monde pénètre comme dans un moulin. Que Victoire me fasse entrer, que la concierge introduise les émissaires de la Préfecture... soit, mais, ces gens-là, qui trahit donc en leur faveur ? Doit-on supposer qu'ils agissent seuls ? Mais quelle hardiesse ! Quelle connaissance des lieux ! »

L'après-midi, pendant l'absence de Daubrecq, il examina la porte de la chambre au premier étage. Du premier coup d'œil il comprit : un des panneaux du bas, habilement découpé, ne tenait plus que par des pointes invisibles. Les gens qui avaient effectué ce travail étaient donc les mêmes qui avaient opéré chez lui, rue Matignon et rue Chateaubriand.

Il constata également que le travail remontait à une époque antérieure et que, comme chez lui, l'ouverture avait été préparée d'avance en prévision de circonstances favorables ou de nécessité immédiate.

La journée fut courte pour Lupin. Il allait savoir. Non seulement il saurait la façon dont ses adversaires utilisaient ces petites ouvertures, en apparence inutilisables, puisqu'on ne pouvait par là atteindre aux verrous supérieurs, mais il saurait qui étaient ces adversaires si ingénieux, si actifs, en face desquels il se retrouvait de manière inévitable.

Un incident le contraria. Le soir, Daubrecq, qui déjà au dîner s'était plaint de fatigue, revint à dix heures et, par extraordinaire, poussa, dans le vestibule, les verrous de la porte du jardin. En ce cas, comment « les autres » pourraient-ils mettre leurs projets à exécution et parvenir à la chambre de Daubrecq ?

Daubrecq ayant éteint la lumière, Lupin patiente encore une heure, puis, à tout hasard, il installa son échelle de corde, et ensuite il prit son poste au palier du deuxième.

Il n'eut pas à se morfondre. Une heure plus tôt que la veille, on essaya d'ouvrir la porte du vestibule. La tentative ayant échoué, il s'écoula quelques minutes de silence absolu. Et Lupin croyait que l'on avait renoncé quand il tressaillit. Sans que le moindre grincement eût effleuré le silence, quelqu'un avait passé. Il ne l'eût pas su, tellement le pas de cet être était assourdi par le tapis de l'escalier, si la rampe que, lui-même, il tenait en main, n'avait pas frémi. On montait.

Et, à mesure que l'on montait, une impression de malaise envahissait Lupin : il n'entendait pas davantage. A cause de la rampe, il était sûr qu'un être s'avançait, et il pouvait compter par chacune des trépidations le nombre des marches escaladées, mais aucun autre indice ne lui donnait cette sensation obscure de la présence que l'on éprouve à distinguer des gestes qu'on ne voit pas, à percevoir des bruits que l'on n'entend point. Dans l'ombre pourtant, une ombre plus noire aurait dû se former, et quelque chose eût dû, tout au moins, modifier la qualité du silence. Non, c'est à croire qu'il n'y avait personne.

Et Lupin, malgré lui et contre le témoignage même de sa raison, en arrivait à le croire, car la rampe ne bougeait plus, et il se pouvait qu'il eût été le jouet d'une illusion.

Et cela dura longtemps. Il hésitait, ne sachant que faire, ne sachant que supposer. Mais un détail bizarre le frappa. Une pendule venait de sonner deux heures. A son tintement, il avait reconnu la pendule de Daubrecq. Or, ce tintement avait été celui d'une pendule dont on n'est pas séparé par l'obstacle d'une porte.

Vivement Lupin descendit et s'approcha de la porte. Elle était fermée, mais il y avait un vide à gauche, en bas, un vide laissé par l'enlèvement du petit panneau.

Il écouta. Daubrecq se retournait à ce moment dans son lit, et sa respiration reprit, un peu rauque. Et Lupin, très nettement, entendit que l'on froissait des vêtements. Sans aucun doute l'être était là, qui cherchait, qui fouillait les habits déposés par Daubrecq auprès de son lit.

« Cette fois, pensa Lupin, je crois que l'affaire va s'éclaircir un peu. Mais fichtre ! comment le bougre a-t-il pu s'introduire ? A-t-il réussi à retirer les verrous et à entrouvrir la porte ?... Mais alors pourquoi aurait-il commis l'imprudence de la refermer ? »

Pas une seconde, anomalie curieuse chez un homme comme Lupin et qui ne s'explique que par la sorte de malaise que provoquait en lui cette aventure, pas une seconde il ne soupçonna la vérité fort simple qui allait se révéler à lui. Ayant continué de descendre, il s'accroupit sur une des premières marches au bas de l'escalier et se plaça ainsi entre la porte de Daubrecq et celle du vestibule, chemin inévitable que devait suivre l'ennemi de Daubrecq pour rejoindre ses complices.

Avec quelle anxiété interrogeait-il les ténèbres ! Cet ennemi de Daubrecq, qui se trouvait également son adversaire à lui, il était sur le point de le démasquer ! Il se mettait en travers de ses projets ! Et, le butin dérobé à Daubrecq, il le reprenait à son tour tandis que Daubrecq dormait, et que les complices tapis derrière la porte du vestibule ou derrière la grille du jardin, attendaient vainement le retour de leur chef.

Et ce retour se produisit. Lupin en fut informé à nouveau par l'ébranlement de la rampe. Et de nouveau, les nerfs tendus, les sens exaspérés, il tâcha de discerner l'être mystérieux qui venait vers lui. Il l'avisa soudain à quelques mètres de distance. Lui-même, caché dans un renfoncement plus ténébreux, ne pouvait être découvert. Et ce qu'il voyait – de quelle façon confuse ! – avançait de marche en marche avec des précautions infinies et en s'accrochant aux barreaux de la rampe.

« A qui diantre ai-je affaire ? » se dit Lupin, dont le coeur battait.

Le dénouement se précipita. Un geste imprudent de sa part avait été surpris par l'inconnu, qui s'arrêta net. Lupin eut peur d'un recul, d'une fuite. Il sauta sur l'adversaire et fut stupéfait de ne rencontrer que le vide et de se heurter à la rampe sans avoir saisi la forme noire qu'il voyait. Mais aussitôt il s'élança, traversa la moitié du vestibule et rattrapa l'adversaire au moment où celui-ci arrivait à la porte du jardin.

Il y eut un cri de terreur, auquel d'autres cris répondirent de l'autre côté de la porte.

« Ah ! crebleu ! qu'est-ce que c'est que ça ? » murmura Lupin dont les bras invincibles s'étaient refermés sur une toute petite chose tremblante et gémissante.

Comprenant soudain, il fut effaré et resta un moment immobile, indécis sur ce qu'il allait faire avec la proie conquise. Mais les autres s'agitaient derrière la porte et s'exclamaient. Alors, craignant le réveil de Daubrecq, il glissa la petite chose sous son veston, contre sa poitrine, empêcha les cris avec son mouchoir roulé en tampon, et remonta hâtivement les trois étages.

– Tiens, dit-il à Victoire, qui se réveilla en sursaut, je t'amène le chef indomptable de nos ennemis, l'hercule de la bande. As-tu un biberon ?

Il déposa sur le fauteuil un enfant de six à sept ans, menu dans son jersey gris, coiffé d'une calotte de laine tricotée, et dont l'adorable visage tout pâle, aux yeux épouvantés, était tout sillonné de larmes.

– Où as-tu ramassé ça ? fit Victoire, ahurie.

– Au bas de l'escalier et sortant de la chambre de Daubrecq, répondit Lupin, qui tâtait vainement le jersey dans l'espoir que l'enfant aurait apporté de cette chambre un butin quelconque.

Victoire s'apitoya.

– Le pauvre petit ange ! regarde... il se retient de crier... Jésus Marie, il a des mains, c'est des glaçons ! N'aie pas peur, fiston, on ne te fera pas de mal... le monsieur n'est pas méchant.

– Non, dit Lupin, pas méchant pour deux sous, le monsieur, mais il y a un autre monsieur, très méchant qui va se réveiller si tu continues à faire du boucan comme cela, à la porte du vestibule. Tu les entends, Victoire ?

– Qui est-ce ?

– Les satellites de notre jeune hercule, la bande du chef indomptable.

– Alors ? balbutia Victoire, déjà bouleversée.

– Alors comme je ne veux pas être pris au piège, je commence par ficher le camp. Tu viens Hercule ?

Il roula l'enfant dans une couverture de laine, de manière à ce que la tête dépassât, le bâillonna aussi soigneusement que possible et le fit attacher par Victoire sur ses épaules.

– Tu vois, Hercule, on rigole. T'en trouveras des messieurs qui jouent au bon vinaigre à trois heures du matin. Allons, ouste, prenons notre vol. T'as pas le vertige ?

Il enjamba le rebord de la fenêtre et mit le pied sur un des barreaux de l'échelle. En une minute, il arrivait au jardin.

Il n'avait pas cessé d'entendre, et il entendait plus nettement encore les coups que l'on frappait à la porte du vestibule. Il était stupéfiant que Daubrecq ne fût pas réveillé par un tumulte aussi violent.

« Si je n'y mets bon ordre, ils vont tout gâter », se dit Lupin.

S'arrêtant à l'angle de l'hôtel, invisible dans la nuit, il mesura la distance qui le séparait de la grille. Cette grille était ouverte. A sa droite il voyait le perron, au haut duquel les gens s'agitaient ; à sa gauche, le pavillon de la concierge.

Cette femme avait quitté sa loge, et, debout près du perron, suppliait les gens.

– Mais taisez-vous donc ! taisez-vous donc ! il va venir.

« Ah ! parfait, se dit Lupin, la bonne femme est aussi la complice de ceux-là. Bigre, elle cumule. »

Il s'élança vers elle, et l'empoignant par le cou, lui jeta :

– Va les avertir que j'ai l'enfant... Qu'ils viennent le reprendre chez moi, rue Chateaubriand.

Un peu plus loin, sur l'avenue, il y avait un taxi que Lupin supposa retenu par la bande. D'autorité, et comme s'il eût été un des complices, il monta dans la voiture, et se fit conduire chez lui.

– Eh bien, dit-il à l'enfant, on n'a pas été trop secoué ?... Si l'on se reposait un peu sur le dodo du monsieur ?

Son domestique Achille, dormait. Lui-même installa le petit et le caressa gentiment.

L'enfant semblait engourdi. Sa pauvre figure était comme pétrifiée dans une expression rigide, où il y avait à la fois de la peur et de la volonté de ne pas avoir peur, l'envie de pousser des cris et un effort pitoyable pour n'en point pousser.

– Pleure, mon mignon, dit Lupin, ça te fera du bien de pleurer.

L'enfant ne pleura pas, mais la voix était si douce et si bienveillante qu'il se détendit, et dans ses yeux plus calmes, dans sa bouche moins convulsée, Lupin, qui l'examinait profondément, retrouva quelque chose qu'il connaissait déjà, une ressemblance indubitable.

Cela encore lui fut une confirmation de certains faits qu'il soupçonnait, et qui s'enchaînaient les uns aux autres dans son esprit.

En vérité, s'il ne se trompait pas, la situation changeait singulièrement, et il n'était pas loin de prendre la direction des événements. Dès lors...

Un coup de sonnette, et deux autres, aussitôt, brusques.

– Tiens, dit Lupin à l'enfant, c'est ta maman qui vient te chercher. Ne bouge pas.

Il courut à la porte et l'ouvrit.

Une femme entra, comme une folle.

– Mon fils s'exclama-t-elle... mon fils, où est-il ?

– Dans ma chambre, dit Lupin.

Sans en demander davantage, montrant ainsi que le chemin lui était connu, elle se précipita dans la chambre.

« La jeune femme aux cheveux gris, murmura Lupin, l'amie et l'ennemie de Daubrecq ; c'est bien ce que je pensais. »

Il s'approcha de la fenêtre et souleva le rideau. Deux hommes arpentaient le trottoir, en face Grognard et Le Ballu.

« Et ils ne se cachent même pas, ajouta-t-il. C'est bon signe. Ils considèrent qu'il faut obéir au patron. Reste la jolie dame aux cheveux gris. Ce sera plus difficile. A nous deux, la maman ! »

Il trouva la mère et le fils enlacés, et la mère tout inquiète, les yeux mouillés de larmes, qui disait :

– Tu n'as pas de mal ? tu es sûr ? Oh comme tu as dû avoir peur, mon petit Jacques !

– Un rude petit bonhomme, déclara Lupin.

Elle ne répondit pas, elle palpait le jersey de l'enfant comme Lupin l'avait fait, sans doute pour voir s'il avait réussi dans sa mission nocturne, et elle l'interrogea tout bas.

– Non, maman... je t'assure que non, dit l'enfant.

Elle l'embrassa doucement et le câlina contre elle, si bien que l'enfant, exténué de fatigue et d'émotion, ne tarda pas à s'endormir. Elle demeura longtemps encore penchée sur lui. Elle-même semblait très lasse et désireuse de repos.

Lupin ne troubla pas sa méditation. Il la regardait anxieusement avec une attention dont elle ne pouvait pas s'apercevoir, et il nota le cerne plus large de ses paupières et la marque plus précise de ses rides. Pourtant il la trouva plus belle qu'il ne la croyait, de cette beauté émouvante que donne l'habitude de souffrir à certaines figures plus humaines, plus sensibles que d'autres.

Elle eut une expression si triste, que, dans un élan de sympathie instinctive, il s'approcha d'elle et lui dit :

– J'ignore quels sont vos projets, mais, quels qu'ils soient, vous avez besoin de secours. Seule, vous ne pouvez pas réussir.

– Je ne suis pas seule.

– Ces deux hommes qui sont là ? Je les connais. Ils ne comptent pas. Je vous en supplie, usez de moi. Vous vous rappelez l'autre soir, au théâtre, dans la baignoire ? Vous étiez sur le point de parler. Aujourd'hui, n'hésitez pas.

Elle tourna les yeux vers lui, l'observa, et, comme si elle n'eût pu se soustraire à cette volonté adverse, elle articula :

– Que savez-vous au juste ? Que savez-vous de moi ?

– J'ignore bien des choses. J'ignore votre nom : mais je sais...

Elle l'interrompit d'un geste et, avec une décision brusque, dominant à son tour celui qui l'obligeait à parler :

– Inutile, s'écria-t-elle, ce que vous pouvez savoir, après tout, est peu de chose, et n'a aucune importance. Mais quels sont vos projets, à vous ? Vous m'offrez votre concours... en vue de quoi ? Si vous vous êtes jeté à corps perdu dans cette affaire, si je n'ai rien pu entreprendre sans vous rencontrer sur mon chemin, c'est que vous voulez atteindre un but... Lequel ?

– Lequel ? mon Dieu, il me semble que ma conduite...

– Non, fit-elle énergiquement, pas de mots. Il faut entre nous des certitudes, et, pour y arriver, une franchise absolue. Je vais vous donner l'exemple. M. Daubrecq possède un objet d'une valeur inouïe, non par lui-même, mais par ce qu'il représente. Cet objet, vous le connaissez. Deux fois, vous l'avez eu en mains. Deux fois je vous l'ai repris. Eh bien, je suis en droit de croire que si vous avez voulu vous l'approprier, c'est pour user du pouvoir que vous lui attribuez, et pour en user à votre bénéfice...

– Comment cela ?

– Oui, pour en user selon vos desseins, dans l'intérêt de vos affaires personnelles, conformément à vos habitudes de...

– De cambrioleur et d'escroc, acheva Lupin.

Elle ne protesta pas. Il tâcha de lire, au fond de ses yeux, sa pensée secrète. Que voulait-elle de lui ? Que craignait-elle ? Si elle se méfiait, ne pouvait-il, lui aussi, se méfier de cette femme qui, deux fois, lui avait repris le bouchon de cristal pour le rendre à Daubrecq ? Si mortellement ennemie qu'elle fût de Daubrecq, jusqu'à quel point demeurait-elle soumise à la volonté de cet homme ? En se livrant à elle, ne risquait-on pas de se livrer à Daubrecq ?... Cependant, il n'avait jamais contemplé des yeux plus graves et un visage plus sincère.

Sans plus hésiter il déclara :

– Mon but est simple : la délivrance de Gilbert et Vaucheray.

– Est-ce vrai ?... Est-ce vrai ?... cria-t-elle, toute frémissante, et en l'interrogeant d'un regard anxieux.

– Si vous me connaissiez...

– Je vous connais... Je sais qui vous êtes... Voilà des mois que je suis mêlée à votre vie, sans que vous le soupçonniez... et cependant, pour certaines raisons, je doute encore...

Il prononça plus fortement :

– Vous ne me connaissez pas. Si vous me connaissiez, vous sauriez qu'il ne peut y avoir de répit pour moi avant que mes deux compagnons... ou tout au moins Gilbert, car Vaucheray est une canaille... avant que Gilbert ait échappé au sort affreux qui l'attend.

Elle se précipita sur lui et le saisit aux épaules avec un véritable affolement :

– Quoi ? Qu'est-ce que vous dites ? le sort affreux ?... Alors vous croyez... vous croyez...

– Je crois réellement, dit Lupin, qui sentit combien cette menace la bouleversait, je crois réellement que si je n'arrive pas à temps, Gilbert est perdu.

– Taisez-vous... taisez-vous... cria-t-elle en l'étreignant brutalement. Taisez-vous... je vous défends de dire cela... il n'y a aucune raison... C'est vous qui supposez...

– Ce n'est pas seulement moi, c'est aussi Gilbert... Hein ? Gilbert ! Comment le savez-vous ?

– Par lui-même.

– Par lui ?

– Oui, par lui, il n'espère plus qu'en moi, par lui qui sait qu'un seul homme au monde peut le sauver, et qui m'a appelé désespérément, il y a quelques jours, du fond de sa prison. Voici sa lettre.

Elle saisit avidement le papier et lut en bégayant :

« Au secours, patron... je suis perdu... J'ai peur... au secours... »

Elle lâcha le papier. Ses mains s'agitèrent dans le vide. On eût dit que ses yeux hagards voyaient la sinistre vision qui, tant de fois déjà, avait épouvanté Lupin. Elle poussa un cri d'horreur, tenta de se lever et tomba évanouie.

Chapitre **5**

Les vingt-sept

L'enfant dormait paisiblement sur le lit. La mère ne remuait pas de la chaise longue où Lupin l'avait étendue, mais sa respiration plus calme, le sang qui revenait à sa figure, annonçaient un réveil prochain.

Il remarqua qu'elle portait une alliance. Voyant un médaillon qui pendait au corsage, il s'inclina et aperçut, après l'avoir retourné, une photographie très réduite qui représentait un homme d'une quarantaine d'années et un enfant, un adolescent plutôt, en costume de collégien, dont il étudia le frais visage encadré de cheveux bouclés.

– C'est bien cela, dit-il... Ah ! la pauvre femme !

La main qu'il prit entre les siennes se réchauffait peu à peu. Les yeux s'ouvrirent, puis se refermèrent. Elle murmura :

– Jacques...

– Ne vous inquiétez pas... il dort... tout va bien.

Elle reprenait son entière connaissance. Mais, comme elle se taisait, Lupin lui posa des questions pour amener chez elle peu à peu le besoin de s'épancher. Et il lui dit en désignant le médaillon aux portraits :

– Le collégien, c'est Gilbert, n'est-ce pas ?

– Oui, dit-elle.

– Et Gilbert est votre fils ?

Elle eut un frisson et chuchota :

– Oui, Gilbert est mon fils, mon fils aîné.

Ainsi, elle était la mère de Gilbert, de Gilbert, le détenu de la Santé, accusé d'assassinat, et que la justice poursuivait avec tant d'âpreté !

Lupin continua :

– Et l'autre portrait ?

– C'est celui de mon mari.

– Votre mari ?

– Oui, il est mort voici trois ans.

Elle s'était assise. La vie tressaillait en elle, de nouveau, ainsi que l'effroi de vivre, et que l'effroi de toutes les choses terrifiantes qui la menaçaient. Lupin lui dit encore :

– Votre mari s'appelait ?

Elle hésita un moment et répondit :

– Mergy.

Il s'écria :

– Victorien Mergy, le député ?

– Oui.

Il y eut un long silence. Lupin n'avait pas oublié l'événement, et le bruit que cette mort avait fait. Trois ans auparavant, dans les couloirs de la Chambre, le député Mergy se brûlait la cervelle, sans laisser un mot d'explication, sans qu'on pût, par la suite, trouver à ce suicide la moindre raison.

– La raison, dit Lupin, achevant sa pensée à haute voix, vous ne l'ignorez pas ?

– Je ne l'ignore pas.

– Gilbert, peut-être ?

– Non, Gilbert avait disparu depuis plusieurs années, chassé et maudit par mon mari. Son chagrin fut très grand, mais il y eut un autre motif...

– Lequel ? dit Lupin.

Mais il n'était pas nécessaire que Lupin posât des questions. Mme Mergy ne pouvait plus se taire, et lentement d'abord, avec l'angoisse de tout ce passé qu'il fallait ressusciter, elle s'exprima ainsi :

– Il y a vingt-cinq ans, alors que je m'appelais Clarisse Darcel, et que mes parents vivaient encore, je rencontrai, dans le monde, à Nice, trois jeunes gens dont les noms vous éclaireront tout de suite sur le drame actuel : Alexis Daubrecq, Victorien Mergy et Louis Prasville. Tous trois se connaissaient d'autrefois, étudiants de même année, amis de régiment. Prasville aimait alors une actrice qui chantait à l'Opéra de Nice. Les deux autres, Mergy et Daubrecq, m'aimèrent. Sur tout cela, et sur toute cette histoire, d'ailleurs, je serai brève. Les faits parlent suffisamment. Dès le premier instant, j'aimai Victorien Mergy. Peut-être eus-je tort de ne pas le déclarer aussitôt. Mais tout amour sincère est timide, hésitant, craintif, et je n'annonçais mon choix qu'en toute certitude et en toute liberté. Malheureusement cette période d'attente, si délicieuse pour ceux qui s'aiment en secret, avait permis à Daubrecq d'espérer. Sa colère fut atroce.

Clarisse Mergy s'arrêta quelques secondes, et elle reprit d'une voix altérée :

– Je me souviendrai toujours... Nous étions tous les trois dans le salon. Ah ! j'entends les paroles qu'il prononça, paroles de haine et de menace horrible. Victorien était confondu. Jamais il n'avait vu son ami de la sorte, avec ce visage répugnant, cette expression de bête... Oui, une bête féroce... Il grinçait des dents. Il frappait du pied. Ses yeux – il ne portait pas de lunettes alors – ses yeux bordés de sang roulaient dans leurs orbites, et il ne cessait de répéter : « Je me vengerai... je me vengerai... Ah ! vous ne savez pas de quoi je suis capable. J'attendrai s'il le faut, dix ans, vingt ans... Mais ça viendra comme un coup de tonnerre... Ah vous ne savez pas... Se venger... Faire le mal... pour le mal... Quelle joie ! Je suis né pour faire du mal... Et vous me supplierez tous deux à genoux, oui, à genoux. » Aidé de mon père qui entrait à ce moment, et d'un domestique, Victorien Mergy jeta dehors cet être abominable. Six semaines plus tard, j'épousais Victorien.

– Et Daubrecq ? interrompit Lupin, il n'essaya pas ?...

– Non, mais le jour de mon mariage, en rentrant chez lui, Louis Prasville, qui nous servait de témoin malgré la défense de Daubrecq, trouva la jeune femme qu'il aimait, cette chanteuse de l'Opéra... il la trouva morte étranglée...

– Quoi ! fit Lupin en sursautant. Est-ce que Daubrecq ?...

– On sut que Daubrecq, depuis quelques jours la poursuivait de ses assiduités, mais on ne sut rien de plus. Il fut impossible d'établir qui était entré en l'absence de Prasville, et qui était sorti. On ne découvrit aucune trace, rien, absolument rien.

– Cependant, Prasville...

– Pour Prasville, pour nous, la vérité ne fit pas de doute. Daubrecq a voulu enlever la jeune femme, a voulu peut-être la brusquer, la contraindre et, au cours de la lutte, affolé, perdant la tête, il l'avait saisie à la gorge et tuée, presque à son insu. Mais, de tout cela, pas de preuve ; Daubrecq ne fut même pas inquiété.

– Et par la suite que devint-il ?

– Pendant des années, nous n'entendîmes pas parler de lui. Nous sûmes seulement qu'il s'était ruiné au jeu, et qu'il voyageait en Amérique. Et, malgré moi, j'oubliais sa colère et ses menaces, toute disposée à croire que lui-même ne m'aimait plus, ne pensait plus à ses projets de vengeance. D'ailleurs, j'étais trop heureuse pour m'occuper de ce qui n'était pas mon amour, mon bonheur, la situation politique de mon mari, la santé de mon fils Antoine.

– Antoine ?

– Oui, c'est le vrai nom de Gilbert, le malheureux a tout au moins réussi à cacher sa personnalité.

Lupin demanda :

– A quelle époque... Gilbert... a-t-il commencé ? ...

– Je ne saurais vous le dire au juste ; Gilbert – j'aime autant l'appeler ainsi, et ne plus prononcer son nom véritable – Gilbert, enfant, était ce qu'il est aujourd'hui, aimable, sympathique à tous, charmant, mais paresseux et indiscipliné. Lorsqu'il eut quinze ans, nous le mîmes dans un collège des environs de Paris, précisément pour l'éloigner un peu de nous. Au bout de deux ans, on le renvoyait.

– Pourquoi ?

– Pour sa conduite. On avait découvert qu'il s'échappait la nuit, et aussi, que durant des semaines, alors que soi-disant, il était auprès de nous, en réalité il disparaissait.

– Que faisait-il ?

– Il s'amusait, jouait aux courses, traînait dans les cafés et dans les bals publics.

– Il avait donc de l'argent ?

– Oui.

– Qui lui en donnait ?

– Son mauvais génie, l'homme qui en cachette de ses parents, le faisait sortir du collège, l'homme qui le dévoya, qui le corrompit, qui nous l'arracha, qui lui apprit le mensonge, la débauche, le vol.

– Daubrecq ?

– Daubrecq.

Clarisse Mergy dissimulait entre ses mains jointes la rougeur de son front. Elle reprit de sa voix lasse :

– Daubrecq s'était vengé. Le lendemain même du jour où mon mari chassait de la maison notre malheureux enfant,

Daubrecq nous dévoilait, dans la plus cynique des lettres, le rôle odieux qu'il avait joué et les machinations grâce auxquelles il avait réussi à pervertir notre fils. Il continuait ainsi : « La correctionnelle un de ces jours... Plus tard les assises... et puis, espérons-le, l'échafaud. »

Lupin s'exclama :

– Comment ? c'est Daubrecq qui aurait comploté l'affaire actuelle ?

– Non, non, il n'y a là qu'un hasard. L'abominable prédiction n'était qu'un vœu formulé par lui. Mais combien cela me terrifia ! J'étais malade à ce moment. Mon autre fils, mon petit Jacques, venait de naître. Et chaque jour nous apprenait quelque nouveau méfait commis par Gilbert, de fausses signatures données, des escroqueries... si bien qu'autour de nous, nous annonçâmes son départ pour l'étranger, puis sa mort. La vie fut lamentable, et elle le fut d'autant plus quand éclata l'orage politique où mon mari devait sombrer.

– Comment cela ?

– Deux mots vous suffiront, le nom de mon mari est sur la liste des vingt-sept.

– Ah !

D'un coup, le voile se déchirait devant les yeux de Lupin et il apercevait à la lueur d'un éclair toute une région de choses qui se dérobaient jusque-là dans les ténèbres.

D'une voix plus forte, Clarisse Mergy reprenait :

– Oui, son nom s'y trouve inscrit, mais par erreur, par une sorte de malchance incroyable dont il fut la victime. Victorien Mergy fit bien partie de la commission chargée d'étudier le canal français des Deux-Mers. Il vota bien avec ceux qui approuvèrent le projet de la Compagnie. Il toucha même, oui, je le dis nettement, et je précise la somme, il toucha quinze mille francs. Mais c'est pour un autre qu'il toucha, pour un de ses amis politiques en qui il avait une confiance absolue et dont il fut l'instrument aveugle, inconscient. Il crut faire une bonne action, il se perdit. Le jour où, après le suicide du Président de la Compagnie et la disparition du caissier, l'affaire du canal apparut avec tout son cortège de tripotages et de malpropretés, ce jour-là seulement mon mari sut que plusieurs de ses collègues avaient été achetés, et il comprit que son nom, comme le leur, comme celui d'autres députés, chefs de groupes, parlementaires influents, se trouvait sur cette liste mystérieuse dont on parlait soudain. Ah ! les jours affreux qui s'écoulèrent alors ! La liste serait-elle publiée ? Son nom serait-il prononcé ? Quelle torture ! Vous vous rappelez l'affolement de la Chambre, cette atmosphère de terreur et de délation ! Qui possédait la liste ? On ne le savait pas. On savait son existence. Voilà tout. Deux hommes furent balayés par la tempête. Et l'on ignorait toujours d'où partait la dénonciation, et dans quelles mains se trouvaient les papiers accusateurs.

– Daubrecq, insinua Lupin.

– Eh ! non, s'écria Mme Mergy, Daubrecq n'était encore rien à cette époque, il n'avait pas encore paru sur la scène. Non... rappelez-vous... la vérité on la connut tout d'un coup, par celui-là même qui la détenait, Germineaux, l'ancien Garde des Sceaux, et le cousin du Président de la Compagnie du Canal. Malade, phtisique, de son lit d'agonisant, il écrivit au Préfet de Police, lui léguant cette liste que, disait-il, l'on trouverait, après sa mort, dans un coffre de fer, au fond de sa chambre. La maison fut entourée d'agents. Le Préfet s'établit à demeure auprès du malade. Germineaux mourut. On ouvrit le coffre. Il était vide.

– Daubrecq, cette fois, affirma Lupin.

– Oui, Daubrecq, proféra Mme Mergy, dont l'agitation croissait de minute en minute, Alexis Daubrecq, qui, depuis six mois, déguisé, méconnaissable, servait de secrétaire à Germineaux. Comment avait-il appris que Germineaux était le possesseur du fameux papier ? Il importe peu. Toujours est-il qu'il avait fracturé le coffre la nuit même qui précéda la mort. L'enquête le prouva et l'identité de Daubrecq fut établie.

– Mais on ne l'arrêta pas ?

– A quoi bon ! On supposait bien qu'il avait mis la liste en lieu sûr. L'arrêter, c'était l'esclandre, l'affaire qui recommençait, cette vilaine affaire dont tout le monde est las et que l'on veut étouffer à tout prix.

– Alors ?

– On négocia.

Lupin se mit à rire.

– Négocier avec Daubrecq, c'est drôle !

– Oui, très drôle, scanda Mme Mergy, d'un ton âpre. Pendant ce temps, il agissait, lui, et tout de suite, sans vergogne, allant droit au but. Huit jours après son vol il se rendait à la Chambre des Députés, demandait mon mari, et, brutalement, exigeait de lui trente mille francs dans les vingt-quatre heures. Sinon, le scandale, le déshonneur. Mon mari connaissait l'individu, il le savait implacable, plein de rancune et de férocité. Il perdit la tête et se tua.

– Absurde ne put s'empêcher de dire Lupin. Daubrecq possède une liste de vingt-sept noms. Pour livrer l'un de ces noms, il est obligé, s'il veut qu'on attache du crédit à son accusation, de publier la liste même, c'est-à-dire de se dessaisir du document, ou du moins de la photographie de ce document, et en faisant cela il provoque le scandale, mais se prive désormais de tout moyen d'action et de chantage.

– Oui et non, dit-elle.

– Comment le savez-vous ?

– Par Daubrecq, par Daubrecq qui est venu me voir, le misérable, et qui m'a raconté cyniquement son entrevue avec mon mari et les paroles échangées. Or, il n'y a pas que cette liste, il n'y a pas que ce fameux bout de papier sur lequel le caissier notait les noms et les sommes touchées, et sur lequel, rappelez-vous, le Président de la Compagnie, avant de mourir, a mis sa signature en lettres de sang. Il n'y a pas que cela. Il y a certaines preuves plus vagues que les intéressés ne connaissent pas : correspondance entre le Président de la Compagnie et son caissier, entre le Président et ses avocats-conseils, etc. Seule compte, évidemment, la liste griffonnée sur le morceau de papier ; celle-là est la preuve unique, irrécusable, qu'il ne servirait de rien de copier ou de photographier, car son authenticité peut être contrôlée, dit-on, de la façon la plus rigoureuse. Mais, tout de même, les autres indices sont dangereux. Ils ont suffi à démolir déjà deux députés. Et de cela Daubrecq sait jouer à merveille. Il effraye la victime choisie, il l'affole, il lui montre le scandale inévitable, et l'on verse la somme exigée, ou bien l'on se tue comme mon mari. Comprenez-vous, maintenant ?

– Oui, dit Lupin.

Et, dans le silence qui suivit, il reconstitua la vie de Daubrecq. Il le voyait maître de cette liste, usant de son pouvoir, sortant peu à peu de l'ombre, jetant à pleines mains l'argent qu'il extorquait à ses victimes, se faisant nommer conseiller général, député, régnant par la menace et par la terreur, impuni, inaccessible, inattaquable, redouté du gouvernement qui aime mieux se soumettre à ses ordres que de lui déclarer la guerre, respecté par les pouvoirs publics, si puissant enfin qu'on avait nommé secrétaire général de la Préfecture de Police, contre tous droits acquis, Prasville, pour ce seul motif qu'il haïssait Daubrecq d'une haine personnelle.

– Et vous l'avez revu ? dit-il.

– Je l'ai revu. Il le fallait. Mon mari était mort, mais son honneur demeurait intact. Nul n'avait soupçonné la vérité. Pour défendre tout au moins le nom qu'il me laissait, j'ai accepté une première entrevue avec Daubrecq.

– Une première, en effet, car il y en a eu d'autres ?...

– Beaucoup d'autres, prononça-t-elle, d'une voix altérée, oui, beaucoup d'autres... au théâtre... ou certains soirs à Enghien... ou bien à Paris, la nuit... car j'avais honte de le voir, cet homme, et je ne veux pas qu'on sache... Mais il le fallait... un devoir plus impérieux que tout me le commandait... le devoir de venger mon mari...

Elle se pencha sur Lupin, et ardemment :

– Oui, la vengeance ce fut la raison de ma conduite et le souci de toute ma vie. Venger mon mari, venger mon fils perdu, me venger moi, de tout le mal qu'il m'a fait... Je n'avais plus d'autre rêve, d'autre but. Je voulais cela, l'écrasement de cet homme, sa misère, ses larmes – comme s'il pouvait encore pleurer ! – ses sanglots, son désespoir...

– Sa mort, interrompit Lupin, qui se souvenait de la scène entre eux dans le bureau de Daubrecq.

– Non, pas sa mort. J'y ai pensé souvent... J'ai même levé le bras sur lui... Mais à quoi bon ! Il a dû prendre ses précautions. Le papier subsisterait. Et puis, ce n'est pas se venger que de tuer... Ma haine allait plus loin... Elle voulait sa perte et sa déchéance, et, pour cela, un seul moyen : lui arracher ses griffes. Daubrecq privé de ce document qui le rend si fort, Daubrecq n'existe plus. C'est la ruine immédiate, le naufrage, et dans quelles conditions lamentables ! Voilà ce que j'ai cherché.

– Mais Daubrecq ne pouvait se méprendre sur vos intentions ?

– Certes non. Et ce fut, je vous le jure, d'étranges rendez-vous que les nôtres, moi le surveillant, tâchant de deviner derrière ses paroles le secret qu'il cache... et lui... lui...

– Et lui, dit Lupin, achevant la pensée de Clarisse Mergy... lui, guettant la proie qu'il désire... la femme qu'il n'a jamais cessé d'aimer... et qu'il aime... et qu'il veut de toutes ses forces, et de toute sa rage...

Elle baissa la tête et dit simplement :

– Oui.

Duel étrange, en effet, qui opposait l'un à l'autre ces deux êtres que séparaient tant de choses implacables. Comme il fallait que la passion de Daubrecq fût effrénée pour qu'il risquât ainsi cette menace perpétuelle de la mort, et qu'il introduisît auprès de lui, dans son intimité, cette femme dont il avait dévasté l'existence ! Mais comme il fallait également qu'il se sentît en pleine sécurité !

– Et vos recherches aboutirent... à quoi ? demanda Lupin.

– Mes recherches, dit-elle, furent longtemps infructueuses. Les procédés d'investigation que vous avez suivis, ceux que la police a suivis de son côté, moi, des années avant vous, je les ai employés, et vainement. Je commençais à désespérer quand, un jour, en allant chez Daubrecq, dans sa villa d'Enghien, je ramassai sous sa table de travail le début d'une lettre chiffonnée et jetée parmi les paperasses d'une corbeille. Ces quelques lignes étaient écrites de sa main en mauvais anglais. Je pus lire :

« Évidez le cristal à l'intérieur de manière à laisser un vide qu'il soit impossible de soupçonner. »

« Peut-être n'aurais-je pas attaché à cette phrase toute l'importance qu'elle méritait, si Daubrecq, qui se trouvait alors dans le jardin, n'était survenu en courant et ne s'était mis à fouiller la corbeille, avec une hâte significative. Il me regarda d'un air soupçonneux.

– Il y avait là... une lettre...

« Je fis semblant de ne pas comprendre. Il n'insista point, mais son agitation ne m'avait pas échappé, et je dirigeai mes recherches dans le même sens. C'est ainsi qu'un mois après je découvris, au milieu des cendres de la cheminée du salon, la moitié d'une facture anglaise. John Howard, verrier à Stourbridge, avait fourni au député Daubrecq un flacon de cristal conforme au modèle. Le mot « cristal » me frappa, je partis pour Stourbridge, je soudoyai le contremaître de la verrerie, et j'appris que le bouchon de ce flacon, d'après la formule même de la commande, avait été évidé intérieurement de manière à laisser un vide qu'il fût impossible de soupçonner. »

Lupin hocha la tête.

Le renseignement ne laissait aucun doute. Pourtant il ne m'a pas semblé que, même sous la couche d'or... Et puis la cachette serait bien exiguë.

– Exiguë, mais suffisante, dit-elle.

– Comment le savez-vous ?

– Par Prasville.

– Vous le voyez donc ?

– Depuis cette époque, oui. Auparavant, mon mari et moi, nous avions cessé toutes relations avec lui, à la suite de certains incidents équivoques. Prasville est un homme de moralité plus que douteuse, un ambitieux sans scrupules, et qui certainement a joué dans l'affaire du Canal des Deux-mers un vilain rôle. A-t-il touché ? C'est probable. N'importe, j'avais besoin d'un secours. Il venait d'être nommé secrétaire général de la Préfecture. C'est donc lui que je choisis.

– Connaissait-il, interrogea Lupin, la conduite de votre fils Gilbert ?

– Non. Et j'eus la précaution, justement en raison de la situation qu'il occupe, de lui confirmer, comme à tous nos amis, le départ et la mort de Gilbert. Pour le reste, je lui dis la vérité, c'est à dire les motifs qui avaient déterminé le suicide de mon mari, et le but de vengeance que je poursuivais. Quand je l'eus mis au courant de mes découvertes, il sauta de joie et je sentis que sa haine contre Daubrecq n'avait point désarmé. Nous causâmes longtemps, et j'appris de lui que la liste était écrite sur un bout de papier pelure, extrêmement mince, et qui, réduit en une sorte de boulette, pouvait parfaitement tenir dans un espace des plus restreints. Pour lui comme pour moi, il n'y avait pas la moindre hésitation. Nous connaissions la cachette. Il fut entendu que nous agirions chacun de notre côté, tout en correspondant secrètement. Je le mis en rapport avec Clémence, la concierge du square Lamartine qui m'était toute dévouée...

– Mais qui l'était moins à Prasville, dit Lupin, car j'ai la preuve qu'elle le trahit.

– Maintenant peut-être, au début, non, et les perquisitions de la police furent nombreuses. C'est à ce moment, il y a de cela dix mois, que Gilbert reparut dans ma vie. Une mère ne cesse pas d'aimer son fils, quoi qu'il ait fait, quoi qu'il fasse. Et puis Gilbert a tant de charme !... Vous le connaissez. Il pleura, il embrassa mon petit Jacques, son frère... Je pardonnai.

Elle prononça, la voix basse, les yeux fixés au sol :

– Plût au ciel que je n'aie pas pardonné ! Ah ! si cette heure pouvait renaître comme j'aurais l'affreux courage de le chasser Mon pauvre enfant... c'est moi qui l'ai perdu...

Elle continua pensivement :

– J'aurais eu tous les courages s'il avait été tel que je me l'imaginais, et tel qu'il fut longtemps, m'a-t-il dit... marqué par la débauche et par le vice, grossier, déchu... Mais, s'il était méconnaissable comme apparence, au point de vue, comment dirais-je ? au point de vue moral, sûrement, il y avait une amélioration. Vous l'aviez soutenu, relevé, et quoique son existence me fût odieuse... tout de même il gardait une certaine tenue... quelque chose comme un fond d'honnêteté qui remontait à la surface... Il était gai, insouciant, heureux... Et il me parlait de vous avec tant d'affection !

Elle cherchait ses mots, embarrassée, n'osant trop condamner, devant Lupin, le genre d'existence qu'avait choisi Gilbert, et cependant ne pouvant en faire l'éloge.

– Après ? dit Lupin.

– Après, je le revis souvent. Il venait me voir, furtivement, ou bien j'allais le retrouver, et nous nous promenions dans la campagne. C'est ainsi que, peu à peu, j'ai été amenée à lui raconter notre histoire. Tout de suite, il s'enflamma. Lui aussi voulait venger son père et, en dérobant le bouchon de cristal, se venger lui-même du mal que Daubrecq lui avait fait. Sa première idée, et là-dessus, je dois le dire, il ne varia jamais, fut de s'entendre avec vous.

– Eh bien, s'écria Lupin, il fallait...

– Oui, je sais.., et j'étais du même avis. Par malheur, mon pauvre Gilbert – vous savez comme il est faible – subissait l'influence d'un de ses camarades.

– Vaucheray, n'est-ce pas ?

– Oui, Vaucheray, une âme trouble, pleine de fiel et d'envie, un ambitieux sournois, un homme de ruse et de ténèbres, et qui avait pris sur mon fils un empire considérable. Gilbert eut le tort de se confier à lui et de lui demander conseil. Tout le mal vient de là. Vaucheray le convainquit et me convainquit moi aussi, qu'il valait mieux agir par nous-mêmes. Il étudia l'affaire, en prit la direction, et finalement organisa l'expédition d'Enghien et, sous votre conduite, le cambriolage de la villa Marie-Thérèse, que Prasville et ses agents n'avaient pu visiter à fond, par suite de la surveillance active du domestique Léonard. C'était de la folie. Il fallait, ou bien s'abandonner à votre expérience, ou bien vous tenir absolument en dehors du complot, sous peine de malentendu funeste et d'hésitation dangereuse. Mais que voulez-vous ? Vaucheray nous dominait. J'acceptai une entrevue avec Daubrecq au théâtre. Pendant ce temps l'affaire eut lieu. Quand je rentrai chez moi vers minuit, j'en appris le résultat effroyable, le meurtre de Léonard, l'arrestation de mon fils. Aussitôt j'eus l'intuition de l'avenir. L'épouvantable prédiction de Daubrecq se réalisait, c'étaient les assises, c'était la condamnation. Et cela par ma faute, par la faute de moi, la mère, qui avait poussé mon fils vers l'abîme d'où rien ne pouvait plus le tirer.

Clarisse se tordait les mains et des frissons de fièvre la secouaient. Quelle souffrance peut se comparer à celle d'une mère qui tremble pour la tête de son fils. Ému de pitié, Lupin lui dit :

– Nous le sauverons. Là-dessus il n'y pas l'ombre d'un doute. Mais il est nécessaire que je connaisse tous les détails. Achevez, je vous en prie... Comment avez-vous su, le soir même, les événements d'Enghien ?

Elle se domina et, le visage contracté d'angoisse, elle répondit :

– Par deux de vos complices, ou plutôt par deux complices de Vaucheray à qui ils étaient entièrement dévoués et qu'il avait choisis pour conduire les deux barques.

– Ceux qui sont là dehors, Grognard et Le Ballu ?

– Oui. A votre retour de la villa, lorsque, poursuivi sur le lac par le commissaire de police, vous avez abordé, vous leur avez jeté quelques mots d'explication tout en vous dirigeant vers votre automobile. Affolés, ils sont accourus chez moi, où ils étaient déjà venus et m'ont appris l'affreuse nouvelle. Gilbert était en prison ! Ah ! l'effroyable nuit ! Que faire ? Vous chercher ? Certes, et implorer votre secours. Mais où vous retrouver ? C'est alors que Grognard et Le Ballu, acculés par les circonstances, se décidèrent à m'expliquer le rôle de leur ami Vaucheray, ses ambitions, son dessein longuement mûri...

– De se débarrasser de moi, n'est-ce pas ? ricana Lupin.

– Oui. Gilbert ayant toute votre confiance, il surveillait Gilbert et, par là, il connut tous vos domiciles. Quelques jours encore, une fois possesseur du bouchon de cristal, maître de la liste des vingt-sept, héritier de la toute puissance de Daubrecq, il vous livrait à la police, sans que votre bande, désormais la sienne, fût seulement compromise.

– Imbécile ! murmura Lupin... un sous-ordre comme lui !

Et il ajouta :

– Ainsi donc, les panneaux des portes...

– Furent découpés par ses soins, en prévision de la lutte qu'il entamait contre vous et contre Daubrecq, chez qui il commença la même besogne. Il avait à sa disposition une sorte d'acrobate, un nain d'une maigreur extrême auquel ces orifices suffisaient et qui surprenait ainsi toute votre correspondance et tous vos secrets. Voilà ce que ses deux amis me révélèrent. Tout de suite j'eus cette idée me servir, pour sauver mon fils aîné, de son frère, de mon petit Jacques, si mince lui aussi et si intelligent, si brave comme vous avez pu le voir. Nous partîmes dans la nuit. Sur les indications de mes compagnons, je trouvai, au domicile personnel de Gilbert, les doubles clefs de votre appartement de la rue Matignon, où vous deviez coucher, paraît-il. En route, Grognard et Le Ballu me confirmèrent dans ma résolution, et je pensais beaucoup moins à vous demander secours qu'à vous reprendre le bouchon de cristal, lequel évidemment, s'il avait été découvert à Enghien, devait être chez vous. Je ne me trompais pas. Au bout de quelques minutes, mon petit Jacques, qui s'était introduit dans votre chambre, me le rapportait. Je m'en allai, frémissante d'espoir. Maîtresse à mon tour du talisman, le gardant pour moi seule, sans en prévenir Prasville, j'avais tout pouvoir sur Daubrecq. Je le faisais agir à ma guise et, dirigé par moi, esclave de ma volonté, il multiplierait les démarches en faveur de Gilbert, obtiendrait qu'on le laissât évader, ou tout au moins qu'on ne le condamnât pas. C'était le salut.

– Eh bien ?

Clarisse se leva dans un élan de tout son être, se pencha sur Lupin, et lui dit d'une voix sourde :

– Il n'y avait rien dans ce morceau de cristal, rien, vous entendez, aucun papier, aucune cachette. Toute l'expédition d'Enghien était inutile ! Inutile, le meurtre de Léonard ! Inutile, l'arrestation de mon fils ! Inutiles, tous mes efforts !

– Mais pourquoi ? Pourquoi ?

– Pourquoi ? Vous aviez volé à Daubrecq, non pas le bouchon fabriqué sur son ordre, mais le bouchon qui avait servi de modèle au verrier John Howard, de Stourbridge.

Si Lupin n'avait pas été en face d'une douleur aussi profonde, il n'eût pu retenir quelqu'une de ces boutades ironiques que lui inspirent les malices du destin.

Il dit entre ses dents :

– Est-ce bête ! Et d'autant plus bête qu'on avait donné l'éveil à Daubrecq.

– Non, dit-elle, le jour même, je me rendis à Enghien. Dans tout cela Daubrecq n'avait vu et ne voit encore aujourd'hui qu'un cambriolage ordinaire, qu'une mainmise sur ses collections. Votre participation l'a induit en erreur.

– Cependant le bouchon a disparu...

– D'abord cet objet ne peut avoir pour lui qu'une importance secondaire, puisque ce n'est que le modèle.

– Comment le savez-vous ?

Il y a une éraflure à la base de la tige, et je me suis renseignée depuis en Angleterre.

– Soit, mais pourquoi la clef du placard où il fut volé ne quittait-elle pas le domestique ? et pourquoi, en second lieu, l'a-t-on retrouvé dans le tiroir d'une table chez Daubrecq, à Paris ?

– Évidemment Daubrecq y fait attention, et il y tient comme on tient au modèle d'une chose qui a de la valeur. Et c'est précisément pourquoi j'ai remis ce bouchon dans le placard, avant qu'il n'en eût constaté la disparition. Et c'est pourquoi aussi, la seconde fois, je vous fis reprendre le bouchon par mon petit Jacques, dans la poche même de votre pardessus, et le fis replacer par la concierge.

– Alors, il ne soupçonne rien ?

– Rien, il sait qu'on cherche la liste, mais il ignore que Prasville et moi nous connaissons l'objet où il la cache.

Lupin s'était levé et marchait à travers la pièce en réfléchissant. Puis il s'arrêta près de Clarisse Mergy.

– En somme, depuis les événements d'Enghien, vous n'avez pas fait un seul pas en avant ?

– Pas un seul, dit-elle. J'ai agi au jour le jour, conduite par ces deux hommes ou bien les conduisant, tout cela sans plan précis.

– Ou du moins, dit-il, sans autre plan que d'arracher à Daubrecq la liste des vingt-sept.

– Oui, mais comment ? En outre, vos manœuvres me gênaient, nous n'avions pas tardé à reconnaître, dans la nouvelle cuisinière de Daubrecq, votre vieille servante Victoire, et à découvrir, grâce aux indications de la concierge, que Victoire vous donnait asile, et j'avais peur de vos projets.

– C'est vous, n'est-ce pas, qui m'écriviez de me retirer de la lutte ?

– Oui.

– Vous également qui me demandiez de ne pas aller au théâtre le soir du Vaudeville ?

– Oui, la concierge avait surpris Victoire écoutant la conversation que Daubrecq et moi nous avions par téléphone, et Le Ballu, qui surveillait la maison, vous avait vu sortir. Je pensais donc bien que vous fileriez Daubrecq, le soir.

– Et l'ouvrière qui est venue ici, une fin d'après-midi ?

– C'était moi, moi, découragée, qui voulais vous voir.

– Et c'est vous qui avez intercepté la lettre de Gilbert ?

– Oui, j'avais reconnu son écriture sur l'enveloppe.

– Mais votre petit Jacques n'était pas avec vous ?

– Non. Il était dehors, en automobile avec Le Ballu. Je l'ai fait monter par la fenêtre du salon, et il s'est glissé dans cette chambre par l'orifice du panneau.

– Que contenait la lettre ?

– Malheureusement des reproches de Gilbert. Il vous accusait de le délaisser, de prendre l'affaire à votre compte. Bref, cela me confirmait dans ma méfiance. Je me suis enfuie.

Lupin haussa les épaules avec irritation.

– Que de temps perdu Et par quelle fatalité n'avons-nous pas pu nous entendre plus tôt ! Nous jouions tous deux à cache-cache... Nous nous tendions des pièges absurdes... Et les jours passaient, des jours précieux, irréparables.

– Vous voyez, vous voyez, dit-elle en frissonnant... vous aussi, vous avez peur de l'avenir !

– Non, je n'ai pas peur, s'écria Lupin. Mais je pense à ce que nous aurions pu déjà accomplir d'utile si nous avions réuni nos efforts. Je pense à toutes les erreurs, à toutes les imprudences que notre accord nous eût évitées. Je pense que votre tentative de cette nuit pour fouiller les vêtements que porte Daubrecq, fut tout aussi vaine que les autres, et que, en ce moment, grâce à notre duel stupide, grâce au tumulte que nous avons fait dans son hôtel, Daubrecq est averti et se tiendra sur ses gardes plus encore qu'auparavant.

Clarisse Mergy hocha la tête.

– Non, non, je ne crois pas, le bruit n'a pas dû le réveiller, car nous avions retardé d'un jour cette tentative pour que la concierge pût mêler à son vin un narcotique très violent.

Et elle ajouta lentement :

– Et puis, voyez-vous, aucun événement ne fera que Daubrecq se tienne davantage sur ses gardes. Sa vie n'est qu'un ensemble de précautions contre le danger. Rien n'est laissé au hasard... D'ailleurs, n'a-t-il pas tous les atouts dans les mains ?

Lupin s'approcha et lui demanda :

– Que voulez-vous dire ? Selon vous il n'y aurait donc pas d'espoir de ce côté ? Il n'y aurait pas un seul moyen pour arriver au but ?

– Si, murmura-t-elle, il y en a un, un seul...

Avant qu'elle eût caché de nouveau son visage entre ses mains, il remarqua sa pâleur. Et de nouveau un frisson de fièvre la secoua tout entière.

Il crut comprendre la raison de son épouvante, et, se penchant vers elle, ému par sa douleur :

– Je vous en prie, répondez sans détours. C'est à cause de Gilbert, n'est-ce pas ?... Si la justice n'a pas pu, heureusement, déchiffrer l'énigme de son passé, si l'on ne sait pas jusqu'ici le véritable nom du complice de Vaucheray, quelqu'un tout au moins le sait, n'est-ce pas ? N'est-ce pas ? Daubrecq a reconnu votre fils Antoine sous le masque de Gilbert ?

– Oui, oui...

– Et il vous promet de le sauver, n'est-ce pas ? Il vous offre sa liberté, son évasion, je ne sais quoi... C'est cela, n'est-ce pas, qu'il vous a-offert une nuit, dans son bureau, une nuit où vous avez voulu le frapper ?...

– Oui... oui... c'est cela...

– Et comme condition, une seule, n'est-ce pas ? une condition abominable, telle que ce misérable pouvait l'imaginer ? j'ai compris, n'est-ce pas ?

Clarisse ne répondit point. Elle semblait épuisée par une longue lutte contre un ennemi qui, chaque jour, gagnait du terrain, et contre qui il était vraiment impossible qu'elle combattît.

Lupin vit en elle la proie conquise d'avance, livrée au caprice du vainqueur. Clarisse Mergy, la femme aimante de ce Mergy que Daubrecq avait réellement assassiné, la mère épouvantée de ce Gilbert que Daubrecq avait dévoyé, Clarisse Mergy, pour sauver son fils de l'échafaud, devrait, quoi qu'il advînt, se soumettre au désir de Daubrecq. Elle serait la maîtresse, la femme, l'esclave obéissante de ce personnage innommable auquel Lupin ne pouvait songer sans un soulèvement de révolte et de dégoût.

S'asseyant auprès d'elle, doucement, avec des gestes de compassion, il la contraignit à lever la tête, et il lui dit, les yeux dans les yeux :

– Écoutez-moi bien. Je vous jure de sauver votre fils... je vous le jure... Votre fils ne mourra pas, vous entendez... Il n'y a pas de force au monde qui puisse faire que, moi vivant, l'on touche à la tête de votre fils.

– Je vous crois... J'ai confiance en votre parole.

– Ayez confiance... c'est la parole d'un homme qui ne connaît pas la défaite. Je réussirai. Seulement, je vous supplie de prendre un engagement irrévocable.

– Lequel ?

– Vous ne verrez plus Daubrecq.

– Je vous le jure !

– Vous chasserez de votre esprit toute idée, toute crainte, si obscure soit-elle, d'un accord entre vous et lui... d'un marché quelconque...

– Je vous le jure.

Elle le regardait avec une expression de sécurité et d'abandon absolu, et, sous son regard, il éprouvait l'allégresse de se dévouer, et le désir ardent de rendre à cette femme le bonheur, ou, tout au moins, la paix et l'oubli qui ferment les blessures.

– Allons, dit-il en se levant, et d'un ton joyeux, tout ira bien. Nous avons deux mois, trois mois devant nous. C'est plus qu'il n'en faut... à condition, bien entendu, que je sois libre de mes mouvements. Et pour cela, voyez-vous, vous devez vous retirer de la bataille.

– Comment ?

– Oui, disparaître pendant quelque temps, vous installer à la campagne. D'ailleurs, n'avez-vous pas pitié de votre petit Jacques ? A ce jeu-là, on lui démolirait les nerfs, au pauvre gosse... Et vrai, il a bien gagné son repos... N'est-ce pas, Hercule ?

Le lendemain, Clarisse Mergy, que tant d'événements avaient abattue et qui, elle aussi, sous peine de tomber malade, avait besoin d'un peu de répit, prenait pension avec son fils chez une dame de ses amies dont la maison s'élevait à la lisière même de la forêt de Saint-Germain. Très faible, le cerveau obsédé de cauchemars, en proie à des troubles nerveux que la moindre émotion exaspérait, elle vécut là quelques jours d'accablement physique et d'inconscience. Elle ne pensait plus à rien. La lecture des journaux lui était défendue.

Or, un après-midi, alors que Lupin, changeant de tactique, étudiait le moyen de procéder à l'enlèvement et à la séquestration du député Daubrecq, alors que Grognard et Le Ballu, auxquels il avait promis leur pardon en cas de réussite, surveillaient les allées et venues de l'ennemi, alors que tous les journaux annonçaient la comparution prochaine devant les assises des complices d'Arsène Lupin, tous deux accusés d'assassinat – un après-midi, vers quatre heures, une sonnerie brusque retentit dans l'appartement de la rue Chateaubriand.

C'était le téléphone.

Lupin décrocha le récepteur.

– Allô ?

Une voix de femme, une voix essoufflée articula :

– M. Michel Beaumont ?

– C'est moi, madame. A qui ai-je l'honneur...

– Vite, monsieur, venez en toute hâte, Mme Mergy vient de s'empoisonner.

Lupin ne demanda pas plus d'explications. Il s'élança de chez lui, monta dans son automobile et se fit conduire à Saint-Germain.

L'amie de Clarisse l'attendait au seuil de la chambre.

– Morte ? dit-il.

– Non, la dose était insuffisante. Le médecin sort d'ici. Il répond d'elle.

– Et pour quelle raison a-t-elle tenté ?

Son fils Jacques a disparu.

– Enlevé ?

– Oui, il jouait à l'entrée de la forêt. On a vu une automobile s'arrêter... deux vieilles dames en descendre. Puis il y eut des cris. Clarisse a voulu courir, mais elle est tombée sans forces, en gémissant : « C'est lui... c'est cet homme... tout est perdu. » Elle avait l'air d'une folle. Soudain, elle a porté un flacon à sa bouche, et elle a bu.

– Ensuite ?

– Ensuite, avec l'aide de mon mari, je l'ai transportée dans sa chambre. Elle souffrait beaucoup.

– Comment avez-vous vu su mon adresse, mon nom ?

– Par elle, tandis que le médecin la soignait. Alors je vous ai téléphoné.

– Personne n'est au courant ?...

– Personne. Je sais que Clarisse a des ennuis terribles et qu'elle préfère le silence.

– Puis-je la voir ?

– En ce moment, elle dort. D'ailleurs, le médecin a défendu toute émotion.

– Le médecin n'a pas d'inquiétude à son sujet ?

– Il redoute la fièvre, la surexcitation nerveuse, un accès quelconque où la malade recommencerait sa tentative. Et cette fois-là...

– Que faudrait-il pour éviter ?

– Une semaine ou deux de tranquillité absolue, ce qui est impossible, tant que son petit Jacques...

Lupin l'interrompit :

– Vous croyez que si son fils lui était rendu...

– Ah ! certes, il n'y aurait plus rien à craindre !

– Vous êtes sûre ?... Vous êtes sûre ?... Oui, n'est-ce pas, évidemment... Eh bien, quand Mme Mergy se réveillera, vous lui direz de ma part que ce soir, avant minuit, je lui ramènerai son fils. Ce soir, avant minuit, ma promesse est formelle.

Ayant achevé ces mots, Lupin sortit vivement de la maison et remonta dans son automobile, en criant au chauffeur :

– A Paris, square Lamartine, chez le député Daubrecq.

Chapitre 6

La peine de mort

L'automobile de Lupin constituait, outre un cabinet de travail muni de livres, de papier, d'encre et de plumes, une véritable loge d'acteur, avec une boîte complète de maquillage, un coffre rempli de vêtements les plus divers, un autre bourré d'accessoires, parapluies, cannes, foulards, lorgnons, etc., bref, tout un attirail qui lui permettait, en cours de route, de se transformer des pieds à la tête.

Ce fut un monsieur un peu gros, en redingote noire, en chapeau haut de forme, le visage flanqué de favoris, le nez surmonté de lunettes, qui sonna vers six heures du soir à la grille du député Daubrecq.

La concierge le conduisit au perron où Victoire, appelée par un coup de timbre, apparut.

Il lui demanda :

– M. Daubrecq peut-il recevoir le Dr Vernes ?

– Monsieur est dans sa chambre, et, à cette heure-là...

– Faites-lui passer ma carte.

Il inscrivit, en marge, ces mots de « de la part de Mme Mergy », et, insistant :

– Tenez, je ne doute pas qu'il ne me reçoive.

– Mais, objecta Victoire.

– Ah ! ça, mais vas-tu te décider la vieille ? En voilà du chichi !

Elle fut stupéfaite et bredouilla :

– Toi !... C'est toi !

– Non, c'est Louis XIV.

Et la poussant dans un coin du vestibule :

– Écoute... Aussitôt que je serai seul avec lui, monte dans ta chambre, fais ton paquet à la six-quatre-deux, et décampe !

– Quoi ?

– Fais ce que je te dis. Tu trouveras mon auto, plus loin sur l'avenue. Allons, ouste, annonce-moi, j'attends dans le bureau.

– Mais on n'y voit pas.

– Allume.

Elle tourna le bouton de l'électricité et laissa Lupin seul.

« C'est là, songeait-il en s'asseyant, c'est là que se trouve le bouchon de cristal. A moins que Daubrecq ne le garde toujours avec lui... Mais non, quand on a une bonne cachette, on s'en sert. Et celle-ci est excellente, puisque personne... jusqu'ici... »

De toute son attention, il scrutait les objets de la pièce et il se souvenait de la missive que Daubrecq avait écrite à Prasville : « A portée de ta main, mon bon ami... Tu l'as touché... Un peu plus... Et ça y était... »

Rien ne semblait avoir bougé depuis ce jour. Les mêmes choses traînaient sur la table, des livres, des registres, une bouteille d'encre, une boîte à timbres, du tabac, des pipes, toutes choses qu'on avait fouillées et auscultées maintes et maintes fois.

« Ah ! le bougre, pensa Lupin, son affaire est rudement bien emmanchée ! Ça se tient comme un drame du bon faiseur... »

Au fond, Lupin, tout en sachant exactement ce qu'il venait faire et comment il allait agir, n'ignorait pas ce que sa visite avait d'incertain et de hasardeux avec un adversaire d'une pareille force. Il se pouvait très bien que Daubrecq restât maître du champ de bataille, et que la conversation prît une tournure absolument différente de celle que Lupin escomptait.

Et cette perspective n'était pas sans lui causer quelque irritation.

Il se raidit, un bruit de pas approchait.

Daubrecq entra.

Il entra sans un mot, fit signe à Lupin qui s'était levé de se rasseoir, s'assit lui-même devant la table, et regardant la carte qu'il avait conservée :

– Le docteur Vernes ?

– Oui, monsieur le député, le docteur Vernes, de Saint-Germain.

– Et je vois que vous venez de la part de Mme Mergy... votre cliente, sans doute ?

– Ma cliente occasionnelle. Je ne la connaissais pas avant d'avoir été appelé auprès d'elle, tantôt, dans des circonstances particulièrement tragiques.

– Elle est malade ?

– Mme Mergy s'est empoisonnée.

– Hein !

Daubrecq avait eu un sursaut, et il reprit, sans dissimuler son trouble :

– Hein que dites-vous ? empoisonnée ! morte, peut-être ?

– Non, la dose n'était pas suffisante. Sauf complications, j'estime que Mme Mergy est sauvée.

Daubrecq se tut, et il resta immobile, la tête tournée vers Lupin.

« Me regarde-t-il ? A-t-il les yeux fermés ? » se demandait Lupin.

Cela le gênait terriblement de ne pas voir les yeux de son adversaire, ces yeux que cachait le double obstacle des lunettes et d'un lorgnon noir, des yeux malades, lui avait dit Mme Mergy, striés et bordés de sang. Comment suivre, sans voir l'expression d'un visage, la marche secrète des pensées ? C'était presque se battre contre un ennemi dont l'épée serait invisible.

Daubrecq reprit, au bout d'un instant :

– Alors Mme Mergy est sauvée... Et elle vous envoie vers moi... Je ne comprends pas bien... Je connais à peine cette dame.

« Voilà le moment délicat, pensa Lupin. Allons-y. »

Et, d'un ton de bonhomie où perçait l'embarras de quelqu'un qui est timide, il prononça :

– Mon Dieu, monsieur le député, il y a des cas où le devoir d'un médecin est très compliqué... très obscur... et vous jugerez peut-être qu'en accomplissant auprès de vous cette démarche... Bref, voilà... Tandis que je la soignais, Mme Mergy a tenté une seconde fois de s'empoisonner... Oui, le flacon se trouvait, par malheur, à portée de sa main. Je le lui ai arraché. Il y a eu lutte entre nous. Et dans le délire de la fièvre, à mots entrecoupés, elle m'a dit : « C'est lui... C'est lui... Daubrecq... le député... Qu'il me rende mon fils... Dites-lui ça... Ou bien je veux mourir... oui, tout de suite... cette nuit. Je veux mourir. » Voilà, monsieur le député... Alors j'ai pensé que je devais vous mettre au courant. Il est certain qu'en l'état d'exaspération où se trouve cette dame... Bien entendu, j'ignore le sens exact de ses paroles... Je n'ai interrogé personne... Je suis venu directement, sous une impulsion spontanée...

Daubrecq réfléchit assez longtemps et dit :

– Somme toute, docteur, vous êtes venu me demander si je savais où est cet enfant... que je suppose disparu, n'est-ce pas ?

– Oui.

– Et au cas où je le saurais, vous le ramèneriez à sa mère ?

– Oui.

Un long silence encore. Lupin se disait :

« Est-ce que, par hasard, il goberait cette histoire-là ? La menace de cette mort suffirait-elle ? Non, voyons... ce n'est pas possible... Et cependant... cependant... il a l'air d'hésiter. »

– Vous permettez ? dit Daubrecq, en approchant de lui l'appareil téléphonique qui se dressait sur la table... C'est pour une communication urgente...

– Faites donc, monsieur le député.

Daubrecq appela :

– Allô... Mademoiselle, voulez-vous me donner le 822.19 ?

Il répéta le numéro et attendit sans bouger.

Lupin sourit :

– La Préfecture de Police, n'est-ce pas ? Secrétariat général...

– En effet, docteur... Vous savez donc ?

– Oui, comme médecin légiste, il m'a fallu quelquefois téléphoner... Et, au fond de lui, Lupin se demandait :

« Que diable tout cela veut-il dire ? Le secrétaire général, c'est Prasville... Alors quoi ? »

Daubrecq plaça les deux récepteurs à ses oreilles et articula :

– Le 822.19 ?... Je voudrais le secrétaire général, M. Prasville... Il n'est pas là ?... Si, si, il est toujours dans son cabinet à cette heure-ci... Dites-lui que c'est de la part de M. Daubrecq... M. Daubrecq, député... une communication de la plus haute importance.

– Je suis peut-être indiscret ? fit Lupin.

– Nullement, nullement, docteur, assura Daubrecq... D'ailleurs cette communication n'est pas sans un certain rapport avec votre démarche...

Et, s'interrompant :

– Allô... Monsieur Prasville ?... Ah ! c'est toi, mon vieux Prasville. Eh bien, quoi, tu sembles interloqué... Oui, c'est vrai, il y a longtemps qu'on ne s'est vus tous deux... Mais, au fond, on ne s'est guère quittés par la pensée... Et j'ai même eu, très souvent, ta visite et celle de tes artistes... mais, n'est-ce pas... Allô... Quoi ? Tu es pressé ? Ah ! Je te demande pardon... Moi aussi d'ailleurs. Donc, droit au but... C'est un petit service que je veux te rendre... Attends donc, animal... Tu ne le regretteras pas... Il y va de ta gloire... Allô... Tu m'écoutes ? Eh bien, prends une demi-douzaine d'hommes avec toi... Ceux de la Sûreté plutôt, que tu trouveras à la permanence... Sautez dans des autos, et rappliquez ici en quatrième vitesse... Je t'offre un gibier de choix, mon vieux... Un seigneur de la haute. Napoléon lui-même... Bref, Arsène Lupin.

Lupin bondit sur ses jambes. Il s'attendait à tout, sauf à ce dénouement. Mais quelque chose fut plus fort en lui que la surprise, un élan de toute sa nature qui lui fit dire, en riant :

– Ah ! bravo ! bravo !

Daubrecq inclina la tête en signe de remerciement, et murmura :

– Ce n'est pas fini... Un peu de patience encore, voulez-vous ?

Et il continua :

– Allô... Prasville... Quoi ?... Mais, mon vieux, ce n'est pas une fumisterie... Tu trouveras Lupin ici, en face de moi, dans mon bureau... Lupin qui me tracasse comme les autres... Oh ! un de plus, un de moins, je m'en moque. Mais, tout de même, celui-ci y met de l'indiscrétion. Et j'ai recours à ton amitié. Débarrasse-moi de cet individu, je t'en prie... Avec une demi-douzaine de tes sbires, et les deux qui font le pied de grue devant ma maison, ça suffira. Ah ! pendant que tu y seras, monte au troisième étage, tu cueilleras ma cuisinière... C'est la fameuse Victoire... Tu sais ?... La vieille nourrice du sieur Lupin. Et puis, tiens, encore un renseignement... Faut-il que je t'aime ? Envoie donc une escouade rue Chateaubriand, au coin de la rue Balzac... C'est là que demeure notre Lupin national, sous le nom de Michel Beaumont... Compris, vieux ? Et, maintenant, à la besogne. Secoue-toi...

Lorsque Daubrecq tourna la tête, Lupin se tenait debout, les poings crispés. Son élan d'admiration n'avait pas résisté à la suite du discours, et aux révélations faites par Daubrecq sur Victoire et sur le domicile de la rue Chateaubriand. L'humiliation était trop forte, et il ne songeait guère à jouer plus longtemps les médecins de petite ville. Il n'avait qu'une idée, ne pas s'abandonner à l'excès de rage formidable qui le poussait à foncer sur Daubrecq comme le taureau sur l'obstacle.

Daubrecq jeta une espèce de gloussement qui, chez lui, singeait le rire. Il avança en se dandinant, les mains aux poches de son pantalon, et scanda :

– N'est-ce pas ? tout est pour le mieux de la sorte ? Un terrain déblayé, une situation nette... Au moins, l'on y voit clair. Lupin contre Daubrecq, un point c'est tout. Et puis, que de temps gagné ! Le Dr Vernes, médecin légiste, en aurait eu pour deux heures à dévider son écheveau ! Tandis que comme ça, le sieur Lupin est obligé de dégoiser sa petite affaire en trente minutes... sous peine d'être saisi au collet et de laisser prendre ses complices... Quel coup de caillou dans la mare aux grenouilles ! Trente minutes, pas une de plus. D'ici trente minutes, il faudra vider les lieux, se sauver comme un lièvre, et ficher le camp à la débandade. Ah ah ! ce que c'est rigolo !... Dis donc, Polonius, vrai, tu n'as pas de chance avec Bibi Daubrecq ! Car c'était bien toi qui te cachais derrière ce rideau, infortuné Polonius ?

Lupin ne bronchait pas. L'unique solution qui l'eût apaisé, c'est-à-dire l'étranglement de l'adversaire, était trop absurde pour qu'il ne préférât point subir, sans riposter, des sarcasmes qui, pourtant, le cinglaient comme des coups de cravache. C'était la seconde fois, dans la même pièce et dans des circonstances analogues, qu'il devait courber la tête devant ce Daubrecq de malheur et garder en silence la plus ridicule des postures... Aussi avait-il la conviction profonde que, s'il ouvrait la bouche, ce serait pour cracher au visage de son vainqueur des paroles de colère et des invectives. A quoi bon ? L'essentiel n'était-il pas d'agir de sang-froid et de faire les choses que commandait une situation nouvelle ?

– Eh bien ! eh bien ! monsieur Lupin ? reprenait le député, vous avez l'air tout déconfit. Voyons, il faut se faire une raison et admettre qu'on peut rencontrer sur son chemin un bonhomme un peu moins andouille que ses contemporains. Alors vous vous imaginiez que, parce que je porte binocle et bésicles, j'étais aveugle ? Dame ! Je ne dis pas que j'aie deviné sur le champ Lupin derrière Polonius, et Polonius derrière le monsieur qui vint m'embêter dans la baignoire du Vaudeville. Non. Mais, tout de même, ça me tracassait. Je voyais bien qu'entre la police et Mme Mergy, il y avait un troisième larron qui essayait de se faufiler... Alors, peu à peu, avec des mots échappés à la concierge, en observant les allées et venues de la cuisinière, en prenant sur elle des renseignements aux bonnes sources, j'ai commencé à comprendre. Et puis, l'autre nuit, ce fut le coup de lumière. Quoique endormi, j'entendais le tapage dans l'hôtel. J'ai pu reconstituer l'affaire, j'ai pu suivre la trace de Mme Mergy jusqu'à la rue Chateaubriand d'abord, ensuite jusqu'à Saint-Germain... Et puis... et puis, quoi ! j'ai rapproché les faits.., le cambriolage d'Enghien, l'arrestation de Gilbert... le traité d'alliance inévitable entre la mère éplorée et le chef de la bande... la vieille nourrice installée comme cuisinière, tout ce monde entrant chez moi par les portes ou par les fenêtres... J'étais fixé. Maître Lupin reniflait autour du pot aux roses. L'odeur des vingt-sept l'attirait. Il n'y avait plus qu'à attendre sa visite. L'heure est arrivée. Bonjour, maître Lupin.

Daubrecq fit une pause. Il avait débité son discours avec la satisfaction visible d'un homme qui a le droit de prétendre à l'estime des amateurs les plus difficiles. Lupin se taisant, il tira sa montre.

– Eh ! eh ! plus que vingt-trois minutes ! Comme le temps marche ! si ça continue, on n'aura pas le loisir de s'expliquer.

Et, s'approchant encore de Lupin :

– Tout de même, ça me fait de la peine. Je croyais Lupin un autre monsieur. Alors, au premier adversaire un peu sérieux, le colosse s'effondre ? Pauvre jeune homme !... Un verre d'eau pour nous remettre ?...

Lupin n'eut pas un mot, pas un geste d'agacement. Avec un flegme parfait, avec une précision de mouvements qui indiquait sa maîtrise absolue et la netteté du plan de conduite qu'il avait adopté, il écarta doucement Daubrecq, s'avança vers la table et, à son tour, saisit le cornet du téléphone.

Il demanda :

– S'il vous plaît, mademoiselle, le 565-34.

Ayant obtenu le numéro, il dit d'une voix lente, en détachant chacune des syllabes :

– Allô... Je suis rue Chateaubriand... C'est toi, Achille ?... Oui, c'est moi, le patron... Écoute-moi bien... Achille... Il faut quitter l'appartement. Allô ?... oui, tout de suite... la police doit venir d'ici quelques minutes, Mais non, mais non, ne t'effare pas... Tu as le temps. Seulement, fais ce que je te dis. Ta valise est toujours prête ?... Parfait. Et l'un des casiers est resté vide, comme je te l'ai dit ? Parfait. Eh bien, va dans ma chambre, mets-toi face à la cheminée. De la main gauche, appuie sur la petite rosace sculptée qui orne la plaque de marbre, sur le devant, au milieu ; et, de la main droite, sur le dessus de la cheminée. Tu trouveras là comme un tiroir et, dans ce tiroir, deux cassettes. Fais attention. L'une d'elles contient tous nos papiers, l'autre des billets de banque et des bijoux. Tu les mettras toutes les deux dans le casier vide de la valise. Tu prendras la valise à la main, et tu viendras à pied, très vite, jusqu'au coin de l'avenue Victor-Hugo et de l'avenue de Montespan. L'auto est là, avec Victoire. Je vous y rejoindrai... Quoi ? mes vêtements ? mes bibelots ? Laisse donc tout ça, et file au plus vite. A tout à l'heure.

Tranquillement, Lupin repoussa le téléphone. Puis il saisit Daubrecq par le bras, le fit asseoir sur une chaise voisine de la sienne, et lui dit :

– Et maintenant, écoute-moi.

– Oh ! oh ! ricana le député, on se tutoie ?

– Oui, je te le permets, déclara Lupin.

Et comme Daubrecq, dont il n'avait pas lâché le bras, se dégageait avec une certaine méfiance, il prononça :

– Non, n'aie pas peur. On ne se battra pas. Nous n'avons rien à gagner ni l'un ni l'autre à nous démolir. Un coup de couteau ? Pour quoi faire ? Non. Des mots, rien que des mots. Mais des mots qui portent. Voici les miens. Ils sont catégoriques. Réponds de même, sans réfléchir. Ça vaut mieux. L'enfant ?

– Je l'ai.

– Rends-le...

– Non.

– Mme Mergy se tuera.

– Non.

– Je te dis que si.

– J'affirme que non.

– Cependant elle l'a déjà tenté.

– C'est justement pour cela qu'elle ne le tentera plus.

– Alors ?

– Non.

Lupin reprit, après un instant :

– Je m'y attendais. De même, je pensais bien, en venant ici, que tu ne couperais pas dans l'histoire du Dr Vernes et qu'il me faudrait employer d'autres moyens.

– Ceux de Lupin.

– Tu l'as dit. J'étais résolu à me démasquer. Tu l'as fait toi-même. Bravo. Mais ça ne change rien à mes projets.

– Parle.

Lupin sortit d'un carnet une double feuille de papier-ministre qu'il déplia et tendit à Daubrecq en disant :

– Voici l'inventaire exact et détaillé, avec numéros d'ordre, des objets qui furent enlevés par mes amis et moi, dans ta villa Marie-Thérèse sur les bords du lac d'Enghien. Il y a, comme tu vois, cent treize numéros. Sur ces cent treize objets, il y en a soixante-huit, ceux dont les numéros sont marqués d'une croix rouge, qui ont été vendus et expédiés en Amérique. Les autres, au nombre, par conséquent, de quarante-cinq, restent en ma possession jusqu'à nouvel ordre. Ce sont d'ailleurs les plus beaux. Je te les offre contre la remise immédiate de l'enfant.

Daubrecq ne put retenir un mouvement de surprise.

– Oh ! oh ! fit-il, comme il faut que tu y tiennes !

– Infiniment, dit Lupin, car je suis persuadé qu'une absence plus longue de son fils, c'est la mort pour Mme Mergy.

– Et cela te bouleverse, Don Juan ?

– Quoi ?

Lupin se planta devant lui et répéta :

– Quoi ? Qu'est-ce que tu veux dire ?

– Rien... rien... une idée... Clarisse Mergy est encore jeune, jolie...

Lupin haussa les épaules.

– Brute, va ! mâchonna-t-il, tu t'imagines que tout le monde est comme toi, sans coeur et sans pitié. Ça te suffoque, hein, qu'un bandit de mon espèce perde son temps à jouer les Don Quichotte ? Et tu te demandes quel sale motif peut bien me pousser ? Cherche pas, c'est en dehors de ta compétence, mon bonhomme. Et réponds-moi, plutôt... Acceptes-tu ?

– C'est donc sérieux ? interrogea Daubrecq, que le mépris de Lupin ne semblait guère émouvoir.

– Absolument. Les quarante-cinq objets sont dans un hangar, dont je te donnerai l'adresse, et ils te seront délivrés, si-tu t'y présentes ce soir à neuf heures avec l'enfant.

La réponse de Daubrecq ne faisait pas de doute. L'enlèvement du petit Jacques n'avait été pour lui qu'un moyen d'agir sur Clarisse Mergy, et peut-être aussi un avertissement qu'elle eût à cesser la guerre entreprise. Mais la menace d'un suicide devait nécessairement montrer à Daubrecq qu'il faisait fausse route. En ce cas, pourquoi refuser le marché si avantageux que lui proposait Arsène Lupin ?

– J'accepte, dit-il.

– Voici l'adresse de mon hangar : 95, rue Charles-Laffitte, à Neuilly. Tu n'auras qu'à sonner.

– Si j'envoie le secrétaire général Prasville à ma place ?

– Si tu envoies Prasville, déclara Lupin, l'endroit est disposé de telle façon que je le verrai venir et que j'aurai le temps de me sauver, non sans avoir mis le feu aux bottes de foin et de paille qui entourent et qui dissimulent tes consoles, tes pendules et tes vierges gothiques.

– Mais ton hangar sera brûlé...

– Cela m'est égal. La police le surveille déjà. En tout état de cause, je le quitte.

– Et qui m'assure que ce n'est pas un piège ?

– Commence par prendre livraison de la marchandise, et ne rends l'enfant qu'après. J'ai confiance, moi.

– Allons, dit Daubrecq, tu as tout prévu. Soit, tu auras le gosse, la belle Clarisse vivra et nous serons tous heureux. Maintenant, si j'ai un conseil à te donner, c'est de déguerpir, et presto.

– Pas encore.

– Hein ?...

– J'ai dit, pas encore.

– Mais tu es fou Prasville est en route.

– Il attendra ; je n'ai pas fini.

– Comment ! Comment ! Qu'est-ce qu'il te faut encore ? Clarisse aura son moutard. Ça ne te suffit pas ?

– Non.

– Pourquoi ?

– Il reste un autre fils.

– Gilbert ?

– Oui.

– Eh bien ?

– Je te demande de sauver Gilbert !

– Qu'est-ce que tu dis ? Moi, sauver Gilbert !

– Tu le peux ; il te suffit de quelques démarches...

Daubrecq, qui, jusqu'ici, avait gardé tout son calme, s'emporta brusquement, et, frappant du poing :

– Non ça non, jamais ! ne compte pas sur moi... Ah ! non, ce serait trop idiot !

Il s'était mis à marcher avec une agitation extrême et de son pas si bizarre, qui le balançait de droite et de gauche sur chacune de ses jambes, comme une bête sauvage, un ours à l'allure inhabile et lourde.

Et la voix rauque, le masque convulsé, il s'écria :

– Qu'elle vienne ici ! Qu'elle vienne implorer la grâce de son fils !

« Mais qu'elle vienne sans arme et sans dessein criminel, comme la dernière fois ! Qu'elle vienne en suppliante, en femme domptée, soumise, et qui comprend, qui accepte... Et alors, on verra... Gilbert ? La condamnation de Gilbert ? L'échafaud ? Mais toute ma force est là ! Quoi ! Voilà plus de vingt années que j'attends mon heure, et c'est quand elle sonne, quand le hasard m'apporte cette chance inespérée, quand je vais connaître enfin la joie de la revanche complète... et quelle revanche ! c'est maintenant que je renoncerais à cela, à cette chose que je poursuis depuis vingt ans ? Je sauverais Gilbert, moi, pour rien ! pour l'honneur moi, Daubrecq !

« Ah ! non, non, tu ne m'as pas regardé.

Il riait d'un rire abominable et féroce. Visiblement, il apercevait en face de lui, à portée de sa main, la proie qu'il pourchassait depuis si longtemps. Et Lupin aussi évoqua Clarisse, telle qu'il l'avait vue quelques jours auparavant, défaillante, vaincue déjà, fatalement conquise, puisque toutes les forces ennemies se liguaient contre elle.

Se contenant, il dit :

– Écoute moi.

Et comme Daubrecq, impatienté, se dérobait, il le prit par les deux épaules avec cette puissance surhumaine que Daubrecq

connaissait pour l'avoir éprouvée dans la baignoire du Vaudeville, et, l'immobilisant, il articula :

– Un dernier mot.

– Tu perds ton latin, bougonna le député.

– Un dernier mot. Écoute, Daubrecq, oublie Mme Mergy, re-
nonce à toutes les bêtises et à toutes les imprudences que ton
amour et que tes passions te font commettre, écarte tout cela
et ne pense qu'à ton intérêt...

– Mon intérêt ! plaisanta Daubrecq, il est toujours d'accord
avec mon amour-propre et avec ce que tu appelles mes
passions.

– Jusqu'ici peut-être. Mais plus maintenant, plus maintenant
que je suis dans l'affaire. Il y a là un élément nouveau que tu
négliges. C'est un tort. Gilbert est mon complice. Gilbert est
mon ami. Il faut que Gilbert soit sauvé de l'échafaud. Fais cela,
use de ton influence. Et je te jure, tu entends, je te jure que
nous te laisserons tranquille. Le salut de Gilbert, voilà tout.
Plus de luttes à soutenir contre Mme Mergy, contre moi. Plus
de pièges. Tu seras maître de te conduire à ta guise. Le salut
de Gilbert, Daubrecq. Sinon...

– Sinon ?

– Sinon, la guerre, la guerre implacable, c'est-à-dire, pour
toi, la défaite certaine.

– Ce qui signifie ?

– Ce qui signifie que je reprendrai la liste des vingt-sept.

– Ah bah ! Tu crois ?

– Je le jure.

– Ce que Prasville et toute sa clique, ce que Clarisse Mergy,
ce que personne n'a pu faire, tu le feras, toi ?

– Je le ferai.

– Et pourquoi ? En l'honneur de quel saint réussiras-tu où
tout le monde a échoué ? Il y a donc une raison ?

– Oui.

– Laquelle ?

– Je m'appelle Arsène Lupin.

Il avait lâché Daubrecq, mais il le maintint quelque temps
sous son regard impérieux et sous la domination de sa volonté.
A la fin, Daubrecq se redressa, lui tapota l'épaule à petits
coups secs, et avec le même calme, la même obstination ra-
geuse, prononça :

– Moi, je m'appelle Daubrecq. Toute ma vie n'est qu'une bataille acharnée, une suite de catastrophes et de débâcles où j'ai dépensé tant d'énergie que la victoire est venue, la victoire complète, définitive, insolente, irrémédiable. J'ai contre moi toute la police, tout le gouvernement, toute la France, le monde entier. Qu'est-ce que tu veux que ça me fiche d'avoir contre moi, par-dessus le marché, M. Arsène Lupin ? J'irai plus loin : plus mes ennemis sont nombreux et habiles, et plus cela m'oblige à jouer serré. Et c'est pourquoi, mon excellent monsieur, au lieu de vous faire arrêter, comme je l'aurais pu... oui, comme je l'aurais pu, et en toute facilité... je vous laisse le champ libre, et vous rappelle charitablement qu'avant trois minutes il faut me débarrasser le plancher.

– Donc, c'est non ?

– C'est non.

– Tu ne feras rien pour Gilbert ?

– Si, je continuerai à faire ce que je fais depuis son arrestation, c'est à dire à peser indirectement sur le ministre de la Justice, pour que le procès soit mené le plus activement possible, et dans le sens que je désire.

– Comment s'écria Lupin, hors de lui, c'est à cause de toi, c'est pour toi...

– C'est pour moi, Daubrecq, mon Dieu, oui. J'ai un atout, la tête du fils ; je le joue. Quand j'aurai obtenu une bonne petite condamnation à mort contre Gilbert, quand les jours passeront, et que la grâce du jeune homme sera, par mes bons offices, rejetée, tu peux être sûr, monsieur Lupin, que la maman ne verra plus du tout d'objections à s'appeler Mme Alexis Daubrecq, et à me donner des gages irrécusables et immédiats de sa bonne volonté. Cette heureuse issue est fatale, que tu le veuilles ou non. C'est couru d'avance. Tout ce que je peux faire pour toi, c'est de te prendre comme témoin le jour de mon mariage, et de t'inviter au lunch. Ça te va-t-il ? Non ? Tu persistes dans tes noirs desseins ? Eh bien, bonne chance, tends tes pièges, jette tes filets, fourbis tes armes et potasse le manuel du parfait cambrioleur de papier pelure. Tu en auras besoin. Sur ce, bonsoir. Les règles de l'hospitalité écossaise m'ordonnent de te mettre à la porte. File.

Lupin demeura silencieux assez longtemps. Les yeux fixés sur Daubrecq, il semblait mesurer la taille de son adversaire, jauger son poids, estimer sa force physique et discuter, en fin de compte, à quel endroit précis il allait l'attaquer. Daubrecq serra les poings, et en lui-même prépara le système de défense qu'il opposerait à cette attaque.

Une demi-heure s'écoula. Lupin porta la main à son gousset. Daubrecq en fit autant et saisit la crosse de son revolver... Quelques secondes encore... Froidement, Lupin sortit une bonbonnière d'or, l'ouvrit, la tendit à Daubrecq :

– Une pastille ?

– Qu'est-ce que c'est ? demanda l'autre, étonné.

– Des pastilles Géraudel.

– Pour quoi faire ?

– Pour le rhume que tu vas prendre.

Et profitant du léger désarroi où cette boutade laissait Daubrecq, il saisit rapidement son chapeau et s'esquiva.

« Évidemment, se disait-il en traversant le vestibule, je suis battu à plate couture. Mais, tout de même, cette petite plaisanterie de commis voyageur avait, dans l'espèce, quelque chose de nouveau. S'attendre à un pruneau et recevoir une pastille Géraudel... il y a là comme une déception. Il en est resté baba, le vieux chimpanzé. »

Comme il refermait la grille, une automobile s'arrêta, et un homme descendit rapidement, suivi de plusieurs autres. Lupin reconnut Prasville.

« Monsieur le secrétaire général, murmura-t-il, je vous salue. J'ai idée qu'un jour le destin nous mettra l'un en face de l'autre, et je le regrette pour vous, car vous ne m'inspirez qu'une médiocre estime, et vous passerez un sale quart d'heure. Aujourd'hui, si je n'étais pas si pressé, j'attendrais votre départ et je suivrais Daubrecq pour savoir à qui il a confié l'enfant qu'il va me rendre. Mais je suis pressé. En outre, rien ne m'assure que Daubrecq ne va pas agir par téléphone. Donc ne nous gaspillons pas en vains efforts, et rejoignons Victoire, Achille et notre précieuse valise. »

Deux heures après, posté dans son hangar de Neuilly, toutes ses mesures prises, Lupin voyait Daubrecq qui débouchait d'une rue voisine et s'approchait avec méfiance.

Lupin ouvrit lui-même la grande porte.

– Vos affaires sont là, monsieur le député, dit-il. Vous pouvez vous rendre compte. Il y a un loueur de voitures à côté, vous n'avez qu'à demander un camion et des hommes. Où est l'enfant ?

Daubrecq examina d'abord les objets, puis il conduisit Lupin jusqu'à l'avenue de Neuilly, où deux vieilles dames, masquées par des voiles, stationnaient avec le petit Jacques.

A son tour, Lupin emmena l'enfant jusqu'à son automobile, où l'attendait Victoire.

Tout cela fut exécuté rapidement, sans paroles inutiles, et comme si les rôles eussent été appris, les allées et venues réglées d'avance, ainsi que des entrées et des sorties de théâtre.

A dix heures du soir, Lupin, selon sa promesse, rendait le petit Jacques à sa mère. Mais on dut appeler le docteur en hâte, tellement l'enfant, frappé par tous ces événements, montrait d'agitation et d'effroi.

Il lui fallut plus de deux semaines pour se rétablir et pour supporter les fatigues d'un déplacement que Lupin jugeait nécessaire. C'est à peine, d'ailleurs, si Mme Mergy, elle-même, fut rétablie au moment de ce départ qui eut lieu la nuit, avec toutes les précautions possibles et sous la direction de Lupin.

Il conduisit la mère et le fils sur une petite plage bretonne et les confia aux soins et à la vigilance de Victoire.

« Enfin, se dit-il, quand il les eut installés, il n'y a plus personne entre le Daubrecq et moi ! Il ne peut plus rien contre Mme Mergy et contre le gosse, et elle-même ne risque plus, par son intervention, de faire dévier la lutte. Fichtre ! nous avons commis assez de bêtises : 1° j'ai dû me découvrir vis-à-vis de Daubrecq ; 2° j'ai dû lâcher ma part du mobilier d'Enghien. Certes, je la reprendrai un jour ou l'autre, cela ne fait pas l'ombre d'un doute. Mais, tout de même, nous n'avançons pas, et, d'ici une huitaine, Gilbert et Vaucheray passent en cour d'assises. »

Ce à quoi, dans l'aventure, Lupin était le plus sensible, c'était à la dénonciation de Daubrecq concernant son domicile de la rue Chateaubriand. La police avait envahi ce domicile. L'identité de Lupin et de Michel Beaumont avait été reconnue, certains papiers découverts, et, Lupin, tout en poursuivant son but, tout en menant de front certaines entreprises déjà commencées, tout en évitant les recherches, plus pressantes que jamais, de la police, devait procéder, sur d'autres bases, à une réorganisation complète de ses affaires.

Aussi sa rage contre Daubrecq croissait-elle en proportion des ennuis que lui causait le député. Il n'avait plus qu'un désir, l'empocher, comme il disait, le tenir à sa disposition et, de gré ou de force, lui extraire son secret. Il rêvait de tortures propres à délier la langue de l'homme le plus taciturne. Brodequins, chevalet, tenailles rougies au feu, planches hérissées de pointes... il lui semblait que l'ennemi était digne de tous les supplices, et que le but à atteindre excusait tous les moyens.

« Ah ! se disait-il, une bonne chambre ardente, avec quelques bourreaux qui n'auraient pas froid aux yeux... On ferait de la belle besogne ! »

Chaque après-midi, Grognard et Le Ballu étudiaient le parcours que Daubrecq suivait entre le square Lamartine, la Chambre des députés et le cercle dont il faisait partie. On devait choisir la rue la plus déserte, l'heure la plus propice et, un soir, le pousser dans une automobile.

De son côté, Lupin aménageait non loin de Paris, au milieu d'un grand jardin, une vieille bâtisse qui offrait toutes les conditions nécessaires de sécurité et d'isolement, et qu'il appelait « La Cage du Singe ».

Malheureusement, Daubrecq devait se méfier, car chaque fois, pour ainsi dire, il changeait d'itinéraire, ou bien prenait le métro, ou bien montait en tramway, et la cage demeurait vide.

Lupin combina un autre plan. Il fit venir de Marseille un de ses affidés, le père Brindebois, honorable épicier en retraite, qui précisément habitait dans la circonscription électorale de Daubrecq et s'occupait de politique.

De Marseille, le père Brindebois annonça sa visite à Daubrecq qui reçut avec empressement cet électeur considérable. Un dîner fut projeté pour la semaine suivante.

L'électeur proposa un petit restaurant de la rive gauche, où, disait-il, on mangeait merveille. Daubrecq accepta.

C'est ce que voulait Lupin. Le propriétaire de ce restaurant comptait au nombre de ses amis. Dès lors, le coup, qui devait avoir lieu le jeudi suivant, ne pouvait manquer de réussir.

Sur ces entrefaites, le lundi de la même semaine, commença le procès de Gilbert et de Vaucheray.

On se le rappelle, et les débats sont trop récents pour que je remémore la façon vraiment incompréhensible et partiale dont le Président des assises conduisit son interrogatoire à l'encontre de Gilbert. La chose fut remarquée et jugée sévèrement. Lupin reconnut là l'influence détestable de Daubrecq.

L'attitude des deux accusés fut très différente. Vaucheray, sombre, taciturne, l'expression âpre, avoua cyniquement, en phrases brèves, ironiques, presque provocantes, les crimes qu'il avait commis autrefois. Mais, par une contradiction inexplicable pour tout le monde, sauf pour Lupin, il se défendit de toute participation à l'assassinat du domestique Léonard et chargea violemment Gilbert. Il voulait ainsi, en liant son sort à celui de Gilbert, obliger Lupin à prendre pour ses deux complices les mêmes mesures de délivrance.

Quant à Gilbert, dont le visage franc, dont les yeux rêveurs et mélancoliques conquirent toutes les sympathies, il ne sut pas se garer des pièges du Président, ni rétorquer les mensonges de Vaucheray. Il pleurait, parlait trop, ou ne parlait pas quand il l'eût fallu. En outre, son avocat, un des maîtres du barreau, malade au dernier moment (et là encore Lupin voulut voir la main de Daubrecq) fut remplacé par un secrétaire, lequel plaida mal, prit l'affaire à contresens, indisposa le jury, et ne put effacer l'impression qu'avaient produite le réquisitoire de l'avocat général et la plaidoirie de l'avocat de Vaucheray.

Lupin, qui eut l'audace inconcevable d'assister à la dernière journée des débats, le jeudi, ne douta pas du résultat. La double condamnation était certaine.

Elle était certaine, parce que tous les efforts de la justice, corroborant ainsi la tactique de Vaucheray, avaient tendu à solidariser étroitement les deux accusés. Elle était certaine, ensuite et surtout, parce qu'il s'agissait des deux complices de Lupin. Depuis l'ouverture de l'instruction jusqu'au prononcé du jugement, et bien que la justice, faute de preuves suffisantes, et aussi pour ne point disséminer ses efforts, n'eût pas voulu impliquer Lupin dans l'affaire, tout le procès fut dirigé contre Lupin. C'était lui l'adversaire que l'on voulait atteindre ; lui, le chef qu'il fallait punir en la personne de ses amis ; lui, le bandit célèbre et sympathique, dont on devait détruire le prestige aux yeux de la foule. Gilbert et Vaucheray exécutés, l'auréole de Lupin s'évanouissait. La légende prenait fin.

Lupin... Lupin... Arsène Lupin.., on n'entendit que ce nom durant les quatre jours. L'avocat général, le Président, les jurés, les avocats, les témoins, n'avaient pas d'autres mots à la bouche. A tout instant on invoquait Lupin pour le maudire, pour le bafouer, pour l'outrager, pour le rendre responsable de toutes les fautes commises. On eût dit que Gilbert et Vaucheray ne figuraient que comme comparses, et qu'on faisait son procès à lui, le sieur Lupin, Lupin cambrioleur, chef de bande, faussaire, incendiaire, récidiviste, ancien forçat ! Lupin assassin, Lupin souillé par le sang de sa victime, Lupin qui restait lâchement dans l'ombre après avoir poussé ses amis jusqu'au pied de l'échafaud !

« Ah ! ils savent bien ce qu'ils font ! murmura-t-il. C'est ma dette que va payer mon pauvre grand gamin de Gilbert, c'est moi le vrai coupable. »

Et le drame se déroula, effrayant.

A sept heures du soir, après une longue délibération, les jurés revinrent en séance, et le président du jury donna lecture des réponses aux questions posées par la Cour. C'était « oui » sur tous les points. C'était la culpabilité et le rejet des circonstances atténuantes.

On fit rentrer les deux accusés.

Debout, chancelants et blêmes, ils écoutèrent la sentence de mort.

Et dans le grand silence solennel, où l'anxiété du public se mêlait à la pitié, le Président des assises demanda :

– Vous n'avez rien à ajouter, Vaucheray ?

– Rien, monsieur le Président ; du moment que mon camarade est condamné comme moi, je suis tranquille... Nous sommes sur le même pied tous les deux... Faudra donc que le patron trouve un truc pour nous sauver tous les deux.

– Le patron ?

– Oui, Arsène Lupin.

Il y eut un rire parmi la foule.

Le Président reprit :

– Et vous, Gilbert ?

Des larmes roulaient sur les joues du malheureux ; il balbutia quelques phrases inintelligibles. Mais, comme le Président répétait sa question, il parvint à se dominer et répondit d'une voix tremblante :

– J'ai à dire, monsieur le Président, que je suis coupable de bien des choses, c'est vrai... J'ai fait beaucoup de mal et je m'en repens du fond du cœur... Mais, tout de même, pas ça...

non, je n'ai pas tué... je n'ai jamais tué... Et je ne veux pas mourir... ce serait trop horrible...

Il vacilla, soutenu par les gardes, et on l'entendit proférer, comme un enfant qui appelle au secours :

– Patron... sauvez-moi ! sauvez-moi ! Je ne veux pas mourir.

Alors, dans la foule, au milieu de l'émotion de tous, une voix s'éleva qui domina le bruit :

– Aie pas peur, petit, le patron est là.

Ce fut un tumulte. Il y eut des bousculades. Les gardes municipaux et les agents envahirent la salle, et l'on empoigna un gros homme au visage rubicond, que les assistants désignaient comme l'auteur de cette apostrophe et qui se débattait à coups de poing et à coups de pied.

Interrogé sur l'heure, il donna son nom, Philippe Banel, employé aux Pompes funèbres, et déclara qu'un de ses voisins lui avait offert un billet de cent francs, s'il consentait à jeter, au moment voulu, une phrase que ce voisin inscrivit sur une page de carnet. Pouvait-il refuser ?

Comme preuve, il montra le billet de cent francs et la page de carnet.

On relâcha Philippe Banel.

Pendant ce temps, Lupin, qui, bien entendu, avait puissamment contribué à l'arrestation du personnage et l'avait remis entre les mains des gardes, Lupin sortait du Palais, le cœur étreint d'angoisse. Sur le quai, il trouva son automobile. Il s'y jeta, désespéré, assailli par un tel chagrin qu'il lui fallut un effort pour retenir ses larmes. L'appel de Gilbert, sa voix éperdue de détresse, sa figure décomposée, sa silhouette chancelante, tout cela hantait son cerveau, et il lui semblait que jamais plus il ne pourrait oublier, ne fût-ce qu'une seconde, de pareilles impressions.

Il rentra chez lui, au nouveau domicile qu'il avait choisi parmi ses différentes demeures, et qui occupait un des angles de la place Clichy. Il y attendit Grognard et Le Ballu avec lesquels il devait procéder, ce soir-là, à l'enlèvement de Daubrecq.

Mais il n'avait pas ouvert la porte de son appartement qu'un cri lui échappa : Clarisse était devant lui. Clarisse revenue de Bretagne à l'heure même du verdict.

Tout de suite, à son attitude, à sa pâleur, il comprit qu'elle savait. Et tout de suite, en face d'elle, reprenant courage, sans lui laisser le temps de parler, il s'exclama :

– Eh bien, oui, oui... mais cela n'a pas d'importance. C'était prévu. Nous ne pouvions pas l'empêcher. Ce qu'il faut, c'est conjurer le mal. Et cette nuit, vous entendez, cette nuit, ce sera chose faite.

Immobile, effrayante de douleur, elle balbutia :

– Cette nuit ?

– Oui. J'ai tout préparé. Dans deux heures, Daubrecq sera en ma possession. Cette nuit, quels que soient les moyens que je doive employer, il parlera.

– Vous croyez ? dit-elle faiblement, et comme si déjà un peu d'espoir eût éclairé son visage.

– Il parlera. J'aurai son secret. Je lui arracherai la liste des vingt-sept.

Et, cette liste, ce sera la délivrance de votre fils.

– Trop tard ! murmura Clarisse.

– Trop tard ! Et pourquoi ? Pensez-vous qu'en échange d'un tel document, je n'obtiendrai pas l'évasion simulée de Gilbert ?... Mais, dans trois jours, Gilbert sera libre ! Dans trois jours...

Un coup de sonnette l'interrompit.

– Tenez, voilà nos amis. Ayez confiance. Rappelez-vous que je tiens mes promesses. Je vous ai rendu votre petit Jacques. Je vous rendrai Gilbert.

Il alla au-devant de Grognard et Le Ballu et leur dit :

– Tout est prêt ? Le père Brindebois est au restaurant ? Vite, dépêchons-nous.

– Pas la peine, patron, riposta Le Ballu.

– Comment ! Quoi ?

– Il y a du nouveau.

– Du nouveau ? Parle...

– Daubrecq a disparu.

– Hein ! Qu'est-ce que tu chantes ? Daubrecq, disparu ?

– Oui, enlevé de son hôtel, en plein jour !

– Tonnerre ! Et par qui ?

– On ne sait pas... quatre individus... Il y a eu des coups de feu. La police est sur place. Prasville dirige les recherches.

Lupin ne bougea pas. Il regarda Clarisse Mergy, écroulée sur un fauteuil.

Lui-même dut s'appuyer, Daubrecq enlevé, c'était la dernière chance qui s'évanouissait...

Chapitre **7**

Le profil de Napoléon

Aussitôt que le préfet de Police, le chef de la Sûreté et les magistrats instructeurs eurent quitté l'hôtel de Daubrecq, après une première enquête dont le résultat, d'ailleurs, fut tout à fait négatif, Prasville reprit ses investigations personnelles.

Il examinait le cabinet de travail et les traces de la lutte qui s'y était déroulée, lorsque la concierge lui apporta une carte de visite, où des mots au crayon étaient griffonnés.

– Faites entrer cette dame, dit-il.

– Cette dame n'est pas seule, dit la concierge.

– Ah ? Et bien, faites entrer aussi l'autre personne.

Clarisse Mergy fut alors introduite, et tout de suite, présentant le monsieur qui l'accompagnait, un monsieur en redingote noire trop étroite, assez malpropre, aux allures timides, et qui avait l'air fort embarrassé de son vieux chapeau melon, de son parapluie de cotonnade, de son unique gant, de toute sa personne !

– M. Nicole, dit-elle, professeur libre, et répétiteur de mon petit Jacques, M. Nicole m'a beaucoup aidée de ses conseils depuis un an. C'est lui, notamment, qui a reconstitué toute l'histoire du bouchon de cristal. Je voudrais qu'il connût comme moi, si vous ne voyez pas d'inconvénient à me le raconter, les détails de cet enlèvement... qui m'inquiète, qui dérange mes plans... les vôtres aussi, n'est-ce pas ?

Prasville avait toute confiance en Clarisse Mergy, dont il connaissait la haine implacable contre Daubrecq, et dont il appréciait le concours en cette affaire. Il ne fit donc aucune difficulté pour dire ce qu'il savait, grâce à certains indices et surtout à la déposition de la concierge.

La chose, du reste, était fort simple.

Daubrecq, qui avait assisté comme témoin au procès de Gilbert et de Vaucheray, et qu'on avait remarqué au Palais de Justice pendant les plaidoiries, était rentré chez lui vers six heures. La concierge affirmait qu'il était rentré seul et qu'il n'y avait personne, à ce moment, dans l'hôtel. Pourtant, quelques minutes plus tard, elle entendait des cris, puis le bruit d'une lutte, deux détonations, et, de sa loge, elle voyait quatre individus masqués qui dégringolaient les marches du perron, en portant le député Daubrecq, et qui se hâtaient vers la grille. Ils l'ouvrirent. Au même instant, une automobile arrivait devant l'hôtel. Les quatre hommes s'y engouffrèrent, et l'automobile, qui ne s'était pour ainsi dire pas arrêtée, partit à grande allure.

– N'y avait-il pas toujours deux agents en faction ? demanda Clarisse.

– Ils étaient là, affirma Prasville, mais à cent cinquante mètres de distance, et l'enlèvement fut si rapide que, malgré toute leur hâte, ils ne purent s'interposer.

– Et ils n'ont rien surpris ? rien trouvé ?

– Rien, ou presque rien... Ceci tout simplement.

– Qu'est-ce que c'est que cela ?

– Un petit morceau d'ivoire qu'ils ont ramassé à terre. Dans l'automobile, il y avait un cinquième individu, que la concierge, de la fenêtre de sa loge, vit descendre, pendant qu'on hissait Daubrecq. Au moment de remonter, il laissa tomber quelque chose qu'il ramassa aussitôt. Mais ce quelque chose dut se casser sur le pavé du trottoir, car voici le fragment d'ivoire qu'on a recueilli.

– Mais, dit Clarisse, ces quatre individus, comment purent-ils entrer ?

– Évidemment à l'aide de fausses clefs, et pendant que la concierge faisait ses provisions, au cours de l'après-midi, et il leur fut facile de se cacher, puisque Daubrecq n'avait pas d'autre domestique. Tout me porte à croire qu'ils se cachèrent dans cette pièce voisine, qui est la salle à manger, et qu'ensuite ils assaillirent Daubrecq dans son bureau. Le bouleversement des meubles et des objets prouve la violence de la lutte. Sur le tapis, nous avons trouvé ce revolver à gros calibre qui appartient à Daubrecq. Une des balles a même brisé la glace de la cheminée.

Clarisse se tourna vers son compagnon afin qu'il exprimât un avis. Mais M. Nicole, les yeux obstinément baissés, n'avait point bougé de sa chaise, et il pétrissait les bords de son chapeau, comme s'il n'eût pas encore découvert une place convenable pour l'y déposer.

Prasville eut un sourire. Évidemment, le conseiller de Clarisse ne lui semblait pas de première force.

– L'affaire est quelque peu obscure, dit-il, n'est-ce pas, monsieur ?

– Oui... oui... confessa M. Nicole, très obscure.

– Alors vous n'avez pas votre petite idée personnelle sur la question ?

– Dame ! monsieur le secrétaire général, je pense que Daubrecq a beaucoup d'ennemis.

– Ah ! ah ! parfait.

– Et que plusieurs de ces ennemis, ayant intérêt à sa disparition, ont dû se liguer contre lui.

– Parfait, parfait, approuva Prasville, avec une complaisance ironique, parfait, tout s'éclaire. Il ne vous reste plus qu'à nous donner une petite indication qui nous permette d'orienter nos recherches.

– Ne croyez-vous pas, monsieur le secrétaire général, que ce fragment d'ivoire ramassé par terre...

– Non, monsieur Nicole, non. Ce fragment provient d'un objet quelconque que nous ne connaissons pas, et que son propriétaire s'empressera de cacher. Il faudrait, tout au moins, pour remonter à ce propriétaire, définir la nature même de cet objet.

M. Nicole réfléchit, puis commença :

– Monsieur le secrétaire général, lorsque Napoléon 1e, tomba du pouvoir...

– Oh ! oh ! monsieur Nicole, un cours sur l'histoire de France !

– Une phrase, monsieur le secrétaire général, une simple phrase que je vous demande la permission d'achever. Lorsque Napoléon 1e, tomba du pouvoir, la Restauration mit en demi-solde un certain nombre d'officiers qui, surveillés par la police, suspects aux autorités, mais fidèles au souvenir de l'Empereur, s'ingénièrent à reproduire l'image de leur idole dans tous les objets d'usage familier ; tabatières, bagues, épingles de cravate, couteaux, etc.

– Eh bien ?

– Eh bien, ce fragment provient d'une canne, ou plutôt d'une sorte de casse-tête en jonc dont la pomme est formée d'un bloc d'ivoire sculpté. En regardant ce bloc d'une certaine façon, on finit par découvrir que la ligne extérieure représente le profil du petit caporal. Vous avez entre les mains, monsieur le secrétaire général, un morceau de la pomme d'ivoire qui surmontait le casse-tête d'un demi-solde.

– En effet... dit Prasville qui examinait à la lumière la pièce à conviction... en effet, on distingue un profil... mais je ne vois pas la conclusion...

– La conclusion est simple. Parmi les victimes de Daubrecq, parmi ceux dont le nom est inscrit sur la fameuse liste, se trouve le descendant d'une famille corse au service de Napoléon, enrichie et anoblie par lui, ruinée plus tard sous la Restauration. Il y a neuf chances sur dix pour que ce descendant, qui fut, il y a quelques années, le chef du parti bonapartiste, soit le cinquième personnage qui se dissimulait dans l'automobile. Ai-je besoin de dire son nom ?

– Le marquis d'Albufex ? murmura Prasville.

– Le marquis d'Albufex, affirma M. Nicole.

Et, aussitôt, M. Nicole, qui n'avait plus son air embarrassé et ne semblait nullement gêné par son chapeau, son gant et son parapluie, se leva et dit à Prasville :

– Monsieur le secrétaire général, j'aurais pu garder ma découverte pour moi et ne vous en faire part qu'après la victoire définitive, c'est-à-dire après vous avoir apporté la liste des vingt-sept. Mais les événements pressent. La disparition de Daubrecq peut, contrairement à l'attente de ses ravisseurs, précipiter la crise que vous voulez conjurer. Il faut donc agir en toute hâte. Monsieur le secrétaire général, je vous demande votre assistance immédiate et efficace.

– En quoi puis-je vous aider ? dit Prasville, impressionné par ce bizarre individu.

– En me donnant dès demain, sur le marquis d'Albufex, des renseignements que je mettrais, moi, plusieurs jours à réunir.

Prasville parut hésiter et il tourna la tête vers Mme Mergy. Clarisse lui dit :

– Je vous en conjure, acceptez les services de M. Nicole. C'est un auxiliaire précieux et dévoué. Je réponds de lui comme de moi-même.

– Sur quoi désirez-vous des renseignements, monsieur ? demanda Prasville.

– Sur tout ce qui touche le marquis d'Albufex, sur sa situation de famille, sur ses occupations, sur ses liens de parenté, sur les propriétés qu'il possède à Paris et en province.

Prasville objecta :

– Au fond, que ce soit le marquis ou un autre, le ravisseur de Daubrecq travaille pour nous, puisque, en reprenant la liste, il désarme Daubrecq.

– Et qui vous dit, monsieur le secrétaire général, qu'il ne travaille pas pour lui-même ?

– Impossible, puisque son nom est sur la liste.

– Et s'il l'efface ? et si vous vous trouvez alors en présence d'un second maître chanteur, plus âpre, encore plus puissant que le premier, et, comme adversaire politique, mieux placé que Daubrecq pour soutenir la lutte ?

L'argument frappa le secrétaire général. Après un instant de réflexion, il déclara :

– Venez me voir demain à quatre heures, dans mon bureau de la Préfecture. Je vous donnerai tous les renseignements nécessaires. Quelle est votre adresse, en cas de besoin ?

– M. Nicole, 25, place Clichy. J'habite chez un de mes amis, qui m'a prêté son appartement pendant son absence.

L'entrevue était terminée. M. Nicole remercia, salua très bas le secrétaire général et sortit accompagné de Mme Mergy.

– Voilà une excellente affaire, dit-il, une fois dehors, en se frottant les mains. J'ai mes entrées libres à la Préfecture, et tout ce monde-là va se mettre en campagne.

Mme Mergy, moins prompte à l'espoir, objecta :

– Hélas ! arriverons-nous à temps ? Ce qui me bouleverse, c'est l'idée que cette liste peut être détruite.

– Par qui, Seigneur ! Par Daubrecq ?

– Non, mais par le marquis quand il l'aura reprise.

– Mais il ne l'a pas encore reprise ! Daubrecq résistera... tout au moins assez longtemps pour que nous parvenions jusqu'à lui Pensez donc : Prasville est à mes ordres.

– S'il vous démasque ? la plus petite enquête prouvera que le sieur Nicole n'existe pas.

– Mais elle ne prouvera pas que le sieur Nicole n'est autre qu'Arsène Lupin. Et puis, soyez tranquille, Prasville qui, d'ailleurs, est au-dessous de tout comme policier, Prasville n'a qu'un but démolir son vieil ennemi Daubrecq. Pour cela, tous les moyens lui sont bons, et il ne perdra pas son temps à vérifier l'identité d'un M. Nicole qui lui promet la tête de Daubrecq. Sans compter que c'est vous qui m'avez amené et que, somme toute, mes petits talents n'ont pas été sans l'éblouir. Donc, allons de l'avant, et hardiment.

Malgré elle, Clarisse reprenait toujours confiance auprès de Lupin. L'avenir lui sembla moins effroyable, et elle admit, elle s'efforça d'admettre que les chances de sauver Gilbert n'étaient pas diminuées par cette horrible condamnation à mort. Mais il ne put obtenir de Clarisse qu'elle repartît pour la Bretagne. Elle voulait être là et prendre sa part de tous les espoirs et de toutes les angoisses.

Le lendemain, les renseignements de la Préfecture confirmèrent ce que Lupin et Prasville savaient. Le marquis d'Albufex, très compromis dans l'affaire du Canal, si compromis que le prince Napoléon avait dû lui retirer la direction de son bureau politique en France, le marquis d'Albufex ne soutenait le grand train de sa maison qu'à force d'expédients et d'emprunts. D'un autre côté, en ce qui concernait l'enlèvement de Daubrecq, il fut établi que, contrairement à son habitude quotidienne, le marquis n'avait pas paru au cercle de six à sept heures et n'avait pas dîné chez lui. Il ne rentra, ce soir-là, que vers minuit et à pied.

L'accusation de M. Nicole recevait ainsi un commencement de preuve. Malheureusement – et par ses moyens personnels, Lupin ne réussit pas davantage – il fut impossible de recueillir le moindre indice sur l'automobile, sur le chauffeur et sur les quatre personnages qui avaient pénétré dans l'hôtel de Daubrecq. Était-ce des associés du marquis compromis comme lui dans l'affaire ? était-ce des hommes à sa solde ? On ne put le savoir.

Il fallait donc concentrer toutes les recherches sur le marquis et sur les châteaux et habitations qu'il possédait à une certaine distance de Paris, distance que, étant donné la vitesse moyenne d'une automobile et le temps d'arrêt nécessaire, on pouvait évaluer à cent cinquante kilomètres.

Or, d'Albufex, ayant tout vendu, ne possédait ni château, ni habitation en province.

On se retourna vers les parents et les amis intimes du marquis. Pouvait-il disposer, de ce côté, de quelque retraite sûre où emprisonner Daubrecq ?

Le résultat fut également négatif.

Et les journées passaient. Et quelles journées pour Clarisse Mergy !

Chacune d'elles rapprochait Gilbert de l'échéance terrible. Chacune d'elles était une fois de moins vingt-quatre heures avant la date qu'elle avait involontairement fixée dans son esprit. Et elle disait à Lupin, que la même anxiété obsédait :

– Encore cinquante-cinq jours... Encore cinquante... Que peut-on faire en si peu de jours ? Oh ! je vous en prie.., je vous en prie...

Que pouvait-on faire, en effet ? Lupin ne s'en remettant à personne du soin de surveiller le marquis, ne dormait pour ainsi dire plus. Mais le marquis avait repris sa vie régulière, et, méfiant sans doute, ne se hasardait à aucune absence.

Une seule fois, il alla dans la journée chez le duc de Montmaur, dont l'équipage chassait le sanglier en forêt de Durlaine, et avec lequel il n'entretenait que des relations sportives.

– Il n'y a pas à supposer, dit Prasvile, que le richissime duc de Montmaur, qui ne s'occupe que de ses terres et de ses chasses, et ne fait pas de politique, se prête à la séquestration, dans son château, du député Daubrecq.

Lupin fut de cet avis, mais, comme il ne voulait rien laisser au hasard, la semaine suivante, un matin, apercevant d'Albufex qui partait en tenue de cavalier, il le suivit jusqu'à la gare du Nord et prit le train en même temps que lui.

Il descendit à la station d'Aumale, où d'Albufex trouva une voiture qui le conduisit vers le château de Montmaur.

Lupin déjeuna tranquillement, loua une bicyclette et parvint en vue du château au moment où les invités débouchaient du parc, en automobile ou à cheval. Le marquis d'Albufex se trouvait au nombre des cavaliers.

Trois fois, au cours de la journée, Lupin le revit qui galopait. Et il le retrouva le soir à la station, où d'Albufex se rendit à cheval, suivi d'un piqueur.

L'épreuve était donc décisive, et il n'y avait rien de suspect de ce côté. Pourquoi cependant Lupin résolut-il de ne pas s'en tenir aux apparences ? Et pourquoi, le lendemain, envoya-t-il Le Ballu faire une enquête, aux environs de Montmaur ? Surcroît de précautions qui ne reposait sur aucun raisonnement, mais qui concordait avec sa manière d'agir méthodique et minutieuse.

Le surlendemain, il recevait de Le Ballu, outre des informations sans intérêt, la liste de tous les invités, de tous les domestiques et de tous les gardes de Montmaur.

Un nom le frappa, parmi ceux des piqueurs. Il télégraphia aussitôt :

« Se renseigner sur le piqueur Sebastiani. »

La réponse de Le Ballu ne tarda pas.

«Sebastiani (Corse) a été recommandé au duc de Montmaur par le marquis d'Albufex. Il habite, à une lieue du château, un pavillon de chasse élevé parmi les débris de la forteresse féodale qui fut le berceau de la famille de Montmaur. »

– Ça y est, dit Lupin à Clarisse Mergy, en lui montrant la lettre de Le Ballu. Tout de suite, ce nom de Sebastiani m'avait rappelé que d'Albufex est d'origine corse. Il y avait là un rapprochement...

– Alors, votre intention ?

– Mon intention est, si Daubrecq se trouve enfermé dans ces ruines, d'entrer en communication avec lui.

– Il se défiera de vous.

– Non. Ces jours-ci, sur les indications de la police, j'ai fini par découvrir les deux vieilles dames qui ont enlevé votre petit Jacques à Saint-Germain, et qui, le soir même, voilées, l'ont ramené à Neuilly. Ce sont deux vieilles filles, les cousines de Daubrecq, qui reçoivent de lui une petite rente mensuelle. J'ai rendu visite à ces demoiselles Rousselot (rappelez-vous leur nom et leur adresse, 134 bis, rue du Bac), je leur ai inspiré confiance, je leur ai promis de retrouver leur cousin et bienfaiteur, et l'aînée, Euphrasie Rousselot, m'a remis une lettre par quoi elle supplie Daubrecq de s'en rapporter absolument au sieur Nicole. Vous voyez que toutes les précautions sont prises. Je pars cette nuit.

– Nous partons, dit Clarisse.

– Vous !

– Est-ce que je peux vivre ainsi dans l'inaction, dans la fièvre !

Et elle murmura :

– Ce n'est plus les jours que je compte... les trente-huit ou quarante jours au plus qui nous restent... ce sont les heures...

Lupin sentit en elle une résolution trop violente pour qu'il essayât de la combattre. A cinq heures du matin, ils s'en allaient tous deux en automobile. Grognard les accompagnait.

Afin de ne pas éveiller les soupçons, Lupin choisit comme quartier général une grande ville. D'Amiens, où il installa Clarisse, il n'était séparé de Montmaur que par une trentaine de kilomètres.

Vers huit heures, il retrouva Le Ballu non loin de l'ancienne forteresse, connue dans la région sous le nom de Mortepierre, et, dirigé par lui, il examina les lieux.

Sur les confins de la forêt, la petite rivière du Ligier qui s'est creusé, à cet endroit, une vallée très profonde, forme une boucle que domine l'énorme falaise de Mortepierre.

– Rien à faire de ce côté, dit Lupin. La falaise est abrupte, haute de soixante ou soixante-dix mètres, et la rivière l'enserre de toutes parts.

Ils trouvèrent plus loin un pont qui aboutissait au bas d'un sentier dont les lacets les conduisirent, parmi les sapins et les chênes, jusqu'à une petite esplanade, où se dressait une porte massive, bardée de fer, hérissée de clous et flanquée de deux grosses tours.

– C'est bien là, dit Lupin, que le piqueur Sebastiani habite ?

– Oui, fit Le Ballu, avec sa femme, dans un pavillon situé au milieu des ruines. J'ai appris, en outre, qu'il avait trois grands fils et que tous trois étaient soi-disant partis en voyage, et cela précisément le jour où l'on enlevait Daubrecq.

– Oh ! oh ! fit Lupin, la coïncidence vaut la peine d'être retenue. Il est bien probable que le coup fut exécuté par ces gaillards-là et par le père.

A la fin de l'après-midi, Lupin profita d'une brèche pour escalader la courtine, à droite des tours. De là il put voit le pavillon du garde et les quelques débris de la vieille forteresse – ici, un pan de mur où se devine le manteau d'une cheminée ; plus loin, une citerne ; de ce côté, l'arcade d'une chapelle ; de cet autre, un amoncellement de pierres éboulées.

Sur le devant, un chemin de ronde borde la falaise, et, à l'une des extrémités de ce chemin, il y a les vestiges d'un formidable donjon presque rasé au niveau du sol.

Le soir, Lupin retourna près de Clarisse Mergy. Et, dès lors, il fit la navette entre Amiens et Mortepierre, laissant Grognard et Le Ballu en observation permanente.

Et six jours passèrent... Les habitudes de Sebastiani semblaient uniquement soumises aux exigences de son emploi. Il allait au château de Montmaur, se promenait dans la forêt, relevait les passages des bêtes, faisait des rondes de nuit.

Mais le septième jour, ayant su qu'il y avait chasse, et qu'une voiture était partie le matin pour la station d'Aumale, Lupin se posta dans un groupe de lauriers et de buis qui entouraient la petite esplanade, devant la porte.

A deux heures, il entendit les aboiements de la meute. Ils se rapprochèrent, accompagnés de clameurs, puis s'éloignèrent. Il les entendit de nouveau vers le milieu de l'après-midi, moins distincts, et ce fut tout. Mais soudain, dans le silence, un galop de cheval parvint jusqu'à lui, et quelques minutes plus tard, il vit deux cavaliers qui escaladaient le sentier de la rivière.

Il reconnut le marquis d'Albufex et Sebastiani. Arrivés sur l'esplanade, tous deux mirent pied à terre, tandis qu'une femme, la femme du piqueur sans doute, ouvrait la porte. Sebastiani attacha les brides des montures à des anneaux scellés dans une borne qui se dressait à trois pas de Lupin, et, en courant, il rejoignit le marquis. La porte se ferma derrière eux.

Lupin n'hésita pas, et, bien que ce fût encore le plein jour, comptant sur la solitude de l'endroit, il se hissa au creux de la brèche. Passant la tête, il aperçut les deux hommes et la femme de Sebastiani qui se hâtaient vers les ruines du donjon.

Le garde souleva un rideau de lierre et découvrit l'entrée d'un escalier qu'il descendit, ainsi que d'Albufex, laissant sa femme en faction sur la terrasse.

Comme il ne fallait pas songer à s'introduire à leur suite, Lupin regagna sa cachette. Il n'attendit pas longtemps avant que la porte se rouvrit.

Le marquis d'Albufex semblait fort en courroux. Il frappait à coups de cravache la tige de ses bottes et mâchonnait des paroles de colère que Lupin discerna quand la distance fut moins grande.

– Ah ! le misérable, je l'y forcerai bien... Ce soir, tu entends, Sebastiani... ce soir, à dix heures, je reviendrai... Et nous agirons... Ah ! l'animal !...

Sebastiani détachait les chevaux. D'Albufex se tourna vers la femme :

– Que vos fils fassent bonne garde... Si on essayait de le délivrer, tant pis pour lui... La trappe est là... Je peux compter sur eux ?

– Comme sur leur père, monsieur le marquis, affirma le piqueur. Ils savent ce que monsieur le marquis a fait pour moi, et ce qu'il veut faire pour eux. Ils ne reculeront devant rien.

– A cheval, dit d'Albufex, et rejoignons la chasse.

Ainsi donc, les choses s'accomplissaient comme Lupin l'avait supposé. Au cours de ces parties de chasse, d'Albufex, galopant de son côté, poussait une pointe jusqu'à Mortepierre, sans que personne pût se douter de son manège. Sebastiani qui, pour des raisons anciennes, et d'ailleurs inutiles à connaître, lui était dévoué corps et âme, Sebastiani l'accompagnait, et ils allaient voir ensemble le captif, que les trois fils du piqueur et sa femme surveillaient étroitement.

– Voilà où nous en sommes, dit Lupin à Clarisse Mergy, lorsqu'il l'eut retrouvée dans une auberge des environs. Ce soir, à dix heures, le marquis fera subir à Daubrecq l'interrogatoire... un peu brutal mais indispensable, auquel je devais procéder moi-même.

– Et Daubrecq livrera son secret... dit Clarisse, déjà bouleversée.

– J'en ai peur.

– Alors ?

– Alors, répondit Lupin, qui paraissait très calme, j'hésite entre deux plans. Ou bien empêcher cette entrevue...

– Mais comment ?

– En devançant d'Albufex. A neuf heures, Grognard, Le Ballu et moi, nous franchissons les remparts. Envahissement de la forteresse, assaut du donjon, désarmement de la garniture... le tour est joué... Daubrecq est à nous.

– Si toutefois les fils de Sebastiani ne l'ont pas jeté par cette trappe à laquelle le marquis a fait allusion...

– Aussi, dit Lupin, ai-je bien l'intention de ne risquer ce coup de force qu'en désespoir de cause, et au cas où mon autre plan ne serait pas réalisable.

– Et cet autre plan ?

– C'est d'assister à l'entrevue. Si Daubrecq ne parle pas, cela nous donne le loisir nécessaire pour préparer son enlèvement dans des conditions plus favorables. S'il parle, si on le contraint à révéler l'endroit où se trouve la liste des vingt-sept, je saurai la vérité en même temps que d'Albufex, et je jure Dieu que j'en tirerai parti avant lui.

– Oui... oui... prononça Clarisse... Mais par quel moyen comptez-vous assister...

– Je ne sais pas encore, avoua Lupin. Cela dépend de certains renseignements que doit m'apporter Le Ballu... et de ceux que je réunirai moi-même.

Il sortit de l'auberge et n'y revint qu'une heure plus tard, à la nuit tombante. Le Ballu l'y rejoignit.

– Tu as le bouquin ? dit-il à son complice.

– Oui, patron. C'était bien ce que j'avais vu chez le marchand de journaux d'Aumale. Je l'ai eu pour dix sous.

– Donne.

Le Ballu lui donna une vieille brochure usée, salie, sur laquelle on lisait :

« Une visite à Mortepierre, 1824, avec dessins et plans. »

Tout de suite, Lupin chercha le plan du donjon.

– C'est bien cela, dit-il... Il y avait, au-dessus du sol, trois étages qui ont été rasés, et, au-dessous, creusés dans le roc même, deux étages, dont l'un a été envahi par les décombres, et dont l'autre... Tenez, voilà où gît notre ami Daubrecq. Le nom est significatif... La salle des tortures... Pauvre ami... Entre l'escalier et la salle, deux portes. Entre ces deux portes, un réduit, où se tiennent évidemment les trois frères, le fusil à la main.

– Donc, il vous est impossible de pénétrer là sans être vu.

– Impossible... à moins de passer par en haut, par l'étage écroulé, et de chercher une voie à travers le plafond... Mais c'est bien hasardeux...

Il continuait à feuilleter le livre. Clarisse lui demanda :

– Il n'y a pas de fenêtre à cette salle ?

– Si, dit-il. D'en bas, de la rivière – j'en arrive – on aperçoit une petite ouverture, qui, d'ailleurs, est marquée sur cette carte. Mais, n'est-ce pas, il y a cinquante mètres de hauteur, à pic... et même, la roche surplombe au-dessus de l'eau. Donc, impossible également.

Il parcourait certains passages du livre. Un chapitre le frappa, intitulé « La Tour des Deux-Amants ». Il en lut les premières lignes.

« Jadis, le donjon était appelé par les gens du pays la Tour des Deux-Amants, en souvenir d'un drame qui l'ensanglanta au Moyen Age. Le comte de Mortepierre, ayant eu la preuve de l'infidélité de sa femme, l'avait enfermée dans la chambre des tortures. Elle y passa vingt ans, paraît-il. Une nuit, son amant, le sire de Tancarville, eut l'audace folle de dresser une échelle dans la rivière et de grimper ensuite le long de la falaise, jusqu'à l'ouverture de sa chambre. Ayant scié les barreaux, il réussit à délivrer celle qu'il aimait, et il redescendit avec elle, à l'aide d'une corde. Ils parvinrent tous deux au sommet de l'échelle que des amis surveillaient, lorsqu'un coup de feu partit du chemin de ronde et atteignit l'homme à l'épaule. Les deux amants furent lancés dans le vide... »

Il y eut un silence, après cette lecture, un long silence où chacun reconstituait la tragique évasion. Ainsi donc, trois ou quatre siècles auparavant, risquant sa vie pour sauver une femme, un homme a tenté ce tour de force inconcevable, et il serait parvenu à le réaliser sans la vigilance de quelque sentinelle attirée par le bruit. Un homme avait osé cela ! Un homme avait fait cela !

Lupin leva les yeux sur Clarisse. Elle le regardait, mais de quel regard éperdu et suppliant ! Regard de mère, qui exigeait l'impossible, et qui eût tout sacrifié pour le salut de son fils.

– Le Ballu, dit-il, cherche une corde solide, très fine, afin que je puisse l'enrouler à ma ceinture, et très longue, cinquante ou soixante mètres. Toi, Grognard, mets-toi en quête de trois ou quatre échelles que tu attacheras bout à bout.

– Hein ! qu'est-ce que vous dites, patron ? s'écrièrent les deux complices. Quoi ! vous voulez... Mais c'est de la folie.

– Une folie ? Pourquoi ? Ce qu'un autre a fait, je puis bien le faire.

– Mais il y a cent chances contre une pour que vous vous cassiez la tête.

– Tu vois bien, Le Ballu, qu'il y a une chance pour que je ne me la casse pas.

– Voyons, patron...

– Assez causé, les amis. Et rendez-vous dans une heure au bord de la rivière.

Les préparatifs furent longs. On trouva difficilement de quoi former l'échelle de quinze mètres qui pouvait atteindre le premier ressaut de la falaise, et il fallut beaucoup d'efforts et de soins pour en rejoindre les différentes parties les unes aux autres.

Enfin, un peu après neuf heures, elle fut dressée au milieu de la rivière, et calée par une barque, dont le devant était engagé entre deux barreaux et dont l'arrière s'enfonçait dans la berge.

La route qui suit le vallon étant peu fréquentée, personne ne dérangea les travaux. La nuit était obscure, le ciel lourd de nuages immobiles.

Lupin donna ses dernières recommandations à Le Ballu et à Grognard, et il dit en riant :

– On ne peut pas s'imaginer comme ça m'amuse de voir la tête de Daubrecq, pendant qu'on va le scalper et lui découper des lanières de peau. Vrai ! ça vaut le voyage.

Clarisse avait pris place également dans la barque. Il lui dit :

– A bientôt. Et surtout ne bougez pas. Quoi qu'il arrive, pas un geste, pas un cri.

– Il peut donc arriver quelque chose ? dit-elle.

– Dame ! souvenez-vous du sire de Tancarville. C'est au moment même où il arrivait au but, sa bien-aimée dans les bras, qu'un hasard le trahit. Mais, soyez tranquille, tout se passera bien.

Elle ne fit aucune réponse. Elle lui saisit la main et la serra fortement entre les siennes.

Il mit le pied sur l'échelle et s'assura qu'elle ne remuait pas trop. Puis il monta.

Très vite, il parvint au dernier échelon.

Là seulement commençait l'ascension dangereuse, ascension pénible au début, à cause de la pente excessive, et qui devint, à mi-hauteur, la véritable escalade d'une muraille.

Par bonheur, il y avait, de place en place, de petits creux où ses pieds pouvaient se poser et des cailloux en saillie où ses mains s'accrochaient. Mais, deux fois, ces cailloux cédèrent, il glissa, et, ces deux fois-là, il crut bien que tout était perdu.

Ayant rencontré un creux profond, il s'y reposa. Il était exténué, et, tout prêt à renoncer à l'entreprise, il se demanda si, réellement, elle valait la peine qu'il s'exposât à de tels dangers.

« Bigre ! pensa-t-il, m'est avis que tu flanches, mon vieux Lupin. Renoncer à l'entreprise ? Alors Daubrecq va susurrer son secret. Le marquis sera maître de la liste. Lupin s'en retournera bredouille, et Gilbert... »

La longue corde, qu'il avait attachée autour de sa taille, lui imposant une gêne et une fatigue inutiles, Lupin en fixa simplement une des extrémités à la boucle de son pantalon. La corde se déroulerait ainsi, tout le long de la montée, et il s'en servirait au retour comme d'une rampe.

Puis il s'agrippa de nouveau aux aspérités de la falaise et continua l'escalade, les doigts en sang, les ongles meurtris. A chaque moment, il s'attendait à la chute inévitable. Et ce qui le décourageait, c'était de percevoir le murmure des voix qui s'élevait de la barque, murmure si distinct qu'il ne semblait pas que l'intervalle s'accrût entre ses compagnons et lui.

Et il se rappela le seigneur de Tancarville, seul aussi parmi les ténèbres, et qui devait frissonner au fracas des pierres détachées et bondissantes. Comme le moindre bruit se répercutait dans le silence profond ! Qu'un des gardes de Daubrecq épiât l'ombre du haut de la tour des Deux-Amants, et c'était le coup de feu, la mort...

Il grimpait... il grimpait... et il grimpait depuis si longtemps qu'il finit par s'imaginer que le but était dépassé. Sans aucun doute, il avait obliqué à son insu vers la droite, ou vers la gauche, et il allait aboutir au chemin de ronde. Dénouement stupide ! Aussi bien, est-ce qu'il pouvait en être autrement d'une tentative que l'enchaînement si rapide des faits ne lui avait pas permis d'étudier et de préparer ?

Furieux, il redoubla d'efforts, s'éleva de plusieurs mètres, glissa, reconquit le terrain perdu, empoigna une touffe de racines qui lui resta dans la main, glissa de nouveau, et, découragé, il abandonnait la partie, quand, soudain, se raidissant en une crispation de tout son être, de tous ses muscles et de toute sa volonté, il s'immobilisa ; un bruit de voix semblait sortir du roc qu'il étreignait.

Il écouta. Cela se produisait vers la droite. Ayant renversé la tête, il crut voir un rayon de clarté qui traversait les ténèbres de l'espace. Par quel sursaut d'énergie, par quels mouvements insensibles, réussit-il à se déplacer jusque-là, il ne s'en rendit pas un compte exact. Mais brusquement il se trouva sur le rebord d'un orifice assez large, profond de trois mètres au moins, qui creusait la paroi de la falaise comme un couloir, et dont l'autre extrémité, beaucoup plus étroite, était fermée par trois barreaux.

Lupin rampa. Sa tête parvint aux barreaux. Il vit...

Chapitre 8

La tour des Deux-Amants

La salle des tortures s'arrondissait au-dessous de lui, vaste, de forme irrégulière, distribuée en parties inégales par les quatre gros piliers massifs qui soutenaient ses voûtes. Une odeur de moisissure et d'humidité montait de ses murailles et de ses dalles mouillées par les infiltrations. L'aspect devait en être, à toute époque, sinistre. Mais, à cette heure-là, avec les hautes silhouettes de Sebastiani et de ses fils, avec les lueurs obliques qui jouaient sur les piliers, avec la vision du captif enchaîné sur un grabat, elle prenait une allure mystérieuse et barbare.

Il était au premier plan, Daubrecq, à cinq ou six mètres en contrebas de la lucarne où Lupin se tenait blotti. Outre les chaînes antiques dont on s'était servi pour l'attacher à son lit et pour attacher ce lit à un crochet de fer scellé dans le mur, des lanières de cuir entouraient ses chevilles et ses poignets, et un dispositif ingénieux faisait que le moindre de ses gestes mettait en mouvement une sonnette suspendue au pilier voisin.

Une lampe posée sur un escabeau l'éclairait en plein visage.

Debout près de lui, le marquis d'Albufex, dont Lupin voyait le pâle visage, la moustache grisonnante, la taille haute et mince, le marquis d'Albufex regardait son prisonnier avec une expression de contentement et de haine assouvie.

Il s'écoula quelques minutes dans un silence profond. Puis le marquis ordonna :

Sebastiani, allume donc ces trois flambeaux, afin que je le voie mieux.

Et, lorsque les trois flambeaux furent allumés et qu'il eut bien contemplé Daubrecq, il se pencha et lui dit presque doucement :

– Je ne sais pas trop ce qu'il adviendra de nous deux. Mais, tout de même, j'aurai eu là, dans cette salle, de sacrées minutes de joie. Tu m'as fait tant de mal, Daubrecq ! Ce que j'ai pleuré par toi !... Oui... de vraies larmes... de vrais sanglots de désespoir... M'en as-tu volé de l'argent ! Une fortune ! Et la peur que j'avais de ta dénonciation ! Mon nom prononcé, c'était l'achèvement de ma ruine, le déshonneur. Ah gredin !...

Daubrecq ne bougeait pas. Démuni de son lorgnon, il gardait cependant ses lunettes où la clarté des lumières se reflétait. Il avait considérablement maigri, et les os de ses pommettes saillaient au-dessus de ses joues creuses.

– Allons, dit d'Albufex, il s'agit maintenant d'en finir. Il paraî-trait qu'il y a des copains qui rôdent dans le pays. Dieu veuille que ce ne soit pas à ton intention et qu'ils n'essaient pas de te délivrer, car ce serait ta perte immédiate, comme tu le sais ... Sebastiani, la trappe fonctionne toujours bien ?

Sebastiani s'approcha, mit un genou en terre, souleva et tourna un anneau que Lupin n'avait pas remarqué et qui se trouvait au pied même du lit. Une des dalles bascula, décou-vrant un trou noir.

– Tu vois, reprit le marquis, tout est prévu, et j'ai sous la main tout ce qu'il faut, même des oubliettes... et des oubliettes insondables, dit la légende du château. Donc, rien à espérer, aucun secours. Veux-tu parler ?

Daubrecq ne répondant pas, il continua :

– C'est la quatrième fois que je t'interroge, Daubrecq. C'est la quatrième fois que je me dérange pour te demander le docu-ment que tu possèdes et pour me soustraire ainsi à ton chan-tage. C'est la quatrième et dernière fois. Veux-tu parler ?

Même silence. D'Albufex fit un signe à Sebastiani. Le garde s'avança, suivi de deux de ses fils. L'un d'eux tenait un bâton à la main.

– Vas-y, ordonna d'Albufex après quelques secondes d'attente.

Sebastiani relâcha les lanières qui serraient les poignets de Daubrecq, introduisit et fixa le bâton entre les lanières.

– Je tourne, monsieur le marquis ?

Un silence encore. Le marquis attendait. Daubrecq ne bron-chant pas, il murmura :

– Parle donc A quoi bon t'exposer à souffrir ?

Aucune réponse.

– Tourne, Sebastiani.

Sebastiani fit accomplir au bâton une révolution complète. Les liens se tendirent. Daubrecq poussa un gémissement.

– Tu ne veux pas parler ? Tu sais bien pourtant que je ne céderai pas, qu'il m'est impossible de céder, que je te tiens, et que, s'il le faut, je te démolirai jusqu'à t'en faire mourir. Tu ne veux pas parler ? Non ?... Sebastiani, un tour de plus.

Le garde obéit. Daubrecq eut un soubresaut de douleur et retomba sur son lit en râlant.

– Imbécile ! cria le marquis tout frémissant. Parle donc Quoi ? Tu n'en as donc pas assez de cette liste ? C'est bien le tour d'un autre, pourtant. Allons, parle... Où est-elle ? Un mot... un mot seulement... et on te laisse tranquille... Et demain, quand j'aurai la liste, tu seras libre. Libre, tu entends ? Mais, pour Dieu, parle !... Ah ! la brute ! Sebastiani, encore un tour.

Sebastiani fit un nouvel effort. Les os craquèrent.

– Au secours ! au secours articula Daubrecq d'une voix rauque et en cherchant vainement à se dégager.

Et, tout bas, il bégaya :

– Grâce... grâce...

Spectacle horrible Les trois fils avaient des visages convulsés. Lupin, frissonnant, écœuré, et qui comprenait que jamais il n'aurait pu accomplir lui-même cette abominable chose, Lupin épiait les paroles inévitables. Il allait savoir. Le secret de Daubrecq allait s'exprimer en syllabes, en mots arrachés par la douleur. Et Lupin pensait déjà à la retraite, à l'automobile qui l'attendait, à la course éperdue vers Paris, à la victoire si proche ! ...

– Parle... murmurait d'Albufex... parle, et ce sera fini.

– Oui... oui... balbutia Daubrecq.

– Eh bien...

– Plus tard, demain...

– Ah ! ça, tu es fou Demain ! Qu'est-ce que tu chantes ? Sebastiani, encore un tour.

– Non, non, hurla Daubrecq, non, arrête.

– Parle !

– Eh bien, voilà... J'ai caché le papier...

Mais la souffrance était trop grande. Daubrecq releva sa tête dans un effort suprême, émit des sons incohérents, réussit deux fois à prononcer :

« Marie... Marie... » et se renversa, épuisé, inerte.

– Lâche donc, ordonna d'Albufex à Sebastiani. Sacrebleu ! est-ce que nous aurions forcé la dose ?

Mais un examen rapide lui prouva que Daubrecq était simplement évanoui. Alors lui-même, exténué, il s'écroula sur le pied du lit en essuyant les gouttes de sueur qui mouillaient son front, et il bredouilla :

– Ah ! la sale besogne...

– C'est peut-être assez pour aujourd'hui, dit le garde, dont la rude figure trahissait l'émotion... On pourrait recommencer demain... après-demain.

Le marquis se taisait. Un des fils lui tendit une gourde de cognac. Il en remplit la moitié d'un verre et but d'un trait.

– Demain, dit-il, non. Tout de suite. Encore un petit effort. Au point où il en est, ce ne sera pas difficile.

Et prenant le garde à part :

– Tu as entendu ? qu'a-t-il voulu dire par ce mot de « Marie » ? Deux fois il l'a répété.

– Oui, deux fois, dit le garde. Il a peut-être confié ce document que vous lui réclamez à une personne qui porte le nom de Marie.

– Jamais de la vie ! protesta d'Albufex. Il ne confie rien... Cela signifie autre chose.

Mais quoi, monsieur le marquis ?

– Quoi ? Nous n'allons pas tarder à le savoir, je t'en réponds.

A ce moment, Daubrecq eut une longue aspiration et remua sur sa couche.

D'Albufex, qui maintenant avait recouvré tout son sang-froid et qui ne quittait pas l'ennemi des yeux, s'approcha et lui dit :

– Tu vois bien, Daubrecq... c'est de la folie de résister... Quand on est vaincu, il n'y a qu'à subir la loi du vainqueur, au lieu de se faire torturer bêtement... Voyons, sois raisonnable.

Et s'adressant à Sebastiani :

– Tends la corde... qu'il la sente un peu... ça le réveillera... Il fait le mort...

Sebastiani reprit le bâton et tourna jusqu'à ce que la corde revînt en contact avec les chairs tuméfiées. Daubrecq sursauta.

– Arrête, Sebastiani, commanda le marquis. Notre ami me paraît avoir les meilleures dispositions du monde et comprendre la nécessité d'un accord. N'est-ce pas, Daubrecq ? Tu préfères en finir ? Combien tu as raison !

Les deux hommes étaient inclinés au-dessus du patient, Sebastiani, le bâton en main, d'Albufex tenant la lampe afin d'éclairer en plein le visage.

– Ses lèvres s'agitent... il va parler... Desserre un peu, Sebastiani, je ne veux pas que notre ami souffre... Et puis, non, serre davantage... je crois que notre ami hésite... Encore un tour... Halte ! ... nous y sommes... Ah ! mon cher Daubrecq, si tu n'articules pas mieux que ça, c'est du temps perdu. Quoi ? Qu'est-ce que tu dis ?

Arsène Lupin mâchonna un juron. Daubrecq parlait, et lui, Lupin, ne pouvait pas l'entendre ! Il avait beau prêter l'oreille, étouffer les battements de son cœur et le bourdonnement de ses tempes, aucun son ne parvenait jusqu'à lui.

« Crénom d'un nom pensa-t-il, je n'avais pas prévu cela. Que faire ? »

Il fut sur le point de braquer son revolver et d'envoyer à Daubrecq une balle qui couperait court à toute explication. Mais il songea que lui non plus n'en saurait pas davantage, et qu'il valait mieux s'en remettre aux événements pour en tirer le meilleur parti.

En bas, cependant, la confession se poursuivait, indistincte, entrecoupée de silences et mêlée de plaintes. D'Albufex ne lâchait pas sa proie.

– Encore... Achève donc...

Et il ponctuait les phrases d'exclamations approbatives.

– Bien !... Parfait !... Pas possible ? Répète un peu, Daubrecq... Ah ! ça, c'est drôle... Et personne n'a eu l'idée ? Pas même Prasville ?... Quel idiot !... Desserre donc, Sebastiani... Tu vois bien que notre ami est tout essoufflé... Du calme, Daubrecq... ne te fatigue pas... Et alors, cher ami, tu disais...

C'était la fin. Il y eut un chuchotement assez long que d'Albufex écouta sans interruption et dont Arsène Lupin ne put saisir la moindre syllabe, puis le marquis se leva et s'exclama d'une voix joyeuse :

– Ça y est !... Merci, Daubrecq. Et crois bien que je n'oublierai jamais ce que tu viens de faire. Quand tu seras dans le besoin, tu n'auras qu'à frapper à ma porte, il y aura toujours un morceau de pain pour toi à la cuisine, et un verre d'eau filtrée.

Sebastiani, soigne M. le Député absolument comme si c'était un de tes fils. Et tout d'abord, débarrasse-le de ses liens. Il ne faut pas avoir de cœur pour attacher ainsi un de ses semblables, comme un poulet à la broche.

– Si on lui donnait à boire ? proposa le garde.

– C'est ça ! donne-lui donc à boire.

Sebastiani et ses fils défirent les courroies de cuir, frictionnèrent les poignets endoloris et les entourèrent de bandes de toile enduites d'un onguent. Puis Daubrecq avala quelques gorgées d'eau-de-vie.

– Ça va mieux, dit le marquis. Bah ! ce ne sera rien. Dans quelques heures, il n'y paraîtra plus, et tu pourras te vanter d'avoir subi la torture, comme au bon temps de l'Inquisition. Veinard !

Il consulta sa montre.

– Assez bavardé, Sebastiani. Que tes fils le veillent à tour de rôle. Toi, conduis-moi jusqu'à la station, pour le dernier train.

– Alors, monsieur le marquis, nous le laissons comme ça, libre de ses mouvements ?

– Pourquoi pas ? T'imagines-tu que nous allons le tenir ici jusqu'à sa mort ? Non, Daubrecq, sois tranquille. Demain après-midi, j'irai chez toi... et si le document se trouve bien à la place que tu m'as dite, aussitôt un télégramme, et on te donne la clef des champs. Tu n'as pas menti, hein ?

Il était revenu vers Daubrecq, et, de nouveau courbé sur lui :

– Pas de blagues, n'est-ce pas ? Ce serait idiot de ta part. J'y perdrais un jour, voilà tout. Tandis que toi, tu y perdrais ce qui te reste de jours à vivre. Mais non, mais non, la cachette est trop bonne. On n'invente pas ça pour s'amuser. En route, Sebastiani. Demain, tu auras le télégramme.

– Et si on ne vous laisse pas entrer dans la maison, monsieur le marquis ?

– Pourquoi donc ?

– La maison du square Lamartine est occupée par des hommes de Prasville.

– Ne t'inquiète pas, Sebastiani, j'entrerai, et, si on ne m'ouvre pas la porte, la fenêtre est là. Et, si la fenêtre ne s'ouvre pas, je saurai bien m'arranger avec un des hommes de Prasville. C'est une question d'argent. Et, Dieu merci ! ce n'est pas ça qui manquera, désormais. Bonne nuit, Daubrecq.

Il sortit, accompagné de Sebastiani, et le lourd battant se referma.

Aussitôt, et d'après un plan conçu durant cette scène, Lupin opéra sa retraite.

Ce plan était simple : dégringoler à l'aide de sa corde jusqu'au bas de la falaise, emmener ses amis avec lui, sauter dans l'auto, et, sur la route déserte qui conduit à la gare d'Aumale, attaquer d'Aibufex et Sebastiani. L'issue du combat ne faisait aucun doute. D'Albufex et Sebastiani prisonniers, on s'arrangerait bien pour que l'un d'eux parlât. D'Albufex avait montré comment on devait s'y prendre et, pour le salut de son fils, Clarisse Mergy saurait être inflexible.

Il tira la corde dont il s'était muni, et chercha à tâtons une aspérité du roc autour de laquelle il pût la passer, de manière à ce qu'il en pendît deux bouts égaux qu'il saisirait à pleines mains. Mais, lorsqu'il eut trouvé ce qu'il lui fallait, au lieu d'agir, et rapidement, car la besogne était pressée, il demeura immobile, à réfléchir. Au dernier moment, son projet ne le satisfaisait plus.

« Absurde, se disait-il, ce que je vais faire est absurde et illogique. Qu'est-ce qui me prouve que d'Albufex et Sébastiani ne m'échapperont pas ? Qu'est-ce qui me prouve même qu'une fois en mon pouvoir ils parleront ? Non, je reste. Il y a mieux à tenter... beaucoup mieux. Ce n'est pas à ces deux-là qu'il faut m'attaquer, mais à Daubrecq. Il est exténué, à bout de résistance. S'il a dit son secret au marquis, il n'y a aucune raison pour qu'il ne me le dise pas, quand Clarisse et moi nous emploierons les mêmes procédés. Adjugé ! Enlevons le Daubrecq ! »

Et il ajouta en lui-même :

« D'ailleurs, qu'est-ce que je risque ? Si je rate le coup, Clarisse Mergy et moi nous filons à Paris et, de concert avec Prasville, nous organisons dans la maison du square Lamartine une surveillance minutieuse, pour que d'Albufex ne puisse profiter des révélations que Daubrecq lui a faites. L'essentiel, c'est que Prasville soit prévenu du danger. Il le sera. »

Minuit sonnait alors à l'église d'un village voisin. Cela donnait à Lupin six ou sept heures pour mettre à exécution son nouveau plan. Il commença aussitôt.

En s'écartant de l'orifice au fond duquel s'ouvrait la fenêtre, il s'était heurté, dans un des creux de la falaise, à un massif de petits arbustes. A l'aide de son couteau, il en coupa une douzaine qu'il réduisit tous à la même dimension. Puis, sur sa corde, il préleva deux longueurs égales. Ce furent les montants de l'échelle. Entre ces montants, il assujettit les douze bâtonnets et il confectionna ainsi une échelle de corde de six mètres environ.

Quand il revint à son poste, il n'y avait plus, dans la salle des tortures, auprès du lit de Daubrecq, qu'un seul des trois fils. Il fumait sa pipe auprès de la lampe. Daubrecq dormait.

« Fichtre ! pensa Lupin, ce garçon-là va-t-il veiller toute la nuit ? En ce cas, rien à faire qu'à m'esquiver... »

L'idée qu'Albufex était maître du secret le tourmentait vivement. De l'entrevue à laquelle il avait assisté, il gardait l'impression très nette que le marquis « travaillait pour son compte » et qu'il ne voulait pas seulement, en dérobant la liste, se soustraire à l'action de Daubrecq, mais aussi conquérir la puissance de Daubrecq, et rebâtir sa fortune par les moyens mêmes que Daubrecq avait employés.

Dès lors, c'eût été, pour Lupin, une nouvelle bataille à livrer à un nouvel ennemi. La marche rapide des événements ne permettait pas d'envisager une pareille hypothèse. A tout prix il fallait barrer la route au marquis d'Albufex en prévenant Prasville.

Cependant Lupin restait, retenu par l'espoir tenace de quelque incident qui lui donnerait l'occasion d'agir.

La demie de minuit sonna. Puis, une heure. L'attente devenait terrible, d'autant qu'une brume glaciale montait de la vallée et que Lupin sentait le froid pénétrer en lui.

Il entendit le trot d'un cheval dans le lointain.

« Voilà Sebastiani qui rentre de la gare », pensa-t-il.

Mais le fils qui veillait dans la salle des tortures ayant vidé son paquet de tabac ouvrit la porte et demanda à ses frères s'ils n'avaient pas de quoi bourrer une dernière pipe. Sur leur réponse, il sortit pour aller jusqu'au pavillon.

Et Lupin fut stupéfait. La porte n'était pas refermée que Daubrecq, qui dormait si profondément, s'assit sur sa couche, écouta, mit un pied à terre, puis l'autre pied, et, debout, un peu vacillant, mais plus solide tout de même qu'on n'eût pu le croire, il essaya ses forces.

« Allons, se dit Lupin, le gaillard a du ressort. Il pourra très bien contribuer lui-même à son enlèvement. Un seul point me chiffonne... Se laissera-t-il convaincre ? Voudra-t-il me suivre ? Est-ce qu'il ne croira pas que ce miraculeux secours qui lui arrive par la voie des cieux, est un piège du marquis ? »

Mais tout à coup Lupin se rappela cette lettre qu'il avait fait écrire aux vieilles cousines de Daubrecq, cette lettre de recommandation, pour ainsi dire, que l'aînée des deux sœurs Rousselot avait signée de son prénom d'Euphrasie.

Elle était là, dans sa poche. Il la prit et prêta l'oreille. Aucun bruit, sinon le bruit léger des pas de Daubrecq sur les dalles. Lupin jugea l'instant propice. Vivement il passa le bras entre les barreaux et jeta la lettre.

Daubrecq parut interdit.

L'enveloppe avait voltigé dans la salle, et elle gisait à terre, à trois pas de lui. D'où cela venait-il ? Il leva la tête vers la fenêtre et tâcha de percer l'obscurité qui lui cachait toute la partie haute de la salle. Puis il regarda l'enveloppe, sans oser y toucher encore, comme s'il eût redouté quelque embûche. Puis, soudain, après un coup d'œil du côté de la porte, il se baissa rapidement, saisit l'enveloppe et la décacheta.

« Ah ! » fit-il avec un soupir de joie, en voyant la signature.

Il lut la lettre à demi-voix :

« Il faut avoir toute confiance dans le porteur de ce mot. C'est lui qui, grâce à l'argent que nous lui avons remis, a su découvrir le secret du marquis et qui a conçu le plan de l'évasion. Tout est prêt pour la fuite. Euphrasie Rousselot. »

Il relut la lettre, répéta : « Euphrasie... Euphrasie... » et leva la tête de nouveau.

Lupin chuchota :

– Il me faut deux ou trois heures pour scier un des barreaux. Sebastiani et ses fils vont-ils revenir ?

– Oui, sans doute, répondit Daubrecq aussi doucement que lui, mais je pense qu'ils me laisseront.

– Mais ils couchent à côté ?

– Oui.

– Ils n'entendront pas ?

– Non, la porte est trop massive.

– Bien. En ce cas, ce ne sera pas long. J'ai une échelle de corde. Pourrez-vous monter seul ? sans mon aide ?

– Je crois... j'essaierai... ce sont mes poignets qu'ils ont brisés... Ah les brutes ! C'est à peine si je peux remuer les mains... et j'ai bien peu de force ! Mais tout de même, j'essaierai... il faudra bien...

Il s'interrompit, écouta, et posant un doigt sur sa bouche, murmura :

– Chut !

Lorsque Sebastiani et ses fils entrèrent, Daubrecq, qui avait dissimulé la lettre et se trouvait sur son lit, feignit de se réveiller en sursaut. Le garde apportait une bouteille de vin, un verre et quelques provisions.

– Ça va, monsieur le député, s'écria-t-il. Dame ! on a peut-être serré un peu fort... C'est si brutal, ce tourniquet de bois. Ça se faisait beaucoup du temps de la grande Révolution et de Bonaparte, qu'on m'a dit... du temps où il y avait des « chauffeurs ». Une jolie invention ! Et puis propre... pas de sang... Ah ! ça n'a pas été long ! Au bout de vingt minutes, vous crachiez le mot de l'énigme.

Sebastiani éclata de rire.

– A propos, monsieur le député, toutes mes félicitations ! Excellente, la cachette. Et qui se douterait jamais ?... Voyez-vous, ce qui nous trompait, M. le marquis et moi, c'était ce nom de Marie que vous aviez d'abord lâché. Vous n'aviez pas menti. Seulement, voilà... le mot est resté en route. Il fallait le finir. Non, mais tout de même, ce que c'est drôle ! Ainsi, sur la table même de votre cabinet ! Vrai, il y a de quoi rigoler.

Le garde s'était levé et arpentait la pièce en se frottant les mains.

– M. le marquis est rudement content, si content, même, qu'il reviendra demain soir en personne, pour vous donner la clef des champs. Oui, il a réfléchi, il y aura quelques formalités... il vous faudra peut-être signer quelques chèques, rendre gorge, quoi ! et rembourser M. le marquis de son argent et de ses peines. Mais qu'est-ce que c'est que cela ? une misère pour vous ! Sans compter qu'à partir de maintenant, plus de chaîne, plus de lanière de cuir autour des poignets, bref, un traitement de roi ! Et, même, tenez, j'ai ordre de vous octroyer une bonne bouteille de vin vieux et un flacon de cognac.

Sebastiani lança encore quelques plaisanteries, puis il prit la lampe, fit une dernière inspection de la salle et dit à ses fils :

– Laissons-le dormir. Vous aussi, reposez-vous tous les trois. Mais ne dormez que d'un œil... On ne peut jamais savoir...

Ils se retirèrent.

Lupin patienta et dit à voix basse :

– Je peux commencer ?

– Oui, mais attention !... Il n'y aurait rien d'impossible à ce qu'ils fassent une ronde d'ici une heure ou deux.

Lupin se mit à l'oeuvre. Il avait une lime très puissante, et le fer des barreaux, rouillé et rongé par le temps, était, à certains endroits, presque friable. A deux reprises, Lupin s'arrêta, l'oreille aux aguets. Mais c'était le trottinement d'un rat dans les décombres de l'étage supérieur, ou le vol d'un oiseau nocturne, et il continuait sa besogne, encouragé par Daubrecq, qui écoutait près de la porte, et qui l'eût prévenu à la moindre alerte.

« Ouf ! se dit-il, en donnant un dernier coup de lime, c'est pas dommage, car, vrai, on est un peu à l'étroit dans ce maudit tunnel... Sans compter le froid... »

Il pesa de toutes ses forces sur le barreau qu'il avait scié par le bas, et réussit à l'écarter suffisamment pour qu'un homme pût se glisser entre les deux barreaux qui restaient. Il dut ensuite reculer jusqu'à l'extrémité du couloir, dans la partie, plus large, où il avait laissé l'échelle de corde. L'ayant fixée aux barreaux, il appela :

– Psst... Ça y est... Vous êtes prêt ?

– Oui... me voici... une seconde encore que j'écoute... Bien... Ils dorment... Donnez-moi l'échelle.

Lupin la déroula et dit :

– Dois-je descendre ?

– Non... Je suis un peu faible... mais ça ira tout de même.

En effet, il parvint assez vite à l'orifice du couloir et s'y engagea à la suite de son sauveur. Le grand air, cependant, parut l'étourdir. En outre, pour se donner des forces, il avait bu la moitié de la bouteille de vin, et il eut une défaillance qui l'étendit sur la pierre du couloir durant une demi-heure. Lupin, perdant patience, l'attachait déjà à l'un des bouts du câble dont l'autre bout était noué autour des barreaux, et il se préparait à le faire glisser comme un colis, lorsque Daubrecq se réveilla, plus dispos.

– C'est fini, murmura-t-il, je me sens en bon état. Est-ce que ce sera long ?

– Assez long, nous sommes à cinquante mètres de hauteur.

– Comment d'Albufex n'a-t-il pas prévu qu'une évasion était possible par là ?

– La falaise est à pic.

– Et vous avez pu ?...

– Dame ! vos cousines ont insisté... Et puis, il faut vivre, n'est-ce pas ? et elles ont été généreuses.

– Les braves filles ! dit Daubrecq. Où sont-elles ?

– En bas, dans une barque.

– Il y a donc une rivière ?

– Oui, mais ne causons pas, voulez-vous ? c'est dangereux.

– Un mot encore. Il y avait longtemps que vous étiez là quand vous m'avez jeté la lettre ?

– Mais non, mais non... Un quart d'heure, au plus. Je vous expliquerai... Maintenant, il s'agit de se hâter.

Lupin passa le premier, en recommandant à Daubrecq de bien s'accrocher à la corde et de descendre à reculons. Il le soutiendrait d'ailleurs aux endroits plus difficiles.

Il leur fallut plus de quarante minutes pour arriver sur le terre-plein du ressaut que formait la falaise, et plusieurs fois Lupin dut aider son compagnon dont les poignets, encore meurtris par la torture, avaient perdu toute énergie et toute souplesse.

A plusieurs reprises, il gémit :

– Ah ! les canailles, ils m'ont démoli... Les canailles !... Ah d'Albufex, tu me la paieras cher, celle-là.

– Silence, fit Lupin.

– Quoi ?

– Là-haut... du bruit...

Immobiles sur le terre-plein, ils écoutèrent. Lupin pensa au sire de Tancarville et à la sentinelle qui l'avait tué d'un coup d'arquebuse. Il frémit, subissant l'angoisse du silence et des ténèbres.

– Non, dit-il... Je me suis trompé... D'ailleurs, c'est idiot... On ne peut pas nous atteindre d'ici.

– Qui nous atteindrait ?

– Rien... rien... une idée stupide...

A tâtons, il chercha et finit par trouver les montants de l'échelle, et il reprit :

– Tenez, voici l'échelle qui est dressée dans le lit de la rivière. Un de mes amis la garde, ainsi que vos cousines.

Il siffla.

– Me voici, fit-il à mi-voix. Tenez bien l'échelle.

Et il dit à Daubrecq :

– Je passe.

Daubrecq objecta :

– Il serait peut-être préférable que je passe avant vous.

Pourquoi ?

– Je suis très las. Vous m'attacherez votre corde à la ceinture, et vous me tiendrez... Sans quoi, je risquerais...

– Oui, vous avez raison, dit Lupin. Approchez-vous.

Daubrecq s'approcha et se mit à genoux sur le roc. Lupin l'attacha, puis, courbé en deux, saisit l'un des montants à pleines mains pour que l'échelle n'oscillât pas.

– Allez-y, dit-il.

Au même moment, il sentit une violente douleur à l'épaule.

– Crénom ! fit-il, en s'affaissant.

Daubrecq l'avait frappé d'un coup de couteau au-dessous de la nuque, un peu à droite.

– Ah ! misérable... misérable...

Dans l'ombre, il devina Daubrecq qui se débarrassait de sa corde, et il l'entendit murmurer :

– Aussi, tu es trop bête ! Tu m'apportes une lettre de mes cousines Rousselot, où j'ai reconnu tout de suite l'écriture de l'aînée Adélaïde, mais que cette vieille rouée d'Adélaïde, par méfiance et pour me mettre au besoin sur mes gardes, a eu soin de signer du nom de sa cadette Euphrasie Rousselot. Tu vois ça, si j'ai tiqué ! ... Alors, avec un peu de réflexion... Tu es bien le sieur Arsène Lupin, n'est-ce pas ? le protecteur de Clarisse, le sauveur de Gilbert... Pauvre Lupin, je crois que ton affaire est mauvaise... Je ne frappe pas souvent, mais, quand je frappe, ça y est.

Il se pencha vers le blessé et fouilla ses poches.

– Donne-moi donc ton revolver. Tu comprends, tes amis vont presque aussitôt reconnaître que ce n'est pas leur patron, et vont essayer de me retenir. Et, comme je n'ai plus beaucoup de forces, une balle ou deux... Adieu, Lupin ! On se retrouvera dans l'autre monde, hein ? Retiens-moi un appartement avec tout le confort moderne... Adieu, Lupin. Et tous mes remerciements... Car vraiment, sans toi, je ne sais pas trop ce que je serais devenu. Fichtre ! d'Albufex n'y allait pas de main morte. Le bougre... ça m'amuse de le retrouver !

Daubrecq avait fini ses préparatifs. Il siffla de nouveau. On lui répondit de la barque.

– Me voici, dit-il.

En un effort suprême, Lupin tendit les bras pour l'arrêter. Mais il ne rencontra que le vide. Il voulut crier, avertir ses complices : sa voix s'étrangla dans sa gorge.

Il éprouvait un engourdissement affreux de tout son être. Ses tempes bourdonnaient.

Soudain, des clameurs, en bas. Puis une détonation, puis une autre, que suivit un ricanement de triomphe. Et des plaintes de femme, des gémissements. Et, peu après, deux détonations encore...

Lupin pensa à Clarisse, blessée, morte peut-être, à Daubrecq qui s'enfuyait victorieux, à d'Albufex, au bouchon de cristal que l'un ou l'autre des deux adversaires allait reprendre sans que personne pût s'y opposer. Puis une vision brusque lui montra le sire de Tancarville, tombant avec sa bien-aimée. Puis il murmura plusieurs fois :

« Clarisse... Clarisse... Gilbert... »

Un grand silence se fit en lui, une paix infinie le pénétra, et, sans aucune révolte, il avait l'impression que son corps, épuisé, que rien ne retenait plus, roulait jusqu'au bord même du rocher, vers l'abîme...

Chapitre 9

Dans les ténèbres

Une chambre d'hôtel, à Amiens... Pour la première fois, Arsène Lupin reprend un peu conscience. Clarisse est à son chevet, ainsi que Le Ballu.

Tous deux, ils causent, et Lupin, sans ouvrir les yeux, écoute. Il apprend que l'on a craint pour ses jours, mais que tout péril est écarté. Ensuite, au cours de la conversation, il saisit certaines paroles qui lui révèlent ce qui s'est passé dans la nuit tragique de Mortepierre, la descente de Daubrecq, l'efferement des complices qui ne reconnaissent pas le patron, puis la lutte brève, Clarisse qui se jette sur Daubrecq et qui est blessée d'une balle à l'épaule, Daubrecq qui bondit sur la rive, Grognard qui tire deux coups de revolver et qui s'élance à sa poursuite, Le Ballu qui grimpe à l'échelle et qui trouve le patron évanoui.

– Et vrai ! explique Le Ballu, je me demande encore comment il n'a pas roulé. Il y avait bien un creux à cet endroit, mais un creux en pente, et il fallait que, même à moitié mort, il s'accroche de ses dix doigts. Nom d'un chien, il était temps !

Lupin écoute, écoute désespérément. Il rassemble ses forces pour recueillir et comprendre les mots. Mais soudain une phrase terrible est prononcée : Clarisse, en pleurant, parle des dix-huit jours qui viennent de s'écouler, dix-huit jours nouveaux perdus pour le salut de Gilbert.

Dix-huit jours ! Ce chiffre épouvante Lupin. Il pense que tout est fini, que jamais il ne pourra se rétablir et continuer la lutte, et que Gilbert et Vaucheray mourront... Son cerveau lui échappe. C'est encore la fièvre, encore le délire.

Et d'autres jours vinrent. Peut-être est-ce l'époque de sa vie dont Lupin parle avec le plus d'effroi. Il gardait suffisamment de conscience, et il avait des minutes assez lucides pour se rendre un compte exact de la situation. Mais il ne pouvait coordonner ses idées, suivre un raisonnement, et indiquer à ses amis, ou leur défendre, telle ligne de conduite.

Quand il sortait de sa torpeur, il se trouvait souvent la main dans la main de Clarisse, et, en cet état de demi-sommeil où la fièvre vous maintient, il lui jetait des paroles étranges, des paroles de tendresse et de passion, l'implorant et la remerciant, et la bénissant de tout ce qu'elle apportait, dans les ténèbres, de lumière et de joie.

Puis, plus calme, et sans bien comprendre ce qu'il avait dit, il s'efforçait de plaisanter :

– J'ai eu le délire, n'est-ce pas ? Ce que j'ai dû raconter de bêtises !

Mais, au silence de Clarisse, Lupin sentait qu'il pouvait dire toutes les bêtises que la fièvre lui inspirait... Elle ne les entendait pas. Les soins qu'elle prodiguait au malade, son dévouement, sa vigilance, son inquiétude à la moindre rechute, tout cela ne s'adressait pas à lui-même, mais au sauveur possible de Gilbert. Elle épiait anxieusement les progrès de la convalescence. Quand serait-il capable de se remettre en campagne ? N'était-ce pas une folie que de s'attarder auprès de lui alors que chaque jour emportait un peu d'espoir ?

Lupin ne cessait de se répéter, avec la croyance intime qu'il pouvait, par là, influer sur son mal :

« Je veux guérir... je veux guérir...

Et il ne bougeait pas durant des journées entières pour ne pas déranger son pansement, ou accroître, si peu que ce fût, la surexcitation de ses nerfs.

Il s'efforçait aussi de ne plus penser à Daubrecq. Mais l'image de son formidable adversaire le hantait.

Un matin, Arsène Lupin se réveilla plus dispos. La plaie était fermée, la température presque normale. Un docteur de ses amis, qui venait quotidiennement de Paris, lui promit qu'il pourrait se lever le surlendemain. Et, dès ce jour-là, en l'absence de ses complices et de Mme Mergy, tous trois partis l'avant-veille en quête de renseignements, il se fit approcher de la fenêtre ouverte.

Il sentait la vie rentrer en lui, avec la clarté du soleil, avec un air plus tiède qui annonçait l'approche du printemps. Il retrouvait l'enchaînement de ses idées, et les faits se rangeaient dans son cerveau selon leur ordre logique et selon leurs rapports secrets.

Le soir, il reçut de Clarisse un télégramme lui annonçant que les choses allaient mal et qu'elle restait à Paris ainsi que Grognard et Le Ballu. Très tourmenté par cette dépêche, il passa une nuit moins bonne. Quelles pouvaient être les nouvelles qui avaient motivé la dépêche de Clarisse ?

Mais, le lendemain, elle arriva dans sa chambre, toute pâle, les yeux rougis de larmes, et elle tomba, à bout de forces.

– Le pourvoi en cassation est rejeté, balbutia-t-elle.

Il se domina, et dit, d'une voix étonnée :

– Vous comptiez donc là-dessus ?

– Non, non, fit-elle, mais tout de même... on espère... malgré soi...

– C'est hier qu'il a été rejeté ?

– Il y a huit jours. Le Ballu me l'a caché, et moi, je n'osais pas lire les journaux.

Lupin insinua :

– Reste la grâce...

– La grâce ? Croyez-vous qu'on graciera les complices d'Arsène Lupin ?

Elle lança ces mots avec un emportement et une amertume dont il ne parut pas s'apercevoir, et il prononça :

– Vaucheray, non, peut-être... Mais on aura pitié de Gilbert, de sa jeunesse...

– On n'aura pas pitié de lui. Qu'en savez-vous ?

– J'ai vu son avocat.

– Vous avez vu son avocat... Et vous lui avez dit...

– Je lui ai dit que j'étais la mère de Gilbert, et je lui ai demandé si, en proclamant l'identité de mon fils, cela ne pourrait pas influer sur le dénouement... ou tout au moins le retarder.

– Vous feriez cela ? murmura-t-il. Vous avoueriez...

– La vie de Gilbert avant tout. Que m'importe mon nom ! Que m'importe le nom de mon mari !

– Et celui de votre petit Jacques ? objecta Lupin. Avez-vous le droit de perdre Jacques et de faire de lui le frère d'un condamné à mort ?

Elle baissa la tête et il reprit :

– Que vous a répondu l'avocat ?

– Il m'a répondu qu'un pareil acte ne pouvait servir en rien Gilbert. Et, malgré toutes ses protestations, j'ai bien vu que, pour lui, il ne se faisait aucune illusion et que la commission des grâces conclurait à l'exécution.

– La commission, soit. Mais le Président de la République ?

– Le Président se conforme toujours à l'avis de la commission.

– Il ne s'y conformera pas cette fois.

– Et pourquoi ?

– Parce qu'on agira sur lui.

– Comment ?

– Par la remise conditionnelle du papier des vingt-sept.

– Vous l'avez donc ?

– Non.

– Alors ?

– Je l'aurai.

Sa certitude n'avait pas fléchi. Il affirmait avec autant de calme et avec autant de foi dans la puissance infinie de sa volonté.

Elle haussa légèrement les épaules, moins confiante en lui.

– Si d'Albufex ne lui a pas dérobé la liste, un seul homme pourrait agir, un seul : Daubrecq.

Elle dit ces mots d'une voix basse et distraite qui le fit tressaillir. Pensait-elle donc encore, comme souvent il avait cru le sentir, à revoir Daubrecq et à lui payer le salut de Gilbert ?

– Vous m'avez fait un serment, dit-il. Je vous le rappelle. Il fut convenu que la lutte contre Daubrecq serait dirigée par moi, sans qu'il y ait jamais possibilité d'accord entre vous et lui.

Elle répliqua :

– Je ne sais même pas où il est. Si je le savais, ne le sauriez-vous pas ?

La réponse était évasive. Mais il n'insista pas, se promettant de la surveiller au moment opportun, et il lui demanda – car bien des détails encore ne lui avaient pas été racontés :

– Alors, on ignore ce qu'est devenu Daubrecq ?

– On l'ignore. Évidemment, l'une des balles de Grognard l'atteignit, car le lendemain de son évasion nous avons recueilli dans un fourré un mouchoir plein de sang. En outre, on vit, paraît-il, à la station d'Aumale, un homme qui semblait très las et qui marchait avec beaucoup de peine. Il prit un billet pour

Paris, monta dans le premier train qui passa... et c'est tout ce que nous savons...

– Il doit être blessé grièvement, prononça Lupin, et il se soigne dans une retraite sûre. Peut-être aussi juge-t-il prudent de se soustraire, durant quelques semaines, aux pièges possibles de la police, de d'Albufex, de vous, de moi, de tous ses ennemis.

Il réfléchit et continua :

– A Mortepierre, que s'est-il passé depuis l'évasion ? On n'a parlé de rien, dans le pays ?

– Non. Dès l'aube, la corde était retirée, ce qui prouve que Sebastiani et ses fils se sont aperçus, la nuit même, de la fuite de Daubrecq. Toute cette journée-là, Sebastiani fut absent.

– Oui, il aura prévenu le marquis. Et celui-ci, où est-il ?

– Chez lui. Et, d'après l'enquête de Grognard, là non plus, il n'y a rien de suspect.

– Est-on certain qu'il n'a pas pénétré dans l'hôtel du square Lamartine ?

Aussi certain qu'on peut l'être.

– Daubrecq non plus ?

– Daubrecq non plus.

– Vous avez vu Prasville ?

– Prasville est en congé. Il voyage. Mais l'inspecteur principal Blanchon qu'il a chargé de cette affaire et les agents qui gardent l'hôtel affirment que, conformément aux ordres de Prasville, leur surveillance ne se relâche pas un instant, même la nuit, que, à tour de rôle, l'un d'eux reste de faction dans le bureau, et, par conséquent, que personne n'a pu s'introduire.

– Donc, en principe, conclut Arsène Lupin, le bouchon de cristal se trouverait encore dans le bureau de Daubrecq ?

– S'il s'y trouvait avant la disparition de Daubrecq, il doit se trouver encore dans ce bureau.

– Et sur la table de travail...

– Sur la table de travail ? Pourquoi dites-vous cela ?

Parce que je le sais, dit Lupin, qui n'avait pas oublié la phrase de Sebastiani.

– Mais vous ne connaissez pas l'objet où le bouchon est dissimulé ?

– Non. Mais une table de travail, c'est un espace restreint. En vingt minutes on l'explore. En dix minutes, s'il le faut, on la démolit.

La conversation avait un peu fatigué Arsène Lupin. Comme il ne voulait commettre aucune imprudence, il dit à Clarisse :

– Écoutez, je vous demande encore deux ou trois jours. Nous sommes aujourd'hui lundi le 4 mars. Après-demain mercredi, jeudi au plus tard, je serai sur pied. Et soyez certaine que nous réussirons.

– D'ici là ?...

– D'ici là, retournez à Paris. Installez-vous avec Grognard et Le Ballu à l'hôtel Franklin, près du Trocadéro, et surveillez la maison de Daubrecq. Vous y avez vos entrées libres. Stimulez le zèle des agents.

– Si Daubrecq revient ?

– S'il revient, tant mieux, nous le tenons.

– Et s'il ne fait que passer ?

– En ce cas, Grognard et Le Ballu doivent le suivre.

– Et s'ils perdent sa trace ?

Lupin ne répondit pas. Nul ne sentait plus que lui tout ce qu'il y avait de funeste à demeurer inactif, dans une chambre d'hôtel, et combien sa présence eût été utile sur le champ de bataille ! Peut-être même cette idée confuse avait-elle prolongé son mal au-delà des limites ordinaires.

Il murmura :

– Allez-vous-en, je vous en supplie.

Il y avait entre eux une gêne qui croissait avec l'approche du jour épouvantable. Injuste, oubliant, ou voulant oublier, que c'était elle qui avait lancé son fils dans l'aventure d'Enghien, Mme Mergy n'oubliait pas que la justice poursuivait Gilbert avec tant de rigueur, non pas tant comme criminel que comme complice de Lupin. Et, puis, malgré tous ses efforts, malgré les prodiges de son énergie, à quel résultat, en fin de compte, Lupin avait-il abouti ? En quoi son intervention avait-elle profité à Gilbert ?

Après un silence, elle se leva et le laissa seul.

Le lendemain, il fut assez faible. Mais le surlendemain, qui était le mercredi, comme son docteur exigeait qu'il restât encore jusqu'à la fin de la semaine, il répondit :

– Sinon, qu'ai-je à craindre ?

– Que la fièvre ne revienne.

– Pas davantage ?

– Non. La blessure est suffisamment cicatrisée.

– Alors, advienne que pourra. Je monte avec vous dans votre auto. A midi, nous sommes à Paris.

Ce qui déterminait Lupin à partir sur-le-champ, c'était, d'abord, une lettre de Clarisse ainsi conçue : « J'ai retrouvé les traces de Daubrecq... »

Et c'était aussi la lecture d'un télégramme publié par les journaux d'Amiens, télégramme annonçant l'arrestation du marquis d 'Albufex compromis dans l'affaire du Canal.

Daubrec se vengeait.

Or, si Daubrecq pouvait se venger, c'est que le marquis n'avait pu, lui, prévenir cette vengeance en prenant le document qui se trouvait sur la table même du bureau. C'est que les agents et l'inspecteur principal Blanchon, établis par Prasville dans l'hôtel du square Lamartine, avaient fait bonne garde. Bref, c'est que le bouchon de cristal était encore là.

Il y était encore, et cela prouvait, ou bien que Daubrecq n'osait pas rentrer chez lui, ou bien que son état de santé l'en empêchait, ou bien encore qu'il avait assez de confiance dans la cachette pour ne pas prendre la peine de se déranger.

En tout cas, il n'y avait aucun doute sur la conduite à suivre : il fallait agir, et agir au plus vite. Il fallait devancer Daubrecq et s'emparer du bouchon de cristal.

Aussitôt le Bois de Boulogne franchi, et l'automobile parvenue aux environs du square Lamartine, Lupin dit adieu au docteur et se fit arrêter. Grognard et Le Ballu, à qui il avait donné rendez-vous, le rejoignirent.

– Et Mme Mergy ? leur dit-il.

– Elle n'est pas rentrée depuis hier. Nous savons par un pneumatique qu'elle a vu Daubrecq sortant de chez ses cousines et montant en voiture. Elle a le numéro de la voiture et doit nous tenir au courant de ses recherches.

– Et depuis ?

– Depuis, rien.

– Pas d'autres nouvelles ?

– Si, dans le Paris-Midi ; cette nuit, dans sa cellule de la Santé, d'Albufex s'est ouvert les veines avec un éclat de verre. Il laisse, paraît-il, une longue lettre, lettre d'aveu et d'accusation en même temps, avouant sa faute, mais accusant Daubrecq de sa mort et exposant le rôle joué par Daubrecq dans l'affaire du Canal.

– C'est tout ?

– Non. Le même journal annonce que, selon toute vraisemblance, la commission des grâces, après examen du dossier, a rejeté la grâce de Vaucheray et de Gilbert, et que, vendredi, probablement, le Président de la République recevra leurs avocats.

Lupin eut un frisson.

– Ça ne traîne pas, dit-il. On voit que Daubrecq a donné, dès le premier jour, une impulsion vigoureuse à la vieille machine judiciaire. Une petite semaine encore, et le couperet tombe. Ah ! mon pauvre Gilbert, si, après-demain, le dossier que ton avocat apportera au Président de la République ne contient pas l'offre inconditionnelle de la liste des vingt-sept, mon pauvre Gilbert, tu es bien fichu.

– Voyons, voyons, patron, c'est vous qui perdez courage ?

– Moi ! Quelle bêtise ! Dans une heure, j'aurai le bouchon de cristal. Dans deux heures, je verrai l'avocat de Gilbert. Et le cauchemar sera fini.

– Bravo patron ! On vous retrouve. Nous vous attendons ici ?

– Non. Retournez à votre hôtel, je vous rejoins.

Ils se quittèrent. Lupin marcha droit vers la grille de l'hôtel et sonna. Un agent lui ouvrit, qui le reconnut :

– Monsieur Nicole, n'est-ce pas ?

– Oui, c'est moi, dit-il. L'inspecteur principal Blanchon est là ?

– Il est là.

– Puis-je lui parler ?

On le conduisit dans le bureau où l'inspecteur principal Blanchon l'accueillit avec un empressement visible.

– Monsieur Nicole, j'ai ordre de me mettre à votre entière disposition. Et je suis même fort heureux de vous voir aujourd'hui.

– Et pourquoi donc, monsieur l'inspecteur principal ?

– Parce qu'il y a du nouveau.

– Quelque chose de grave ?

– Très grave.

– Vite. Parlez.

– Daubrecq est revenu.

– Hein ! Quoi ! s'écria Lupin avec un sursaut. Daubrecq est revenu ? Il est là ?

– Non, il est reparti.

– Et il est entré ici, dans ce bureau ?

– Oui.

– Quand ?

– Ce matin.

– Et vous ne l'avez pas empêché ?

– De quel droit ?

– Et vous l'avez laissé seul ?

– Sur son ordre absolu, oui, nous l'avons laissé seul.

Lupin se sentit pâlir.

Daubrecq était revenu chercher le bouchon de cristal !

Il garda le silence assez longtemps, et il répétait en lui-même :

« Il est revenu le chercher... Il a eu peur qu'on ne le trouvât, et il l'a repris... Parbleu ! c'était inévitable... D'Albufex arrêté, d'Albufex accusé et accusant, il fallait bien que Daubrecq se défendît. La partie est rude pour lui. Après des mois et des mois de mystère, le public apprend enfin que l'être infernal qui a combiné tout le drame des vingt-sept et qui déshonore et qui tue, c'est lui Daubrecq. Que deviendrait-il, si, par miracle, son talisman ne le protégeait plus ? Il l'a repris. »

Il dit d'une voix qu'il tâchait d'assurer :

– Il est resté longtemps ?

– Vingt secondes peut-être.

– Comment, vingt secondes ! Pas davantage ?

– Pas davantage.

– Quelle heure était-il ?

– Dix heures.

– Pouvait-il connaître alors le suicide du marquis d'Albufex ?

– Oui. J'ai vu dans sa poche l'édition spéciale que le Paris-Midi a publiée à ce propos.

– C'est bien cela... c'est bien cela, dit Lupin.

Et il demanda encore :

– M. Prasville ne vous avait pas donné d'instructions spéciales concernant le retour possible de Daubrecq ?

– Non. Aussi, en l'absence de M. Prasville, j'ai téléphoné à la Préfecture et j'attends. La disparition du député Daubrecq a fait, vous le savez, beaucoup de bruit, et notre présence ici est admissible aux yeux du public, tant que dure cette disparition. Mais puisque Daubrecq est revenu, puisque nous avons la preuve qu'il n'est ni séquestré, ni mort, pouvons-nous rester dans cette maison ?

– Qu'importe fit Lupin distraitement. Qu'importe que la maison soit gardée ou non ! Daubrecq est venu donc le bouchon de cristal n'est plus là.

Il n'avait pas achevé cette phrase qu'une question s'imposa naturellement à son esprit. Si le bouchon de cristal n'était plus là, cela ne pouvait-il se voir à un signe matériel quelconque ? L'enlèvement de cet objet, contenu sans aucun doute dans un autre objet, avait-il laissé une trace, un vide ?

La constatation était aisée. Il s'agissait tout simplement d'examiner la table, puisque Lupin savait, par les plaisanteries de Sebastiani, que c'était là l'endroit de la cachette. Et cette cachette ne pouvait être compliquée, puisque Daubrecq n'était pas resté dans son bureau plus de vingt secondes, le temps, pour ainsi dire, d'entrer et de sortir.

Lupin regarda. Et ce fut immédiat. Sa mémoire avait enregistré si fidèlement l'image de la table avec la totalité des objets posés sur elle, que l'absence de l'un d'entre eux le frappa instantanément, comme si cet objet, et celui-là seul, eût été le signe caractéristique qui distinguât cette table de toutes les autres tables.

« Oh pensa-t-il avec un tremblement de joie, tout concorde... tout... jusqu'à ce commencement de mot que la torture arrachait à Daubrecq dans la tour de Mortepierre L'énigme est déchiffrée. Cette fois, il n'y a plus d'hésitation possible, plus de tâtonnements. Nous touchons au but. »

Et, sans répondre aux interrogations de l'inspecteur, il songeait à la simplicité de la cachette, et il se rappelait la merveilleuse histoire d'Edgar Poe où la lettre volée, et recherchée si avidement, est, en quelque sorte, offerte aux yeux de tous. On ne soupçonne pas ce qui ne semble point se dissimuler.

– Allons, dit Lupin en sortant, très surexcité par sa découverte, il est écrit que, dans cette sacrée aventure, je me heurterai jusqu'à la fin aux pires déceptions. Tout ce que je bâtis s'écroule aussitôt. Toute conquête s'achève en désastre.

Cependant il ne se laissait pas abattre. D'une part, il connaissait la façon dont le député Daubrecq cachait le bouchon de cristal. D'autre part, il fallait savoir, par Clarisse Mergy, la retraite même de Daubrecq. Le reste, dès lors, ne serait plus qu'en enfantillage pour lui.

Grognard et Le Ballu l'attendaient dans le salon de l'hôtel Franklin, petit hôtel de famille situé près du Trocadéro. Mme Mergy ne leur avait pas encore écrit.

– Bah ! dit-il, j'ai confiance en elle ! Elle ne lâchera pas Daubrecq avant d'avoir une certitude.

Cependant, à la fin de l'après-midi, il commença à perdre patience et à s'inquiéter. Il livrait une de ces batailles – la dernière, espérait-il – où le moindre retard risquait de tout compromettre. Que Daubrecq dépistât Mme Mergy, comment le rattraper ? On ne disposait plus, pour réparer les fautes commises, de semaines ou de jours, mais plutôt de quelques heures, d'un nombre d'heures effroyablement restreint.

Apercevant le patron de l'hôtel, il l'interpella :

– Vous êtes sûr qu'il n'y a pas de pneumatique au nom de mes deux amis ?

– Absolument sûr, monsieur.

– Et à mon nom, au nom de M. Nicole ?

– Pas davantage.

– C'est curieux, dit Lupin. Nous comptions avoir des nouvelles de Mme Audran (c'était le nom sous lequel Clarisse était descendue).

– Mais cette dame est venue, s'écria le patron.

– Vous dites ?

– Elle est venue tantôt, et, comme ces messieurs n'étaient pas là, elle a laissé une lettre dans sa chambre. Le domestique ne vous en a pas parlé ?

En hâte, Lupin et ses amis montèrent.

Il y avait, en effet, une lettre sur la table.

– Tiens, dit Lupin, elle est décachetée. Comment se fait-il ? Et puis pourquoi ces coups de ciseau ?

La lettre contenait ces lignes :

« Daubrecq a passé la semaine à l'hôtel Central. Ce matin il a fait porter ses bagages à la gare de ————— et il a téléphoné qu'on lui réserve une place de sleeping-car pour —————.

« Je ne sais pas l'heure du train. Mais je serai tout l'après-midi à la gare. Venez tous les trois aussitôt que possible. On préparera l'enlèvement. »

– Eh bien quoi ! dit Le Ballu. A quelle gare ? Et pour quel endroit, le sleeping ? Elle a coupé juste l'emplacement des mots.

– Mais oui, fit Grognard. Deux coups de ciseau à chaque place, et les seuls mots utiles ont sauté. Elle est raide, celle-là ! Mme Mergy a donc perdu la tête ?

Lupin ne bougeait pas. Un tel afflux de sang battait ses tempes qu'il avait collé ses poings contre elles, et qu'il serrait de toutes ses forces. La fièvre remontait en lui, brûlante et tumultueuse, et sa volonté, exaspérée jusqu'à la souffrance, se contractait sur cette ennemie sournoise qu'il fallait étouffer instantanément, s'il ne voulait pas lui-même être vaincu sans retour.

Il murmura, très calme :

– Daubrecq est venu ici.

– Daubrecq !

– Pouvons-nous supposer que Mme Mergy se soit divertie à supprimer elle-même ces deux mots ? Daubrecq est venu ici. Mme Mergy croyait le surveiller. C'est lui qui la surveillait.

– Comment ?

– Sans doute par l'intermédiaire de ce domestique qui ne nous a pas avertis, nous, du passage à l'hôtel de Mme Mergy, mais qui aura averti Daubrecq. Il est venu. Il a lu la lettre. Et, par ironie, il s'est contenté de couper les mots essentiels.

– Nous pouvons le savoir... interroger...

– A quoi bon ! à quoi bon savoir comment il est venu, puisque nous savons qu'il est venu ?

Il examina la lettre assez longtemps, la tourna et la retourna, puis se leva et dit :

– Allons-nous-en.

– Mais où ?

– Gare de Lyon.

– Vous êtes sûr ?

– Je ne suis sûr de rien avec Daubrecq. Mais comme nous avons à choisir, selon la teneur même de la lettre, entre la gare de l'Est et la gare de Lyon, je suppose que ses affaires, ses plaisirs, sa santé conduisent plutôt Daubrecq vers Marseille et la Côte d'Azur que vers l'est de la France.

Il était plus de sept heures du soir lorsque Lupin et ses compagnons quittèrent l'hôtel Franklin. A toute allure, une automobile leur fit traverser Paris. Mais ils purent, en quelques minutes, constater que Clarisse Mergy n'était point à l'extérieur de la gare, ni dans les salles d'attente, ni sur les quais.

– Pourtant... pourtant... ronchonnait Lupin dont l'agitation croissait avec les obstacles, pourtant, si Daubrecq a retenu un sleeping, ce ne peut être que dans un train du soir. Et il n'est que sept heures et demie !

Un train partait, le rapide de nuit. Ils eurent le temps de galoper le long des couloirs. Personne... ni Mme Mergy, ni Daubrecq.

Mais, comme ils s'en allaient tous les trois, un homme de peine, un porteur, les accosta devant le buffet.

– Y a-t-il un de ces messieurs qui s'appelle M. Le Ballu ?

– Oui, oui, moi, fit Lupin... Vite... Que voulez-vous ?

– Ah ! c'est vous, monsieur ! La dame m'avait bien dit que vous seriez peut-être trois... peut-être deux... Et je ne savais pas trop...

– Mais, pour Dieu, parlez donc ! Quelle dame ?

– Une dame qui a passé la journée sur le trottoir, près des bagages, à attendre...

– Et puis ?... parlez donc ! elle a pris un train ?

– Oui, le train de luxe, à six heures trente... Au dernier moment, elle s'est décidée, qu'elle m'a dit de vous dire... Et elle m'a dit de vous dire aussi que le monsieur était dans ce train-là, et qu'on allait à Monte-Carlo.

– Ah crénom ! murmura Lupin, il eût fallu prendre le rapide, il y a un instant ! Maintenant, il ne reste plus que les trains du soir. Et ils n'avancent pas ! c'est plus de trois heures que nous perdons.

Le temps leur parut interminable. Ils retinrent leurs places. Ils téléphonèrent au patron de l'hôtel Franklin qu'on renvoyât leur correspondance à Monte-Carlo. Ils dînèrent. Ils lurent les journaux. Enfin, à neuf heures et demie le train s'ébranla.

Ainsi donc, par un concours de circonstances vraiment tragique, au moment le plus grave de la lutte, Lupin tournait le dos au champ de bataille, et s'en allait, à l'aventure, chercher il ne savait où, vaincre il ne savait comment, le plus redoutable et le plus insaisissable des ennemis qu'il eût jamais combattus.

Et cela se passait quatre jours, cinq jours au plus avant l'inévitable exécution de Gilbert et de Vaucheray.

Cette nuit-là fut rude et douloureuse pour Lupin. A mesure qu'il étudiait la situation, elle lui apparaissait plus terrible. De tous côtés, c'était l'incertitude, les ténèbres, le désarroi, l'impuissance.

Il connaissait bien le secret du bouchon de cristal. Mais comment savoir si Daubrecq ne changerait pas, ou n'avait pas changé déjà de tactique ? Comment savoir si la liste des vingt-sept se trouvait encore dans ce bouchon de cristal, et si le bouchon de cristal se trouvait encore dans l'objet où Daubrecq l'avait d'abord caché ?

Et quel autre motif d'inquiétude, en ce fait que Clarisse Mergy croyait suivre et surveiller Daubrecq, alors que, au contraire, c'était Daubrecq qui la surveillait, qui se faisait suivre et qui l'entraînait, avec une habileté diabolique, vers les lieux choisis par lui, loin de tout secours, et de toute espérance de secours.

Ah ! le jeu de Daubrecq était clair ! Lupin ne savait-il pas les hésitations de la malheureuse femme ? Ne savait-il pas – et Grognard et Le Ballu le lui confirmèrent de la façon la plus formelle – que Clarisse envisageait comme possible, comme acceptable, le marché infâme projeté par Daubrecq ? En ce cas, comment pouvait-il réussir, lui ? La logique des événements, dirigés de si puissante manière par Daubrecq, aboutissait au dénouement fatal : la mère devait se sacrifier, et, pour le salut de son fils, immoler ses scrupules, ses répugnances, son honneur même.

– Ah ! bandit, grinçait Lupin avec des élans de rage, si je t'empoigne au collet, tu danseras une gigue pas ordinaire ! Vrai, je ne voudrais pas être à ta place, ce jour-là.

Ils arrivèrent à trois heures de l'après-midi. Tout de suite Lupin eut une déception en n'apercevant pas Clarisse sur le quai de la gare, à Monte-Carlo.

Il attendit aucun messager ne l'accosta.

Il interrogea les hommes d'équipe et les contrôleurs ; ils n'avaient pas remarqué, dans la foule, des voyageurs dont le signalement correspondît à celui de Daubrecq et de Clarisse.

Il fallait donc se mettre en chasse, et fouiller les hôtels et les pensions de la Principauté. Que de temps perdu !

Le lendemain soir Lupin savait, à n'en pas douter, que Daubrecq et Clarisse n'étaient ni à Monte-Carlo, ni à Monaco, ni au Cap d'Ail, ni à la Turbie, ni au Cap Martin.

– Alors ? Alors quoi ? disait-il, tout frémissant de colère.

Enfin le samedi, à la poste restante, on leur délivra une dépêche réexpédiée par le patron de l'hôtel Franklin, et qui disait :

« Il est descendu à Cannes, et reparti pour San Remo, hôtel-palace des Ambassadeurs. Clarisse. »

La dépêche portait la date de la veille.

– Crebleu ! s'exclama Lupin, ils ont passé par Monte-Carlo. Il fallait que l'un de nous restât de faction à la gare ! J'y ai pensé. Mais, au milieu de cette bousculade...

Lupin et ses amis sautèrent dans le premier train qui s'en allait vers l'Italie.

A midi, ils traversèrent la frontière.

A midi quarante, ils entraient en gare de San Remo.

Aussitôt ils apercevaient un portier dont la casquette galonnée offrait cette inscription : Ambassadeurs Palace et qui semblait chercher quelqu'un parmi les arrivants.

Lupin s'approcha de lui.

– Vous cherchez M. Le Ballu, n'est-ce pas ?

– Oui... M. Le Ballu et deux messieurs...

– De la part d'une dame, n'est-ce pas ?

– Oui, Mme Mergy.

– Elle est dans votre hôtel ?

– Non. Elle n'est pas descendue du train. Elle m'a fait signe de venir, m'a donné le signalement de ces trois messieurs et m'a dit « Vous les préviendrez que l'on va jusqu'à Gênes... Hôtel Continental. »

– Elle était seule ?

– Oui.

Lupin congédia cet homme après l'avoir rémunéré, puis, se tournant vers ses amis :

– Nous sommes aujourd'hui samedi. Si l'exécution a lieu lundi, rien à faire. Mais, le lundi, c'est peu probable... Donc il faut que cette nuit, j'aie mis la main sur Daubrecq, et que lundi je sois à Paris, avec le document. C'est notre dernière chance. Courons-la.

Grognard se rendit au guichet et pris trois billets pour Gênes.

Le train sifflait.

Lupin eut une hésitation suprême.

– Non, vraiment, c'est trop bête ! Quoi ! Qu'est-ce que nous faisons !

« C'est à Paris que nous devrions être ! Voyons... voyons... Réfléchissons...

Il fut sur le point d'ouvrir la portière et de sauter sur la voie... Mais ses compagnons le retinrent. Le train partait. Il se rassit.

Et ils continuèrent leur poursuite folle, s'en allèrent au hasard, vers l'inconnu...

Et cela se passait deux jours avant l'inévitable exécution de Gilbert et de Vaucheray.

Chapitre 10

Extra-dry ?

Sur l'une de ces collines qui entourent Nice du plus beau décor qui soit, s'élève, entre le vallon de la Mantega et le vallon de Saint-Sylvestre, un hôtel colossal d'où l'on domine la ville et la baie merveilleuse des Anges. Un monde s'y presse, venu de toutes parts, et c'est la cohue de toutes les classes et de toutes les nations.

Le soir même de ce samedi où Lupin, Grognard et Le Ballu s'enfonçaient en Italie, Clarisse Mergy entrait dans cet hôtel, demandait une chambre au midi et choisissait, au second étage, le numéro 130, qui était libre depuis le matin.

Cette chambre était séparée du numéro 129 par une double porte. A peine seule, Clarisse écarta le rideau qui masquait le premier battant, tira sans bruit le verrou et colla son oreille contre le second battant.

« Il est ici, pensa-t-elle... Il s'habille pour aller au Cercle... comme hier. »

Lorsque son voisin fut sorti, elle passa dans le couloir, et, profitant d'une seconde où ce couloir était désert, elle s'approcha de la porte du numéro 129. La porte était fermée à clef.

Toute la soirée, elle attendit le retour du voisin, et ne se coucha qu'à deux heures. Le dimanche matin, elle recommença d'écouter.

A onze heures, le voisin s'en alla. Cette fois il laissait la clef sur la porte du couloir.

En hâte, Clarisse tourna cette clef, entra résolument, se dirigea vers la porte de communication, puis, ayant soulevé le rideau et tiré le verrou, elle se trouva chez elle.

Au bout de quelques minutes, elle entendit deux bonnes qui faisaient la chambre du voisin.

Elle patienta jusqu'à ce qu'elles fussent parties. Alors, sûre de n'être pas dérangée, elle se glissa de nouveau dans l'autre chambre.

L'émotion la contraignit à s'appuyer sur un fauteuil. Après des jours et des nuits de poursuite acharnée, après des alternatives d'espoir ou d'angoisse, elle parvenait enfin à s'introduire dans une chambre habitée par Daubrecq. Elle allait pouvoir chercher à son aise, et, si elle ne découvrait pas le bouchon de cristal, elle pourrait tout au moins, cachée dans l'intervalle des deux portes de communication et derrière la tenture, voir Daubrecq, épier ses gestes et surprendre son secret.

Elle chercha. Un sac de voyage l'attira qu'elle réussit à ouvrir, mais où ses investigations furent inutiles.

Elle dérangea les casiers d'une malle et les poches d'une valise. Elle fouilla l'armoire, le secrétaire, la salle de bains, la penderie, toutes les tables et tous les meubles. Rien.

Elle tressaillit en apercevant sur le balcon un chiffon de papier, jeté là, comme au hasard.

« Est-ce que par une ruse de Daubrecq, pensa Clarisse, ce chiffon de papier ne contiendrait pas ?... »

– Non, fit une voix derrière elle, au moment où elle posait la main sur l'espagnolette.

Se retournant, elle vit Daubrecq.

Elle n'eut point d'étonnement, ni d'effroi, ni même de gêne à se trouver en face de lui. Elle souffrait trop, depuis quelques mois, pour s'inquiéter de ce que Daubrecq pouvait penser d'elle ou dire en la surprenant ainsi en flagrant délit d'espionnage.

Elle s'assit avec accablement.

Il ricana :

– Non. Il y a erreur, chère amie. Comme disent les enfants, vous ne « brûlez » pas du tout. Ah ! mais pas du tout ! Et c'est si facile ! Dois-je vous aider ? A côté de vous, chère amie, sur ce petit guéridon... Que diable il n'y a pourtant pas grand-chose sur ce guéridon... De quoi lire, de quoi écrire, de quoi fumer, de quoi manger, et c'est tout... Voulez-vous un de ces fruits confits ?... Sans doute vous réservez-vous pour le repas plus substantiel que j'ai commandé ?

Clarisse ne répondit point. Elle semblait ne pas même écouter ce qu'il disait, comme si elle eût attendu les autres paroles, plus graves celle-là, qu'il ne pouvait manquer de prononcer.

Il débarrassa le guéridon de tous les objets qui l'encombraient, et les mit sur la cheminée. Puis il sonna.

Un maître d'hôtel vint.

Il lui dit :

– Le déjeuner que j'ai commandé est prêt ?

– Oui, monsieur.

– Il y a deux couverts, n'est-ce pas ?

– Oui, monsieur.

Et du champagne ?

– Oui, monsieur.

– De l'extra-dry ?

– Oui, monsieur.

Un autre domestique apporta un plateau et disposa en effet, sur le guéridon, deux couverts, un déjeuner froid, des fruits, et, dans un seau de glace, une bouteille de champagne.

Puis les deux domestiques se retirèrent.

– A table, chère madame. Comme vous le voyez, j'avais pensé à vous, et votre couvert était mis.

Et, sans paraître remarquer que Clarisse ne semblait nullement prête à faire honneur à son invitation, il s'assit et commença de manger, tout en continuant :

– Ma foi oui, j'espérais bien que vous finiriez pas me consentir à ce tête-à-tête. Depuis bientôt huit jours que vous m'entourez de votre surveillance assidue, je me disais : « Voyons... qu'est ce qu'elle préfère ? Le champagne doux ? Le champagne sec ? L'extra-dry ? Vraiment, j'étais perplexe. Depuis notre départ de Paris, surtout. J'avais perdu votre trace, c'est-à-dire que je craignais bien que vous n'eussiez perdu la mienne et renoncé à cette poursuite qui m'était si agréable. Vos jolis yeux noirs, si brillants de haine, sous vos cheveux un peu gris, me manquaient dans mes promenades. Mais, ce matin, j'ai compris : la chambre contiguë à celle-ci était enfin libre, et mon amie Clarisse avait pu s'installer, comment dirais-je ?... à mon chevet. Dès lors j'étais tranquille. En rentrant ici, au lieu de déjeuner au restaurant selon mon habitude, je comptais bien vous trouver en train de ranger mes petites affaires à votre guise, et suivant vos goûts particuliers. D'où ma commande de deux couverts... un pour votre serviteur, l'autre pour sa belle amie.

Elle l'écoutait maintenant, et avec quelle terreur ! Ainsi donc Daubrecq se savait espionné ! Ainsi donc, depuis huit jours, il se jouait d'elle et de toutes ses manœuvres !

A voix basse, le regard anxieux, elle lui dit :

– C'est exprès, n'est-ce pas ? vous n'êtes parti que pour m'entraîner ?

– Oui, fit-il.

– Mais pourquoi, pourquoi ?

– Vous le demandez, chère amie ? dit Daubrecq avec son petit gloussement de joie.

Elle se leva de sa chaise à moitié et, penchée vers lui, elle pensa, comme elle y pensait chaque fois, au meurtre qu'elle pouvait commettre, qu'elle allait commettre. Un coup de revolver, et la bête odieuse serait abattue.

Elle glissa lentement sa main vers l'arme que contenait son corsage.

Daubrecq prononça :

– Une seconde, chère amie... Vous tirerez tout à l'heure, mais je vous supplie auparavant de lire cette dépêche que je viens de recevoir.

Elle hésitait, ne sachant quel piège il lui tendait, mais il précisa, en sortant de sa poche une feuille bleue.

– Cela concerne votre fils.

– Gilbert ? fit-elle bouleversée.

– Oui, Gilbert... tenez, lisez.

Elle poussa un hurlement d'épouvante, elle avait lu :

« Exécution aura lieu mardi. »

Et, tout de suite, elle cria, en se jetant sur Daubrecq :

– Ce n'est pas vrai ! C'est un mensonge... pour m'affoler... Ah ! je vous connais.., vous êtes capable de tout ! Mais avouez donc ! ... Ce n'est pas pour mardi, n'est-ce pas ? Dans deux jours ! Non, non... moi, je vous dis que nous avons encore quatre jours, cinq jours même, pour le sauver... Mais avouez-le donc ?

Elle n'avait plus de forces, épuisée par cet accès de révolte, et sa voix n'émettait plus que des sons inarticulés.

Il la contempla un instant, puis il se versa une coupe de champagne qu'il avala d'un trait. Ayant fait quelques pas de droite à gauche, il revint auprès d'elle, et lui dit :

– Écoute-moi, Clarisse...

L'insulte de ce tutoiement la fit tressaillir d'une énergie imprévue. Elle se redressa et, indignée, haletante :

– Je vous défends... je vous défends de me parler ainsi. C'est un outrage que je n'accepte pas... Ah ! quel misérable !

Il haussa les épaules et reprit :

– Allons, je vois que vous n'êtes pas encore tout à fait au point. Cela vient sans doute de ce qu'il vous reste l'espérance d'un secours. Prasville, peut-être ? cet excellent Prasville dont vous êtes le bras droit... Ma bonne amie, vous tombez mal. Figurez-vous que Prasville est compromis dans l'affaire du Canal ! Pas directement... C'est-à-dire que son nom n'est pas sur la liste des vingt-sept, mais il s'y trouve sous le nom d'un de ses amis, l'ancien député Vorenglade, Stanislas Vorenglade, son homme de paille, paraît-il, un pauvre diable que je laissais tranquille, et pour cause. J'ignorais tout cela, et puis voilà-t-il pas que l'on m'annonce ce matin, par lettre, l'existence d'un paquet de documents qui prouvent la complicité de notre sieur Prasville ! Et qu'est-ce qui m'annonce cela ? Vorenglade lui-même ! Vorenglade, qui, las de traîner sa misère, veut faire chanter Prasville, au risque d'être arrêté, lui aussi, et qui ne demande qu'à s'entendre avec moi. Et Prasville saute ! Ah ! ah ! elle est bonne celle-là... Et je vous jure qu'il va sauter, le brigand ! Crebleu ! depuis le temps qu'il m'embête ! Ah ! Prasville, mon vieux, tu ne l'as pas volé...

Il se frottait les mains, heureux de cette vengeance nouvelle qui s'annonçait. Et il reprit :

– Vous le voyez, ma chère Clarisse... de ce côté, rien à faire. Alors quoi ? à quelle racine vous raccrocher ? Mais j'oubliais !... M. Arsène Lupin ! M. Grognard ! M. Le Ballu !... Peuh ! vous avouerez que ces messieurs n'ont pas été brillants, et que toutes leurs prouesses ne m'ont pas empêché de suivre mon petit bonhomme de chemin. Que voulez-vous ? ces gens-là s'imaginent qu'ils n'ont pas leurs pareils. Quand ils rencontrent un adversaire qui ne s'épate pas, comme moi, ça les change, et ils entassent gaffes sur gaffes, tout en croyant qu'ils le roulent de la belle manière. Collégiens, va ! Enfin, tout de même, puisque vous avez encore quelque illusion sur le susdit Lupin, puisque vous comptez sur ce pauvre hère pour m'écraser et pour opérer un miracle en faveur de l'innocent Gilbert, allons-y, soufflons sur cette illusion. Ah ! Lupin ! Seigneur Dieu ! elle croit en Lupin ! Elle met en Lupin ses dernières espérances ! Lupin ! attends un peu que je te dégonfle, illustre fantoche !

Il saisit le récepteur du téléphone qui le reliait au poste principal de l'hôtel, et prononça :

– C'est de la part du numéro 129, mademoiselle. Je vous prierai de faire monter la personne qui est assise en face de votre bureau... Allô ?... Oui, mademoiselle, un monsieur, avec un chapeau mou de couleur grise. Il est prévenu... Je vous remercie, mademoiselle.

Ayant raccroché le récepteur, il se tourna vers Clarisse :

– Soyez sans crainte. Ce monsieur est la discrétion même. C'est d'ailleurs la devise de son emploi : « Célérité et discrétion ». Ancien agent de la Sûreté, il m'a rendu déjà plusieurs services, entre autres celui de vous suivre pendant que vous me suiviez. Si depuis notre arrivée dans le Midi, il s'est moins occupé de vous, c'est qu'il était plus occupé par ailleurs. Entrez, Jacob.

Lui-même il ouvrit la porte, et un monsieur mince, petit, à moustaches rousses, entra.

– Jacob, ayez l'obligeance de dire à madame, en quelques paroles brèves, ce que vous avez fait depuis mercredi soir, jour où, la laissant monter, gare de Lyon, dans le train de luxe qui m'emportait vers le Midi, vous êtes resté, vous, sur le quai de cette même gare. Bien entendu, je ne vous demande l'emploi de votre temps qu'en ce qui concerne madame et la mission dont je vous ai chargé.

Le sieur Jacob alla chercher dans la poche intérieure de son veston un petit carnet qu'il feuilleta, et dont il lut, du ton que l'on prend pour lire un rapport, les pages suivantes :

Mercredi soir. Sept heures quinze. Gare de Lyon. J'attends ces messieurs Grognard et Le Ballu. Ils arrivent avec un troisième personnage que je ne connais pas encore, mais qui ne peut être que M. Nicole. Moyennant dix francs, j'ai emprunté la blouse et la casquette d'un homme d'équipe. Ai abordé ces messieurs et leur ai dit de la part d'une dame « qu'on s'en allait à Monte-Carlo ». Ai ensuite téléphoné au domestique de l'hôtel Franklin. Toutes les dépêches envoyées à son patron et renvoyées par ledit patron seront lues par ledit domestique et, au besoin, interceptées.

Jeudi. Monte-Carlo. Ces trois messieurs fouillent les hôtels.

Vendredi. Excursions rapides à la Turbie, au Cap d'Ail, au Cap Martin. M. Daubrecq me téléphone. Il juge plus prudent d'expédier ces messieurs en Italie. Leur fais donc adresser, par le domestique de l'hôtel Franklin, une dépêche leur donnant rendez-vous à San Remo.

Samedi. San Remo, quai de la gare. Moyennant dix francs, j'emprunte la casquette du portier de l'Ambassadeur-Palace. Arrivée de ces trois messieurs. On s'aborde. Leur explique de la part d'une voyageuse, Mme Mergy, qu'on va jusqu'à Gênes, Hôtel Continental. Hésitation de ces messieurs, M. Nicole veut descendre. On le retient. Le train démarre. Bonne chance, messieurs. Une heure après, je reprends un train pour la France et m'arrête à Nice, où j'attends les ordres nouveaux.

Le sieur Jacob ferma son carnet et conclut :

– C'est tout. La journée d'aujourd'hui ne sera inscrite que ce soir.

– Vous pouvez l'inscrire dès maintenant, monsieur Jacob. « Midi. M, Daubrecq m'envoie à la Compagnie des wagons-lits. Je retiens deux sleepings pour Paris, au train de deux heures quarante-huit, et les envoie à M. Daubrecq par un exprès. Ensuite je prends le train de midi cinquante-huit pour Vintimille, station frontière où je passe la journée dans la gare à surveiller tous les voyageurs entrant en France. Si MM. Nicole, Grognard et Le Ballu avaient l'idée de quitter l'Italie, de revenir par Nice et de retourner à Paris, j'ai ordre de télégraphier à la Préfecture de Police que le sieur Arsène Lupin et deux de ses complices sont dans le train numéro X... »

Tout en parlant, Daubrecq avait conduit le sieur Jacob jusqu'à la porte. Il la referma sur lui, tourna la clef, poussa le verrou, et, s'approchant de Clarisse, il lui dit :

– Maintenant, écoute-moi, Clarisse...

Cette fois elle ne protesta point. Que faire contre un tel ennemi, si puissant, si ingénieux, qui prévoyait jusqu'aux moindres détails et qui se jouait de ses adversaires avec tant de désinvolture ? Si elle avait encore pu espérer dans l'intervention de

Lupin, le pouvait-elle à cette heure qu'il errait en Italie à la poursuite de fantômes ?

Elle comprenait enfin pourquoi trois télégrammes, envoyés par elle à l'hôtel Franklin, étaient restés sans réponse. Daubrecq était là, dans l'ombre, qui veillait, qui faisait le vide autour d'elle, qui la séparait de ses compagnons de lutte, qui l'amenait peu à peu, prisonnière et vaincue, entre les quatre murs de cette chambre.

Elle sentit sa faiblesse. Elle était à la merci du monstre. Il fallait se taire et se résigner.

Il répéta avec une joie mauvaise :

– Écoute-moi, Clarisse. Écoute les paroles irrémédiables que je vais prononcer. Écoute-les bien. Il est midi. Or, c'est à deux heures quarante-huit que part le dernier train, tu entends, le dernier train qui peut me conduire à Paris demain lundi, à temps pour que je sauve ton fils. Les trains de luxe sont complets. Donc c'est à deux heures quarante-huit qu'il faut que je parte... Dois-je partir ?

– Oui.

Nos sleepings sont retenus. Tu m'accompagnes ?

– Oui.

– Tu connais les conditions de mon intervention ?

–Oui !

– Tu acceptes ?

– Oui.

– Tu seras ma femme ?

– Oui.

Ah ! ces réponses horribles ! La malheureuse les fit dans une sorte de torpeur affreuse, en refusant même de comprendre à quoi elle s'engageait. Qu'il partît d'abord, qu'il écartât de Gilbert la machine sanglante dont la vision la hantait jour et nuit... Et puis, et puis, il arriverait ce qui devrait arriver...

Il éclata de rire.

– Ah ! coquine, c'est bientôt dit... Tu es prête à tout promettre, hein ? L'essentiel, c'est de sauver Gilbert, n'est-ce pas ? Après, quand le naïf Daubrecq offrira sa bague de fiançailles, bernique, on se fichera de lui. Allons, voyons, assez de paroles vagues. Pas de promesses qu'on ne tient pas... des faits, des faits immédiats.

Et, nettement, assis tout près d'elle, il articula :

– Moi, voici ce que je propose... ce qui doit être... ce qui sera... Je demanderai, ou plutôt, j'exigerai, non pas encore la grâce de Gilbert, mais un délai, un sursis à l'exécution, un sursis de trois ou quatre semaines. On inventera n'importe quel prétexte, ça ne me regarde pas. Et quand Mme Mergy sera devenue Mme Daubrecq, alors seulement, je réclamerai la grâce, c'est-à-dire la substitution de peine. Et sois tranquille, on me l'accordera.

– J'accepte... J'accepte... balbutia-t-elle.

Il rit de nouveau.

– Oui, tu acceptes, parce que cela se passera dans un mois... et d'ici là tu comptes bien trouver quelque ruse, un secours quelconque... M. Arsène Lupin...

– Je jure sur la tête de mon fils...

– La tête de ton fils !... Mais, ma pauvre petite, tu te damnerais pour qu'elle ne tombe pas...

– Ah ! oui, murmura-t-elle en frissonnant, je vendrais mon âme avec joie !

Il se glissa contre elle, et, la voix basse :

– Clarisse, ce n'est pas ton âme que je te demande... Voilà plus de vingt ans que toute ma vie tourne autour de cet amour. Tu es la seule femme que j'aie aimée... Déteste-moi... Exècre-moi... Ça m'est indifférent... mais ne me repousse pas... Attendre ? attendre encore un mois ?... non, Clarisse, il y a trop d'années que j'attends...

Il osa lui toucher la main. Clarisse eut un tel geste de dégoût qu'il fut pris de rage et s'écria :

– Ah ! je te jure Dieu, la belle, que le bourreau n'y mettra pas tant de formes quand il empoignera ton fils... Et tu fais des manières ! Mais pense donc, cela se passera dans quarante heures ! Quarante heures, pas davantage. Et tu hésites ... et tu as des scrupules, alors qu'il s'agit de ton fils Allons, voyons, pas de pleurnicheries, pas de sentimentalité stupide... Regarde les choses bien en face. D'après ton serment, tu es ma femme, tu es ma fiancée, dès maintenant... Clarisse, Clarisse, donne-moi tes lèvres...

Elle le repoussait à peine, le bras tendu, mais défaillante. Et, avec un cynisme où se révélait sa nature abominable, Daubrecq, entremêlant les paroles cruelles et les mots de passion, continuait :

– Sauve ton fils... pense au dernier matin, à la toilette fu-
nèbre, à la chemise qu'on échancre, aux cheveux que l'on
coupe... Clarisse, Clarisse, je le sauverai... Sois-en sûre... toute
ma vie t'appartiendra... Clarisse.

Elle ne résistait plus. C'était fini. Les lèvres de l'homme im-
monde allaient toucher les siennes, et il fallait qu'il en fût ainsi,
et rien ne pouvait faire que cela ne fût pas. C'était son devoir
d'obéir aux ordres du destin. Elle le savait depuis longtemps.
Elle comprit, et, en elle-même, les yeux fermés pour ne pas
voir l'ignoble face qui se haussait vers la sienne, elle répétait :
« Mon fils... mon pauvre fils... »

Quelques secondes s'écoulèrent, dix, vingt peut-être. Daubrecq ne bougeait plus. Daubrecq ne parlait plus. Et elle
s'étonna de ce grand silence et de cet apaisement subit. Au
dernier instant, le monstre avait-il quelque remords ?

Elle leva les paupières.

Le spectacle qui s'offrit à elle la frappa de stupeur. Au lieu
de la face grimaçante qu'elle s'attendait à voir, elle aperçut un
visage immobile, méconnaissable, tordu par une expression
d'épouvante extrême, et dont les yeux, invisibles sous le double
obstacle des lunettes, semblaient regarder plus haut qu'elle,
plus haut que le fauteuil où elle était prostrée.

Clarisse se détourna. Deux canons de revolver, braqués sur
Daubrecq, émergeaient à droite un peu au-dessus du fauteuil.
Elle ne vit que cela, ces deux revolvers énormes et redou-
tables, que serraient deux poings crispés. Elle ne vit que cela,
et aussi la figure de Daubrecq que la peur décolorait peu à
peu, jusqu'à la rendre livide. Et, presque en même temps, derrière lui, quelqu'un se glissa, qui surgit brutalement, lui jeta
l'un de ses bras autour du cou, le renversa avec une violence
incroyable, et lui appliqua sur le visage un masque d'ouate et
d'étoffe. Une odeur soudaine de chloroforme se dégagea.

Clarisse avait reconnu M. Nicole.

– A moi, Grognard ! cria-t-il. A moi, Le Ballu Lâchez vos revolvers ! je le tiens Ce n'est plus qu'une loque... Attache-le !

Daubrecq en effet se repliait sur lui-même et tombait à genoux comme un pantin désarticulé. Sous l'action du chloroforme, la brute formidable s'effondrait, inoffensive et ridicule.

Grognard et Le Ballu le roulèrent dans une des couvertures
du lit et le ficelèrent solidement.

– Ça y est ! ça y est ! clama Lupin en se relevant d'un bond.

Et, par un retour de joie brusque, il se mit à danser une gigue désordonnée au milieu de la pièce, une gigue où il y avait du cancan et des contorsions de matchiche, et des pirouettes de derviche tourneur, et des acrobaties de clown, et des zigzags d'ivrogne. Et il annonçait, comme des numéros de music-hall :

– La danse du prisonnier... Le chahut du captif... Fantaisie sur le cadavre d'un représentant du peuple La polka du chloroforme ! Le double boston des lunettes vaincues ! Ollé ! ollé ! le fandango du maître chanteur ! ... Et puis la danse de l'ours ! Et puis la tyrolienne ! Laïtou, laïtou, la, la !... Allons, enfants de la patrie !... Zim, boumboum, Zim boumboum...

Toute sa nature de gavroche, tous ses instincts d'allégresse, étouffés depuis si longtemps par l'anxiété et par les défaites successives, tout cela faisait irruption, éclatait en accès de rire, en sursaut de verve, en un besoin pittoresque d'exubérance et de tumulte enfantin.

Il esquissa un dernier entrechat, tourna autour de la chambre en faisant la roue, et finalement se planta debout, les deux poings sur les hanches, et un pied sur le corps inerte de Daubrecq.

– Tableau allégorique ! annonça-t-il. L'archange de la Vertu écrasant l'hydre du Vice !

Et c'était d'autant plus comique que Lupin apparaissait sous les espèces de M. Nicole, avec son masque et ses vêtements de répétiteur étriqué, compassé, et comme gêné dans ses entournures.

Un triste sourire éclaira le visage de Mme Mergy, son premier sourire depuis des mois et des mois. Mais, tout de suite, reprise par la réalité, elle implora :

– Je vous en supplie... pensons à Gilbert.

Il courut à elle, la saisit à deux bras et, dans un mouvement spontané, si ingénu qu'elle ne pouvait qu'en rire, il lui appliqua sur les joues deux baisers sonores.

– Tiens, la dame, voilà le baiser d'un honnête homme. Au lieu de Daubrecq, c'est moi qui t'embrasse... Un mot de plus et je recommence, et puis je te tutoie... Fâche-toi si tu veux... Ah ! ce que je suis content...

Il mit un genou à terre devant elle, et, respectueusement :

– Je vous demande pardon, madame. La crise est finie.

Et, se relevant, de nouveau narquois, il continua, tandis que Clarisse se demandait où il voulait en venir, il continua :

– Madame désire ? la grâce de son fils, peut-être ? Adjugé ! Madame, j'ai l'honneur de vous accorder la grâce de votre fils, la commutation de sa peine en celle des travaux à perpétuité, et, comme dénouement, son évasion prochaine. C'est convenu, hein, Grognard ? Convenu, Le Ballu ? On s'embarque pour Nouméa avant le gosse, et on prépare tout. Ah ! respectable Daubrecq, nous t'en devons, une fière chandelle ! et c'est bien mal te récompenser. Mais aussi avoue que tu en prenais par trop à ton aise. Comment traiter ce bon M. Lupin de collégien, de pauvre hère, et cela pendant qu'il écoute à ta porte ! Le traiter d'illustre fantoche ! Dis donc, il me semble que l'illustre fantoche n'a pas mal manœuvré, et que tu n'en mènes pas très large, représentant du peuple... Non, mais quelle binette ! Quoi ? Qu'est-ce que tu demandes ? Une pastille de Vichy ? Non ? Une dernière pipe peut-être ! Voilà, voilà !

Il prit une des pipes sur la cheminée, s'inclina vers le captif, écarta son masque, et entre ses dents introduisit le bout d'ambre.

– Aspire, mon vieux, aspire. Vrai, ce que tu as une drôle de tête, avec ton tampon sur le nez et ton brûle-gueule au bec. Allons, aspire, crebleu ! mais j'oubliais de la bourrer, ta pipe ! Où est ton tabac ? Ton maryland préféré ?... Ah ! voici...

Il saisit sur la cheminée un paquet jaune, non entamé, dont il déchira la bande.

– Le tabac de Monsieur Attention ! l'heure est solennelle. Bourrer la pipe de Monsieur, fichtre quel bonheur ! Qu'on suive bien mes gestes ! Rien dans les mains, rien dans les poches...

Il ouvrit le paquet, et, à l'aide de son index et de son pouce, lentement, délicatement, comme un prestidigitateur qui opère en présence d'un public ébahi, et qui, le sourire aux lèvres, les coudes arrondis, les manchettes relevées, achève son tour de passe-passe, il retira, d'entre les brins de tabac, un objet brillant qu'il offrit aux spectateurs.

Clarisse poussa un cri.

C'était le bouchon de cristal.

Elle se précipita sur Lupin et le lui arracha.

– C'est ça ! c'est ça, proféra-t-elle, toute fiévreuse. Celui-là n'a pas d'éraflure à la tige Et puis, tenez, cette ligne qui le scinde par le milieu, à l'endroit où se terminent les facettes d'or... C'est ça, il se dévisse... Ah mon Dieu, je n'ai plus de forces...

Elle tremblait tellement que Lupin lui reprit le bouchon et le dévissa lui-même.

L'intérieur de la tête était creux, et, dans ce creux, il y avait un morceau de papier roulé en forme de boulette.

– Le papier pelure, dit-il tout bas, ému lui aussi et les mains frémissantes.

Il y eut un grand silence. Tous les quatre, ils sentirent leur cœur prêt à se rompre, et ils avaient peur de ce qui allait se passer.

– Je vous en prie... je vous en prie.... balbutia Clarisse.

Lupin déplia le papier.

Des noms étaient inscrits les uns sous les autres.

Il y en avait vingt-sept, les vingt-sept noms de la fameuse liste. Langeroux, Dechaumont, Vorenglade, d'Albufex, Laybach, Victorien Mergy, etc.

Et, en dessous, la signature du Président du Conseil d'administration du Canal français des Deux-Mers, la signature couleur du sang...

Lupin consulta sa montre.

– Une heure moins le quart, dit-il, nous avons vingt bonnes minutes... Mangeons.

– Mais, fit Clarisse qui s'affolait déjà, n'oubliez pas...

Il déclara simplement :

– Je meurs de faim.

Il s'assit devant le guéridon, se coupa une large tranche de pâté et dit à ses complices :

– Grognard ? Le Ballu ? on se restaure ?

– C'est pas de refus, patron.

– Alors, faites vite, les enfants. Et, par là-dessus, un verre de champagne ; c'est le chloroformé qui régale. A ta santé, Daubrecq. Champagne doux ? Champagne sec ? Extra-dry ?

Chapitre 11

La croix de Lorraine

D'un coup, pour ainsi dire, sans transition, Lupin, lorsque le repas fut fini, recouvra toute sa maîtrise et toute son autorité. L'heure n'était plus aux plaisanteries, et il ne devait plus céder à ce besoin de surprendre les gens par des coups de théâtre et des tours de magie. Puisqu'il avait découvert le bouchon de cristal dans la cachette, prévue par lui en toute certitude, puisqu'il possédait la liste des vingt-sept, il s'agissait maintenant de jouer la fin de la partie sans retard.

Jeu d'enfant, certes, et ce qui restait à faire n'offrait aucune difficulté. Encore fallait-il apporter à ces actes définitifs de la promptitude, de la décision et une clairvoyance infaillible. La moindre faute était irrémédiable. Lupin le savait, mais son esprit, si étrangement lucide, avait examiné toutes les hypothèses. Et ce n'étaient plus que des gestes et des mots mûrement préparés, qu'il allait exécuter et prononcer.

– Grognard, le commissionnaire attend boulevard Gambetta avec sa charrette et la malle que nous avons achetée. Amène-le ici et fais monter la malle. Si on te demande quelque chose à l'hôtel, tu diras que c'est pour la dame qui habite au 130.

Puis, s'adressant à son autre compagnon :

– Le Ballu, retourne au garage, et prends livraison de la limousine. Le prix est convenu. Dix mille francs. Tu achèteras une casquette et une lévite de chauffeur et tu amèneras l'auto devant la porte.

– L'argent, patron ?

Lupin saisit un portefeuille qu'on avait retiré du veston de Daubrecq et trouva une liasse énorme de billets de banque. Il en détacha dix.

– Voici dix mille francs. Il paraît que notre ami a gagné la forte somme au Cercle. Va, Le Ballu.

Les deux hommes s'en allèrent par la chambre de Clarisse. Lupin profita d'un moment où Clarisse Mergy ne le regardait pas pour empocher le portefeuille, et cela avec une satisfaction profonde.

– L'affaire ne sera pas trop mauvaise, se dit-il. Tous frais payés, j'y retrouverai largement mon compte, et ce n'est pas fini.

S'adressant à Clarisse Mergy, il lui demanda :

– Vous avez une valise ?

– Oui, une valise que j'ai achetée en arrivant à Nice, ainsi qu'un peu de linge et des objets de toilette, puisque j'ai quitté Paris à l'improviste.

– Préparez tout cela. Puis descendez au bureau. Dites que vous attendez votre malle, qu'un commissionnaire l'apporte de la consigne, et que vous êtes obligée de la défaire et de la refaire dans votre chambre. Puis annoncez votre départ.

Resté seul, Lupin examina Daubrecq attentivement, puis il fouilla dans toutes les poches et fit main basse sur tout ce qui lui parut présenter un intérêt quelconque.

Grognard revint le premier. La malle, une grande malle d'osier recouverte en moleskine noire, fut déposée dans la chambre de Clarisse. Aidé de Clarisse et de Grognard, Lupin transporta Daubrecq et le plaça dans cette malle, bien assis, mais la tête courbée pour qu'il fût possible de rabattre le couvercle.

– Je ne dis pas que ce soit aussi confortable qu'une couchette de wagon-lit, mon cher député, observa Lupin. Mais cela vaut tout de même mieux qu'un cercueil. Au moins il y a de l'air pour respirer. Trois petits trous sur chaque face. Plains-toi !

Puis débouchant un flacon :

– Encore un peu de chloroforme ? Tu as l'air d'adorer cela…

Il imbiba de nouveau le masque, tandis que, sur ses ordres, Clarisse et Grognard calaient le député avec du linge, des couvertures de voyage et des coussins, qu'on avait eu la précaution d'entasser dans la malle.

– Parfait dit Lupin. Voilà un colis qui ferait le tour du monde. Fermons et bouclons.

Le Ballu arrivait en chauffeur.

– L'auto est en bas, patron.

– Bien, dit-il. A vous deux descendez la malle. Il serait dangereux de la confier aux garçons d'hôtel.

– Mais si nous rencontrons ?

– Eh bien quoi, Le Ballu, n'es-tu pas chauffeur ? Tu portes la malle de ta patronne ici présente, la dame du 130, qui descend également, qui monte dans son auto... et qui m'attend deux cents mètres plus loin. Grognard, tu l'aideras à charger. Ah ! auparavant, fermons la porte de communication.

Lupin passa dans l'autre chambre, ferma l'autre battant, mit le verrou, puis sortit et prit l'ascenseur.

Au bureau, il prévint :

– M. Daubrecq a été appelé en hâte à Monte-Carlo. Il me charge de vous avertir qu'il ne rentrera qu'après-demain. Qu'on lui garde sa chambre. D'ailleurs toutes ses affaires y sont. Voici la clef.

Il s'en alla tranquillement et rejoignit l'automobile, où il trouva Clarisse qui se lamentait :

– Mais jamais nous ne serons à Paris demain matin... C'est de la folie... La moindre panne...

– Aussi, dit-il, vous et moi nous prenons le train... C'est plus sûr...

L'ayant fait monter dans un fiacre, il donna ses dernières instructions aux deux hommes.

– Cinquante kilomètres à l'heure en moyenne, n'est-ce pas ? Vous conduirez et vous vous reposerez chacun à son tour. De la sorte, il vous est possible d'être à Paris demain soir lundi vers les six ou sept heures du soir. Mais ne forcez pas l'allure. Si je garde Daubrecq, ce n'est pas que j'aie besoin de lui pour mes projets, c'est comme otage... et puis par précaution... Je tiens à l'avoir sous la main pendant quelques jours. Donc soignez-le, le cher homme... Quelques gouttes de chloroforme toutes les trois ou quatre heures. C'est sa passion. En route, Le Ballu... Et toi, Daubrecq, ne te fais pas trop de bile là-haut. Le toit est solide... Si tu as mal au cœur, ne te gêne pas... En route, Le Ballu !

Il regarda l'auto qui s'éloignait, puis se fit conduire dans un bureau de poste où il rédigea une dépêche ainsi conçue :

« Monsieur Prasville, Préfecture de police. Paris.

« Individu retrouvé. Vous apporterai le document demain matin onze heures. Communication urgente. Clarisse. »

A deux heures et demie, Clarisse et Lupin arrivaient en gare.

– Pourvu qu'il y ait de la place ! dit Clarisse qui s'alarmait de tout.

– De la place ! Mais nos sleepings sont retenus.

– Par qui ?

– Par Jacob... par Daubrecq.

– Comment ?

– Dame ... Au bureau de l'hôtel on m'a remis une lettre qu'un exprès venait d'apporter pour Daubrecq. C'étaient les deux sleepings que Jacob lui envoyait. En outre j'ai sa carte de député. Nous voyagerons donc sous le nom de M. et Mme Daubrecq, et l'on aura pour nous tous les égards qui sont dus à notre rang. Vous voyez, chère madame, tout est prévu.

Le trajet, cette fois, sembla court à Lupin. Interrogée par lui, Clarisse raconta tout ce qu'elle avait fait durant ces derniers jours. Lui-même expliqua le miracle de son irruption dans la chambre de Daubrecq, au moment où son adversaire le croyait en Italie.

– Un miracle, non, dit-il. Mais cependant il y eut en moi, quand je quittai San Remo pour Gênes, un phénomène d'ordre spécial, une sorte d'intuition mystérieuse qui me poussa d'abord à sauter du train – et Le Ballu m'en empêcha – et ensuite à me précipiter vers la portière, à baisser la glace, et à suivre des yeux le portier de l'Ambassadeurs-Palace, qui m'avait transmis votre message. Or, à cette minute même, ledit portier se frottait les mains d'un air tellement satisfait que, sans autre motif, subitement, je compris tout : j'étais roulé, j'étais roulé par Daubrecq, comme vous l'étiez vous-même. Des tas de petits faits me vinrent à l'esprit. Le plan de l'adversaire m'apparut tout entier. Une minute de plus et le désastre était irrémédiable. J'eus, je l'avoue, quelques instants de véritable désespoir, à l'idée que je n'allais pas pouvoir réparer toutes les erreurs commises. Cela dépendait simplement de l'horaire des trains, qui me permettrait, ou ne me permettrait pas, de retrouver en gare de San Remo l'émissaire de Daubrecq. Cette fois, enfin, le hasard nous fut favorable. Nous n'étions pas descendus à la première station qu'un train passa, pour la France. Quand nous arrivâmes à San Remo l'homme était là. J'avais bien deviné. Il n'avait plus sa casquette ni sa redingote de portier, mais un chapeau et un veston. Il monta dans un compartiment de seconde classe. Désormais la victoire ne faisait plus de doute.

– Mais... comment ?... dit Clarisse, qui, malgré les pensées qui l'obsédaient, s'intéressait au récit de Lupin.

– Comment je suis revenu jusqu'à vous ? Mon Dieu, en ne lâchant plus le sieur Jacob, tout en le laissant libre de ses actions, certain que j'étais qu'il rendrait compte de sa mission à Daubrecq. De fait, ce matin, après une nuit passée dans un petit hôtel de Nice, il rencontra Daubrecq sur la Promenade des Anglais. Ils causèrent assez longtemps. Je les suis. Daubrecq regagne son hôtel, installe Jacob dans un des couloirs du rez-de-chaussée, en face du bureau téléphonique, et prend l'ascenseur. Dix minutes plus tard je savais le numéro de sa chambre, et je savais qu'une dame habitait, depuis la veille, la chambre voisine, le numéro 130.

« Je crois que nous y sommes, dis-je à Grognard et à Le Ballu. » Je frappe légèrement à votre porte. Aucune réponse. Et la porte était fermée à clef.

– Eh bien, dit Clarisse ?

– Eh bien, nous l'avons ouverte. Pensez-vous donc qu'il n'y ait qu'une seule clef au monde qui puisse faire fonctionner une serrure ? J'entre donc dans votre chambre. Personne. Mais la porte de communication est entrebâillée. Je me glisse par là. Dès lors un simple rideau me séparait de vous, de Daubrecq... et du paquet de tabac que j'apercevais sur le marbre de la cheminée.

– Vous connaissiez donc la cachette ?

– Une perquisition dans le cabinet de travail de Daubrecq à Paris m'avait fait constater la disparition de ce paquet de tabac. En outre...

– En outre ?

– Je savais, par certains aveux arrachés à Daubrecq dans la Tour des Deux-Amants, que le mot Marie détenait la clef de l'énigme. Or ce n'était que le début d'un autre mot que je devinai, pour ainsi dire, au moment même où me frappait l'absence du paquet de tabac.

– Quel mot ?

– Maryland... du tabac Maryland, le seul que fume Daubrecq.

Et Lupin se mit à rire.

– Est-ce assez bête, hein ? Et, en même temps, comme c'est malin de la part de Daubrecq ! On cherche partout, on fouille partout ! N'ai-je pas dévissé les douilles de cuivre des ampoules électriques pour voir si elles n'abritaient pas un bouchon de cristal ! Mais comment aurais-je eu l'idée, comment un être quelconque, si perspicace qu'il fût, aurait-il eu l'idée de déchirer la bande d'un paquet de Maryland, bande apposée, collée, cachetée, timbrée, datée par l'État, sous le contrôle des Contributions Indirectes ? Pensez donc ! l'État complice d'une telle infamie ! L'ad-minis-tra-tion des Contributions Indirectes se prêtant à de pareilles manœuvres Non ! mille fois non ! La Régie peut avoir des torts. Elle peut fabriquer des allumettes qui ne flambent pas, et des cigarettes où il y a des bûches de Noël. Mais de là à supposer qu'elle est de mèche avec Daubrecq pour soustraire la liste des vingt-sept à la curiosité légitime du gouvernement ou aux entreprises d'Arsène Lupin, il y a un précipice ! Remarquez qu'il suffisait pour introduire là-dedans le bouchon de cristal, de peser un peu sur la bande, comme l'a fait Daubrecq, de la rendre plus lâche, de l'enlever, de déplier le papier jaune, d'écarter le tabac, puis de remettre tout en ordre. Remarquez, de même, qu'il nous eût suffi, à Paris, de prendre ce paquet dans nos mains et de l'examiner pour découvrir la cachette. N'importe ! Le paquet en lui-même, le bloc de Maryland confectionné, approuvé par l'État et par l'Administration des Contributions Indirectes, cela c'était chose sacrée, intangible, insoupçonnable ! Et personne ne l'ouvrit.

Et Lupin conclut :

– C'est ainsi que ce démon de Daubrecq laisse traîner depuis des mois sur sa table, parmi ses pipes et parmi d'autres paquets de tabac non éventrés, ce paquet de tabac intact. Et nulle puissance au monde n'eût pu susciter dans aucun esprit l'idée même confuse d'interroger ce petit cube inoffensif. Je vous ferai observer en outre...

Lupin poursuivit assez longtemps ses considérations relatives au paquet de Maryland et au bouchon de cristal, l'ingéniosité et la clairvoyance de son adversaire l'intéressant d'autant plus qu'il avait fini par avoir raison de lui. Mais Clarisse, à qui ces questions importaient beaucoup moins que le souci de actes qu'il fallait accomplir pour sauver son fils, l'écoutait à peine, tout entière à ses pensées.

– Êtes-vous sûr, répétait-elle sans cesse, que vous allez réussir ?

– Absolument sûr.

– Mais Prasville n'est pas à Paris.

– S'il n'y est pas, c'est qu'il est au Havre. J'ai lu cela dans un journal hier. En tout cas notre dépêche le rappellera immédiatement à Paris.

– Et vous croyez qu'il aura assez d'influence ?

– Pour obtenir personnellement la grâce de Vaucheray et de Gilbert, non. Sans quoi, nous l'aurions déjà fait marcher. Mais il aura assez d'intelligence pour comprendre la valeur de ce que nous lui apportons... et pour agir sans une minute de retard.

– Mais, précisément, vous ne vous trompez pas sur cette valeur ?

– Et Daubrecq, se trompait-il donc ? Est-ce que Daubrecq n'était pas mieux placé que personne pour savoir la toute-puissance de ce papier ? N'en a-t-il pas eu vingt preuves plus décisives les unes que les autres ? Songez à tout ce qu'il a fait, par la seule raison qu'on le savait possesseur de la liste ? On le savait, voilà tout. Il ne se servait pas de cette liste, mais il l'avait. Et, l'ayant, il tua votre mari. Il échafauda sa fortune sur la ruine et le déshonneur des vingt-sept. Hier encore, un des plus intrépides, d'Albufex, se coupait la gorge dans sa prison. Non, soyez tranquille, contre la remise de cette liste, nous pourrions demander ce que nous voudrions. Or, nous demandons quoi ? Presque rien.., moins que rien... la grâce d'un enfant de vingt ans. C'est-à-dire qu'on nous prendra pour des imbéciles. Comment ! nous avons entre les mains...

Il se tut. Clarisse, épuisée par tant d'émotions, s'endormait en face de lui.

A huit heures du matin, ils arrivaient à Paris.

Deux télégrammes attendaient Lupin à son domicile de la place Clichy.

L'un de Le Ballu, envoyé d'Avignon la veille, annonçait que tout allait pour le mieux, et que l'on espérait bien être exact au rendez-vous du soir. L'autre était de Prasville, daté du Havre, et adressé à Clarisse :

« Impossible revenir demain matin lundi. Venez à mon bureau cinq heures. Compte absolument sur vous. »

– Cinq heures, dit Clarisse, comme c'est tard !

– C'est une heure excellente, affirma Lupin.

– Cependant si...

– Si l'exécution doit avoir lieu demain matin ? c'est ce que vous voulez dire ?... N'ayez donc pas peur des mots, puisque l'exécution n'aura pas lieu.

– Les journaux...

– Les journaux, vous ne les avez pas lus, et je vous défends de les lire. Tout ce qu'ils peuvent annoncer ne signifie rien. Une seule chose importe : notre entrevue avec Prasville. D'ailleurs...

Il tira d'une armoire un petit flacon et, posant sa main sur l'épaule de Clarisse, il lui dit :

– Étendez-vous sur ce canapé, et buvez quelques gorgées de cette potion.

– Qu'est-ce que c'est ?

– De quoi vous faire dormir quelques heures... et oublier. C'est toujours cela de moins.

– Non, non, protesta Clarisse, je ne veux pas. Gilbert ne dort pas lui... Il n'oublie pas.

– Buvez, dit Lupin, en insistant avec douceur.

Elle céda tout d'un coup, par lâcheté, par excès de souffrance et docilement s'étendit sur le canapé et ferma les yeux. Au bout de quelques minutes elle dormait.

Lupin sonna son domestique.

– Les journaux... vite... tu les as achetés ?

– Voici, patron.

Lupin déplia l'un d'eux et aussitôt il vit ces lignes :

LES COMPLICES D'ARSÈNE LUPIN

« Nous savons de source certaine que les complices d'Arsène Lupin, Gilbert et Vaucheray, seront exécutés demain matin mardi. M. Deibler a visité les bois de justice. Tout est prêt. »

Il releva la tête avec une expression de défi.

– Les complices d'Arsène Lupin L'exécution des complices d'Arsène Lupin Quel beau spectacle ! Et comme il y aurait foule pour voir cela ! Désolé, messieurs, mais le rideau ne se lèvera pas. Relâche par ordre supérieur de l'autorité. Et l'autorité, c'est moi !

Il se frappa violemment la poitrine avec un geste d'orgueil.

– L'autorité, c'est moi.

A midi Lupin reçut une dépêche que Le Ballu lui avait expédiée de Lyon.

« Tout va bien. Colis arrivera sans avaries. »

A trois heures, Clarisse se réveilla.

Sa première parole fut celle-ci :

– C'est pour demain ?

Il ne répondit pas. Mais elle le vit si calme, si souriant, qu'elle se sentit pénétrée d'une paix immense et qu'elle eut l'impression que tout était fini, dénoué, arrangé selon la volonté de son compagnon.

A quatre heures dix ils partirent.

Le secrétaire de Prasville, prévenu téléphoniquement par son chef, les introduisit dans le bureau et les pria d'attendre.

Il était cinq heures moins le quart. A cinq heures précises Prasville entra en courant et, tout de suite, il s'écria :

– Vous avez la liste ?

– Oui.

– Donnez.

Il tendait la main. Clarisse, qui s'était levée, ne broncha pas.

Prasville la regarda un moment, hésita, puis s'assit. Il comprenait. En poursuivant Daubrecq, Clarisse Mergy n'avait pas agi seulement par haine et par désir de vengeance. Un autre motif la poussait. La remise du papier ne s'effectuerait que sous certaines conditions.

– Asseyez-vous, je vous prie, dit-il, montrant ainsi qu'il acceptait le débat.

Prasville était un homme maigre, de visage osseux, auquel un clignotement perpétuel des yeux et une certaine déformation de la bouche donnaient une expression de fausseté et d'inquiétude. On le supportait mal à la Préfecture, où il fallait, à tout instant, réparer ses gaffes et ses maladresses. Mais il était de ces êtres peu estimés que l'on emploie pour des besognes spéciales et que l'on congédie ensuite avec soulagement.

Cependant Clarisse avait repris sa place. Comme elle se taisait, Prasville prononça :

– Parlez, chère amie, et parlez en toute franchise. Je n'ai aucun scrupule à déclarer que nous serions désireux d'avoir ce papier.

– Si ce n'est qu'un désir, observa Clarisse, à qui Lupin avait soufflé son rôle dans les moindres détails, si ce n'est qu'un désir, j'ai peur que nous ne puissions nous accorder.

Prasville sourit :

– Ce désir, évidemment, nous conduirait à certains sacrifices.

– A tous les sacrifices, rectifia Mme Mergy.

– A tous les sacrifices, pourvu, bien entendu, que nous restions dans la limite des désirs acceptables.

– Et même si nous sortions de ces limites, prononça Clarisse, inflexible.

Prasville s'impatienta :

– Enfin, voyons, de quoi s'agit-il ? Expliquez-vous.

– Pardonnez-moi, cher ami. Je tenais, avant tout, à marquer l'importance considérable que vous attachez à ce papier, et, en vue de la transaction immédiate que nous allons conclure, à bien spécifier... comment dirais-je ?... la valeur de mon apport. Cette valeur, n'ayant pas de limites, je le répète, doit être échangée contre une valeur illimitée.

– C'est entendu, articula Prasville, avec irritation.

– Il n'est donc pas utile que je fasse un historique complet de l'affaire et que j'énumère d'une part les désastres que la possession de ce papier vous aurait permis d'éviter, d'autre part, les avantages incalculables que vous pourrez tirer de cette possession ?

Prasville eut besoin d'un effort pour se contenir et pour répondre d'un ton à peu près poli :

– J'admets tout cela. Est-ce fini ?

– Je vous demande pardon, mais nous ne saurions nous expliquer avec trop de netteté. Or, il est un point qu'il nous faut encore éclaircir. Êtes-vous en mesure de traiter personnellement ?

– Comment cela ?

– Je vous demande, non pas évidemment si vous avez le pouvoir de régler cette affaire sur l'heure, mais si vous représentez en face de moi la pensée de ceux qui connaissent l'affaire et qui ont qualité pour la régler.

– Oui, affirma Prasville avec force.

– Donc, une heure après que je vous aurai communiqué mes conditions, je pourrai avoir votre réponse ?

– Oui.

– Cette réponse sera celle du Gouvernement ?

– Oui.

Clarisse se pencha, et d'une voix plus sourde :

– Cette réponse sera celle de l'Élysée ?

Prasville parut surpris. Il réfléchit un instant, puis il prononça :

– Oui.

Alors Clarisse conclut.

– Il me reste à vous demander votre parole d'honneur, que, si incompréhensibles que vous paraissent mes conditions, vous n'exigerez pas que je vous en révèle le motif. Elles sont ce qu'elles sont. Votre réponse doit être un oui ou un non.

– Je vous donne ma parole d'honneur, scanda Prasville.

Clarisse eut un instant d'émotion qui la fit plus pâle encore qu'elle n'était. Puis, se maîtrisant, les yeux fixés sur les yeux de Prasville, elle dit :

– La liste des vingt-sept sera remise contre la grâce de Gilbert et de Vaucheray.

– Hein ! Quoi ?

Prasville s'était dressé, l'air absolument ahuri.

– La grâce de Gilbert et de Vaucheray ! les complices d'Arsène Lupin !

– Oui, dit-elle.

– Les assassins de la villa Marie-Thérèse ceux qui doivent mourir demain !

– Oui, ceux-là mêmes, dit-elle, la voix haute. Je demande, j'exige leur grâce.

– Mais c'est insensé Pourquoi ? Pourquoi ?

– Je vous rappelle, Prasville, que vous m'avez donné votre parole...

– Oui... oui... en effet... mais la chose est tellement imprévue.

– Pourquoi ?

– Pourquoi ? Mais pour toutes sortes de raisons...

– Lesquelles ?

– Enfin... enfin... réfléchissez ! Gilbert et Vaucheray ont été condamnés à mort !

– On les enverra au bagne, voilà tout.

– Impossible ! L'affaire a fait un bruit énorme. Ce sont des complices d'Arsène Lupin. Le verdict est connu du monde entier.

– Eh bien ?

– Eh bien, nous ne pouvons pas, non, nous ne pouvons pas nous insurger contre les arrêts de la justice.

On ne vous demande pas cela. On vous demande une commutation de la peine par le moyen de la grâce. La grâce est une chose légale.

– La commission des grâces s'est prononcée...

– Soit, mais il reste le Président de la République.

– Il a refusé.

– Qu'il revienne sur son refus.

– Impossible !

– Pourquoi ?

– Il n'y a pas de prétexte.

– Il n'est pas besoin de prétexte. Le droit de grâce est absolu. Il s'exerce sans contrôle, sans motif, sans prétexte, sans explication. C'est une prérogative royale. Que le Président de la République en use selon son bon plaisir, ou plutôt selon sa conscience au mieux des intérêts de l'État.

– Mais il est trop tard ! Tout est prêt. L'exécution doit avoir lieu dans quelques heures.

– Une heure vous suffit pour avoir la réponse, vous venez de nous le dire.

– Mais c'est de la folie, sacrebleu ! Vos exigences se heurtent à des obstacles infranchissables. Je vous le répète, c'est impossible, matériellement impossible.

– Alors, c'est non ?

– Non, non, mille fois non !

– En ce cas nous n'avons plus qu'à nous retirer.

Elle esquissa un mouvement vers la porte. M. Nicole la suivit.

D'un bond, Prasville leur barra la route.

– Où allez-vous ?

– Mon Dieu, cher ami, il me semble que notre conversation est terminée. Puisque vous estimez, puisque vous êtes sûr que le Président de la République estimera que cette fameuse liste des vingt-sept ne vaut pas...

– Restez, dit Prasville.

Il ferma d'un tour de clef la porte de sortie et se mit à marcher de long en large, les mains au dos, et la tête inclinée.

Et Lupin, qui n'avait pas soufflé mot durant toute la scène et s'était, par prudence, confiné dans un rôle effacé, Lupin se disait :

« Que d'histoires ! Que de manières pour arriver à l'inévitable dénouement ! Comment le sieur Prasville, lequel n'est pas un aigle, mais lequel n'est pas non plus une buse, renoncerait-il à se venger de son ennemi mortel ? Tiens, qu'est-ce que je disais ! L'idée de culbuter Daubrecq au fond de l'abîme le fait sourire. Allons, la partie est gagnée. »

A ce moment Prasville ouvrait une petite porte intérieure qui donnait sur le bureau de son secrétaire particulier.

Il prescrivit à haute voix :

– Monsieur Lartigue, téléphonez à l'Élysée et dites que je sollicite une audience pour une communication de la plus haute gravité.

Fermant la porte, il revint vers Clarisse et lui dit :

– En tout cas mon intervention se borne à soumettre votre proposition.

– Soumise, elle est acceptée.

Il y eut un long silence. Le visage de Clarisse exprimait une joie si profonde que Prasville en fut frappé et qu'il la regarda avec une curiosité attentive. Pour quelle cause mystérieuse Clarisse voulait-elle le salut de Gilbert et de Vaucheray ? Quel lien inexplicable l'attachait à ces deux hommes ? Quel drame avait pu mêler ces trois existences, et sans doute aussi, à ces trois-là, celle de Daubrecq ?

« Va, mon bonhomme, pensait Lupin, creuse-toi la cervelle, tu ne trouveras pas. Ah ! si nous n'avions exigé que la grâce de Gilbert, comme le désirait Clarisse, peut-être aurais-tu découvert le pot aux roses. Mais Vaucheray, cette brute de Vaucheray, vraiment il ne peut y avoir le moindre rapport, entre Mme Mergy et lui... Ah ! ah bigre, c'est mon tour maintenant... On m'observe... Le monologue intérieur roule sur moi... "Et ce M. Nicole, ce petit pion de province, qu'est-ce que ça peut bien être ? Pourquoi s'est-il dévoué corps et âme à Clarisse Mergy ? Quelle est la véritable personnalité de cet intrus ? J'ai eu tort de ne pas m'enquérir... Il faudra que je voie cela... que je dénoue les cordons de ce masque... Car enfin, il n'est pas naturel qu'on se donne tant de mal pour accomplir un acte où l'on n'est pas intéressé directement. Pourquoi veut-il lui aussi sauver Gilbert et Vaucheray ? Pourquoi ? ..." »

Lupin détourna légèrement la tête.

« Aïe !... Aïe !... une idée traverse ce crâne de fonctionnaire... une idée confuse qui ne s'exprime point... Fichtre ! il ne faudrait pas qu'il devinât M. Lupin sous M. Nicole. Assez de complications... »

Mais une diversion se produisit. Le secrétaire de Prasville vint annoncer que l'audience aurait lieu dans une heure.

– C'est bien. Je vous remercie, dit Prasville. Laissez-nous.

Et, reprenant l'entretien, sans plus de détours, en homme qui veut mener les choses rondement, il déclara :

– Je crois que nous pourrons nous arranger. Mais tout d'abord, et pour bien remplir la mission dont je me charge, il me faut des renseignements plus exacts, une documentation plus complète. Où se trouvait le papier ?

– Dans le bouchon de cristal, comme nous le supposions, répondit Mme Mergy.

– Et ce bouchon de cristal ?

– Dans un objet que Daubrecq est venu chercher, il y a quelques jours, sur la table de son bureau, en sa maison du square Lamartine, objet que, moi, je lui ai repris hier, dimanche.

– Et cet objet ?

– N'est autre qu'un paquet de tabac, de tabac Maryland qui traînait sur cette table.

Prasville fut pétrifié. Naïvement il murmura :

– Ah ! si j'avais su ! J'y ai touché dix fois à ce paquet de Maryland. Est-ce bête !

– Qu'importe ! dit Clarisse. L'essentiel est que la découverte soit effectuée.

Prasville fit une moue qui signifiait que la découverte lui eût été beaucoup plus agréable si elle avait été effectuée par lui. Puis, il demanda :

– De sorte que, cette liste, vous l'avez ?

– Oui.

– Ici ?

– Oui.

– Montrez-la-moi.

Et comme Clarisse hésitait, il lui dit :

– Oh ! je vous en prie, ne craignez rien. Cette liste vous appartient, et je vous la rendrai. Mais vous devez comprendre que je ne puis faire la démarche dont il s'agit sans une certitude.

Clarisse consulta M. Nicole d'un regard que Prasville surprit, puis elle déclara :

– Voici.

Il saisit la feuille avec un certain trouble, l'examina et, presque aussitôt, il dit :

– Oui... oui... l'écriture du caissier... je la reconnais. Et la signature du président de la Compagnie... La signature rouge... D'ailleurs j'ai d'autres preuves... Par exemple, le morceau déchiré qui complétait le coin gauche supérieur de cette feuille.

Il ouvrit son coffre-fort, et, dans une cassette spéciale, il saisit un tout petit morceau de papier qu'il approcha du coin gauche supérieur.

– C'est bien cela, les deux coins déchirés se suivent exactement. La preuve est irrécusable. Il n'y a plus qu'à vérifier la nature même de ce papier pelure.

Clarisse rayonnait de joie. On n'aurait jamais cru que le supplice le plus effroyable la déchirait depuis des semaines et des semaines, et qu'elle en était encore toute saignante et pantelante.

Tandis que Prasville appliquait la feuille contre le carreau d'une fenêtre, elle dit à Lupin :

– Exigez que Gilbert soit prévenu dès ce soir. Il doit être si atrocement malheureux !

– Oui, dit Lupin. D'ailleurs vous pouvez vous rendre chez son avocat et l'aviser.

Elle reprit :

– Et puis je veux voir Gilbert dès demain. Prasville pensera ce qu'il voudra.

– C'est entendu. Mais il faut d'abord qu'il obtienne gain de cause à l'Élysée.

– Il ne peut pas y avoir de difficulté, n'est-ce pas ?

– Non. Vous voyez bien qu'il a cédé tout de suite.

Prasville continuait ses investigations à l'aide d'une loupe, puis en comparant la feuille au petit morceau de papier déchiré. Ensuite il la replaça contre la fenêtre. Ensuite il sortit de la cassette d'autres feuilles de papier à lettre, et il examina l'une d'elles en transparence.

– Voilà qui est fait, dit-il, ma conviction est établie. Vous me pardonnerez, chère amie, c'était un travail fort délicat... J'ai passé par plusieurs phases... car enfin, je me méfiais... et non sans raison...

– Que voulez-vous dire ? murmura Clarisse.

– Une seconde ; avant tout, il faut que je donne un ordre.

Il appela son secrétaire :

– Téléphonez immédiatement à la Présidence, je vous prie, que je m'excuse, mais que, pour des motifs dont je rendrai compte ultérieurement, l'audience est devenue inutile.

Il referma la porte et revint vers son bureau.

Clarisse et Lupin, debout, suffoqués, le regardaient avec stupeur, sans comprendre ce revirement subit. Était-il fou ? Était-ce une manœuvre de sa part ? un manque de parole ? et refusait-il, maintenant qu'il possédait la liste, de tenir ses engagements ?

Il la tendit à Clarisse.

– Vous pouvez la reprendre.

– La reprendre ?...

– Et la renvoyer à Daubrecq.

– A Daubrecq ?

– A moins que vous ne préfériez la brûler.

– Qu'est-ce que vous dites ?

– Je dis qu'à votre place je la brûlerais.

– Pourquoi dites-vous cela ? C'est absurde.

– C'est au contraire fort raisonnable.

– Mais pourquoi ? pourquoi ?

– Pourquoi ? Je vais vous l'expliquer. La liste des vingt-sept, et cela nous en avons la preuve irrécusable, la liste fut écrite sur une feuille de papier à lettre qui appartenait au Président de la Société du Canal, et dont voici, dans cette cassette, quelques échantillons. Or, tous ces échantillons portent comme marque de fabrique, une petite croix de Lorraine presque invisible, mais que vous pouvez voir en transparence dans l'épaisseur du papier. La feuille que vous m'apportez n'offre pas cette croix de Lorraine.

Lupin sentit qu'un tremblement nerveux l'agitait des pieds à la tête, et il n'osait tourner les yeux vers Clarisse dont il devinait l'épouvantable détresse, il l'entendit qui balbutiait :

– Il faudrait donc supposer... que Daubrecq a été roulé ?

– Jamais de la vie, s'exclama Prasville. C'est vous qui êtes roulée, ma pauvre amie. Daubrecq a la véritable liste, la liste qu'il a volée dans le coffre-fort du moribond.

– Mais celle-ci ?

– Celle-ci est fausse.

– Fausse ?

– Péremptoirement fausse. C'est une ruse admirable de Daubrecq. Hallucinée par le bouchon de cristal qu'il faisait miroiter à vos yeux, vous ne cherchiez que ce bouchon de cristal où il avait enfermé n'importe quoi... ce chiffon de papier, tandis que lui, bien paisible, il conservait...

Prasville s'interrompit. Clarisse s'avançait, à petits pas, toute rigide, l'air d'un automate. Elle articula :

Alors ?

– Alors, quoi, chère amie ?

– Vous refusez ?

– Certes, je suis dans l'obligation absolue...

– Vous refusez de faire cette démarche ?...

– Voyons, cette démarche est-elle possible ? Je ne puis pourtant pas, sur la foi d'un document sans valeur...

– Vous ne voulez pas ?... Vous ne voulez pas ?... Et, demain matin... dans quelques heures, Gilbert...

Elle était effrayante de pâleur, la figure toute creusée, pareille à une figure d'agonie. Ses yeux s'ouvraient démesurément, et ses mâchoires claquaient...

Lupin, redoutant les mots inutiles et dangereux qu'elle allait prononcer, la saisit aux épaules et tenta de l'entraîner. Mais elle le repoussa avec une force indomptable, fit encore deux ou trois pas, chancela comme si elle eût été sur le point de tomber, et tout à coup, secouée d'énergie et de désespoir, empoigna Prasville et proféra :

– Vous irez là-bas ... vous irez tout de suite ... il le faut ... il faut sauver Gilbert...

– Je vous en prie, chère amie, calmez-vous...

Elle eut un rire strident :

– Me calmer ! ... alors que Gilbert, demain matin... Ah non, j'ai peur... c'est horrible... Mais courez là-bas, misérable Obtenez sa grâce ! ... Vous ne comprenez donc pas ? Gilbert... Gilbert... mais c'est mon fils ! mon fils mon fils !

Prasville poussa un cri. La lame d'un couteau brillait dans la main de Clarisse, et elle levait le bras pour se frapper elle-même. Mais le geste ne fut pas achevé. M. Nicole avait saisi le bras au passage, et, désarmant Clarisse, la réduisant à l'immobilité, il prononçait d'une voix ardente :

– C'est fou ce que vous faites ! ... Puisque je vous ai juré de le sauver... Vivez donc pour lui... Gilbert ne mourra pas... Est-il possible qu'il meure, alors que je vous ai juré...

– Gilbert... mon fils... gémissait Clarisse.

Il l'étreignit violemment, la renversa contre lui et lui appliqua la main sur la bouche.

– Assez ! Taisez-vous... Je vous supplie de vous taire... Gilbert ne mourra pas ! ...

Avec une autorité irrésistible, il l'entraîna, comme une enfant domptée, soudain obéissante ; mais, au moment d'ouvrir la porte, il se retourna vers Prasville :

– Attendez-moi, monsieur, commanda-t-il, d'un ton impérieux. Si vous tenez à cette liste des vingt-sept... à la véritable liste, attendez-moi. Dans une heure, dans deux heures au plus, je serai ici, et nous causerons.

Puis, brusquement, à Clarisse :

– Et vous, madame, un peu de courage encore. Je vous l'ordonne, au nom de Gilbert.

Par les couloirs, par les escaliers, tenant Clarisse sous le bras, comme il eût tenu un mannequin, la soulevant, la portant presque, il s'en alla d'un pas saccadé. Une cour, et puis une autre cour, et puis la rue...

Pendant ce temps, Prasville, surpris d'abord, étourdi par les événements, recouvrait peu à peu son sang-froid et réfléchissait. Il réfléchissait à l'attitude de ce M. Nicole, simple comparse d'abord, qui jouait auprès de Clarisse le rôle de ces conseillers auxquels on se raccroche dans les crises de la vie, et qui, subitement, sortant de sa torpeur, apparaissait en pleine clarté, résolu, autoritaire, plein de fougue, débordant d'audace, prêt à renverser tous les obstacles que le destin lui opposerait.

Qui donc pouvait agir ainsi ?

Prasville tressaillit. La question ne s'était pas offerte à son esprit que la réponse s'imposait, avec une certitude absolue. Toutes les preuves surgissaient, toutes plus précises les unes que les autres, toutes plus irrécusables.

Une seule chose embarrassait Prasville. Le visage de M. Nicole, son apparence, n'avaient pas le plus petit rapport, si lointain fût-il, avec les photographies que Prasville connaissait de Lupin. C'était un homme entièrement *nouveau*, d'une autre taille, d'une autre corpulence, ayant une coupe de figure, une forme de bouche, une expression de regard, un teint, des cheveux, absolument différents de toutes les indications formulées sur le signalement de l'aventurier. Mais Prasville ne savait-il pas que toute la force de Lupin résidait précisément dans ce pouvoir prodigieux de transformation ? Il n'y avait pas de doute.

En hâte, Prasville sortit de son bureau. Rencontrant un brigadier de la Sûreté, il lui dit fébrilement :

– Vous arrivez ?

– Oui, monsieur le secrétaire général.

– Vous avez croisé un monsieur et une dame ?

– Oui, dans la cour, il y a quelques minutes.

– Vous reconnaîtriez cet individu ?

– Oui, je crois.

– Alors, pas une minute à perdre, brigadier... Prenez avec vous six inspecteurs. Rendez-vous place Clichy. Faites une enquête sur le sieur Nicole et surveillez la maison. Le sieur Nicole doit y rentrer.

– Et s'il n'y rentre pas, monsieur le secrétaire général ?

– Arrêtez-le. Voici un mandat.

Il revint dans son bureau, s'assit, et, sur une feuille spéciale, inscrivit un nom.

Le brigadier parut ahuri.

– Mais monsieur le secrétaire général m'a parlé d'un sieur Nicole.

– Eh bien ?

– Le mandat porte le nom d'Arsène Lupin.

– Arsène Lupin et le sieur Nicole ne sont qu'un seul et même personnage.

Chapitre 12

L'échafaud

– Je le sauverai, je le sauverai répétait inlassablement Lupin, dans l'auto qui l'emmenait ainsi que Clarisse. Je vous jure que je le sauverai.

Clarisse n'écoutait pas, comme engourdie, comme possédée par un grand cauchemar de mort qui la laissait étrangère à tout ce qui se passait en dehors d'elle. Et Lupin expliquait ses plans, plus encore peut-être pour se rassurer lui-même que pour convaincre Clarisse.

– Non, non, la partie n'est pas désespérée. Il reste un atout, un atout formidable, les lettres et les documents que l'ancien député Vorenglade offre à Daubrecq et dont celui-ci vous a parlé hier matin à Nice. Ces lettres et ces documents, je vais les acheter à Stanislas Vorenglade... le prix qu'il veut. Puis nous retournons à la Préfecture, et je dis à Prasville « Courez à la Présidence... Servez-vous de la liste comme si elle était authentique, et sauvez Gilbert de la mort, quitte à reconnaître demain, quand Gilbert sera sauvé, que cette liste est fausse... Allez, et au galop ! Sinon... Eh bien, sinon, les lettres et les documents Vorenglade paraissent demain matin, mardi, dans un grand journal. Vorenglade est arrêté. Le soir même on incarcère Prasville »

Lupin se frotta les mains.

– Il marchera !... Il marchera !... J'ai senti cela tout de suite en face de lui. L'affaire m'est apparue, certaine, infaillible. Et comme j'avais trouvé dans le portefeuille de Daubrecq l'adresse de Vorenglade... en route, chauffeur, boulevard Raspail !

Ils arrivaient à l'adresse indiquée. Lupin sauta de voiture, escalada trois étages.

La bonne lui répondit que M. Vorenglade était absent et ne rentrerait que le lendemain pour dîner.

– Et vous ne savez pas où il est ?

– Monsieur est à Londres.

En remontant dans l'auto, Lupin ne prononça pas une parole. De son côté, Clarisse ne l'interrogea même point, tellement tout lui était devenu indifférent, et tellement la mort de son fils lui semblait une chose accomplie.

Ils se firent conduire jusqu'à la place Clichy. Au moment où Lupin rentrait chez lui, il fut croisé par deux individus qui sortaient de la loge de la concierge. Très absorbé, il ne les remarqua pas. C'étaient deux des inspecteurs de Prasville qui cernaient la maison.

– Pas de télégramme ? demanda-t-il à son domestique.

– Non, patron, répondit Achille.

– Aucune nouvelle de Le Ballu et de Grognard ?

– Non, aucune, patron.

– C'est tout naturel, dit-il en s'adressant d'un ton dégagé à Clarisse. Il n'est que sept heures, et nous ne pouvons pas compter sur eux avant huit ou neuf heures. Prasville attendra, voilà tout. Je vais lui téléphoner d'attendre.

La communication finie, il raccrochait le récepteur lorsqu'il entendit derrière lui un gémissement. Debout près de la table, Clarisse lisait un journal du soir.

Elle porta la main à son cœur, vacilla et tomba.

– Achille, Achille, cria Lupin, appelant son domestique... Aidez-moi donc à la mettre sur ce lit... Et puis va chercher la fiole, dans le placard, la fiole numéro quatre, celle du narcotique.

Avec la pointe d'un couteau il desserra les dents de Clarisse, et, de force, lui fit avaler la moitié du flacon.

– Bien, dit-il. Comme ça, la malheureuse ne se réveillera que demain... après.

Il parcourut le journal que Clarisse avait lu, et qu'elle tenait encore dans sa main crispée, et il avisa ces lignes :

« Les mesures d'ordre les plus rigoureuses sont assurées en vue de l'exécution de Gilbert et de Vaucheray, et dans l'hypothèse toujours possible d'une tentative d'Arsène Lupin pour arracher ses complices au châtiment suprême. Dès minuit toutes les rues qui entourent la prison de la Santé seront gardées militairement. On sait en effet que l'exécution aura lieu devant les murs de la prison, sur le terre-plein du boulevard Arago.

« Nous avons pu avoir des renseignements sur le moral des deux condamnés à mort. Vaucheray, toujours cynique, attend l'issue fatale avec beaucoup de courage. "Fichtre dit-il, ça ne me réjouit pas, mais enfin, puisqu'il faut y passer, on se tiendra d'aplomb..." Et il ajoute "La mort, je m'en fiche. Ce qui me tracasse, c'est l'idée qu'on va me couper la tête. Ah ! si le patron trouvait un truc pour m'envoyer dans l'autre monde, tout droit, sans que j'aie le temps de dire ouf ! Un peu de strychnine, patron, s'il vous plaît."

« Le calme de Gilbert est encore plus impressionnant, surtout quand on se rappelle son effondrement en Cour d'assises. Pour lui, il garde une confiance inébranlable dans la toute puissance d'Arsène Lupin. "Le patron m'a crié devant tout le monde de ne pas avoir peur, qu'il était là, qu'il répondrait de tout. Eh bien, je n'ai pas peur. Jusqu'au dernier jour, jusqu'à la dernière minute, au pied même de l'échafaud, je compte sur lui. C'est que je le connais, le patron ! Avec celui-là, rien à craindre. Il a promis, il tiendra. Ma tête sauterait qu'il arriverait à me la replanter sur les épaules, et solidement. Arsène Lupin, laisser mourir son petit Gilbert ? Ah non, permettez-moi de rigoler !"

« Il y a dans cet enthousiasme quelque chose de touchant et d'ingénu qui n'est pas sans noblesse. Nous verrons si Arsène Lupin mérite une confiance aussi aveugle. »

C'est à peine si Lupin put achever cet article, tellement les larmes voilaient ses yeux, larmes d'attendrissement, larmes de pitié, larmes de détresse.

Non, il ne la méritait pas la confiance de son petit Gilbert. Certes, il avait fait l'impossible, mais il est des circonstances où il faut faire plus que l'impossible, où il faut être plus fort que le destin, et, cette fois, le destin était plus fort que lui. Dès le premier jour et tout au long de cette lamentable aventure, les événements avaient marché dans un sens contraire à ses prévisions, contraire à la logique même. Clarisse et lui, bien que poursuivant un but identique, avaient perdu des semaines à se combattre. Puis, à l'instant même où ils unissaient leurs efforts, coup sur coup se produisaient les désastres effarants, l'enlèvement du petit Jacques, la disparition de Daubrecq, sa captivité dans la tour des Deux-Amants, la blessure de Lupin, son inaction, et puis les fausses manœuvres qui entraînaient Clarisse, et derrière elle, Lupin, vers le Midi, vers l'Italie. Et puis, catastrophe suprême, lorsque, après des prodiges de volonté, des miracles d'obstination, on pouvait croire que la Toison d'Or était conquise, tout s'effondrait. La liste des vingt-sept n'avait pas plus de valeur que le plus insignifiant des chiffons de papier...

« Bas les armes ! dit Lupin. La défaite est consommée. J'aurai beau me venger sur Daubrecq, le ruiner et l'anéantir... Le véritable vaincu c'est moi, puisque Gilbert va mourir... »

Il pleura de nouveau, non pas de dépit ou de rage, mais de désespoir. Gilbert allait mourir ! Celui qu'il appelait son petit, le meilleur de ses compagnons, celui-là, dans quelques heures, allait disparaître à jamais. Il ne pouvait plus le sauver. Il était à bout de ressources. Il ne cherchait même plus un dernier expédient. A quoi bon ?

Tôt ou tard, ne le savait-il pas, la société prend sa revanche, l'heure de l'expiation sonne toujours, et il n'est pas de criminel qui puisse prétendre échapper au châtiment. Mais quel surcroît d'horreur dans ce fait que la victime choisie était ce malheureux Gilbert, innocent du crime pour lequel il allait mourir. N'y avait-il pas là quelque chose de tragique, qui marquait davantage l'impuissance de Lupin ?

Et la conviction de cette impuissance était si profonde, si définitive, que Lupin n'eut aucune révolte en recevant ce télégramme de Le Ballu : « Accident de moteur. Une pièce cassée. Réparation assez longue. Arriverons demain matin. »

Une dernière preuve lui venait ainsi que le destin avait prononcé la sentence. Il ne songea pas davantage à s'insurger contre cette décision du sort.

Il regarda Clarisse. Elle dormait d'un sommeil paisible, et cet oubli de tout, cette inconscience, lui parurent si enviables que, soudain, pris à son tour d'un accès de lâcheté, il saisit la fiole, à moitié pleine encore de narcotique, et but.

Puis il s'en alla dans sa chambre, s'étendit sur son lit et sonna son domestique :

– Va te coucher, Achille, et ne me réveille sous aucun prétexte.

– Alors, patron, lui dit Achille, pour Gilbert et Vaucheray, rien à faire ?

– Rien.

– Ils y passeront ?

– Ils y passeront.

Vingt minutes après Lupin s'assoupissait.

Il était dix heures du soir.

Cette nuit-là fut tumultueuse autour de la prison. A une heure du matin la rue de la Santé, le boulevard Arago, et toutes les rues qui aboutissent autour de la prison, furent gardés par des agents qui ne laissaient passer qu'après un véritable interrogatoire.

D'ailleurs la pluie faisait rage, et il ne semblait pas que les amateurs de ces sortes de spectacles dussent être nombreux. Par ordre spécial, tous les cabarets furent fermés vers trois heures, deux compagnies d'infanterie vinrent camper sur les trottoirs et, en cas d'alerte, un bataillon occupa le boulevard Arago. Parmi les troupes trottaient des gardes municipaux, allaient et venaient des officiers de paix, des fonctionnaires de la Préfecture, tout un personnel mobilisé pour la circonstance et contrairement aux habitudes.

La guillotine fut montée dans le silence, au milieu du terre-plein qui s'ouvre à l'angle du boulevard et de la rue, et l'on entendait le bruit sinistre des marteaux.

Mais vers quatre heures la foule s'amassa, malgré la pluie, et des gens chantèrent. On réclama des lampions, et puis le lever du rideau, et l'on s'exaspérait de constater que, à cause de la distance où les barrages étaient établis, c'est à peine si l'on pouvait apercevoir les montants de la guillotine.

Plusieurs voitures défilèrent, amenant les personnages officiels vêtus de noir. Il y eut dès applaudissements, des protestations, en suite de quoi un peloton de gardes municipaux à cheval dispersa les rassemblements et fit le vide jusqu'à plus de trois cents mètres du terre-plein. Deux nouvelles compagnies de soldats se déployèrent.

Et tout d'un coup ce fut le grand silence. Une blancheur confuse se dégageait des ténèbres de l'espace.

La pluie cessa brusquement.

A l'intérieur, au bout du couloir où se trouvent les cellules des condamnés à mort, les personnages vêtus de noir conversaient à voix basse.

Prasville s'entretenait avec le Procureur de la République, qui lui manifestait ses craintes.

– Mais non, mais non, affirma Prasville, je vous assure que cela se passera sans incidents.

– Les rapports ne signalent rien d'équivoque, monsieur le secrétaire général ?

– Rien. Et ils ne peuvent rien signaler pour cette raison que nous tenons Lupin.

– Est-ce possible ?

– Oui, nous connaissons sa retraite. La maison qu'il habite place Clichy, et dans laquelle il est rentré hier à sept heures du soir, est cernée. En outre je connais le plan qu'il avait conçu pour sauver ses deux complices. Ce plan, au dernier moment, a avorté. Nous n'avons donc rien à craindre. La justice suivra son cours.

– Peut-être le regrettera-t-on un jour ou l'autre, dit l'avocat de Gilbert qui avait entendu.

– Vous croyez donc, mon cher maître, à l'innocence de votre client ?

– Fermement, monsieur le procureur. C'est un innocent qui va mourir.

Le procureur se tut. Mais, après un instant, et comme s'il eut répondu à ses propres réflexions, il avoua :

– Cette affaire a été menée avec une rapidité surprenante.

Et l'avocat répéta d'une voix altérée :

– C'est un innocent qui va mourir.

L'heure était venue cependant.

On commença par Vaucheray, et le directeur fit ouvrir la porte de la cellule.

Vaucheray bondit de son lit et regarda, avec des yeux agrandis par la terreur, les gens qui entraient.

– Vaucheray, nous venons vous annoncer...

– Taisez-vous, taisez-vous, murmura-t-il. Pas de mots. Je sais de quoi il retourne. Allons-y.

On eût dit qu'il avait hâte d'en finir le plus vite possible, tellement il se prêtait aux préparatifs habituels. Mais il n'admettait point qu'on lui parlât.

– Pas de mots, répétait-il... Quoi ? me confesser ? Pas la peine. J'ai tué. On me tue. C'est la règle. Nous sommes quittes.

Un moment néanmoins, il s'arrêta net.

– Dites donc ? est-ce que le camarade y passe aussi ?...

Et quand il sut que Gilbert irait au supplice en même temps que lui, il eut deux ou trois secondes d'hésitation, observa les assistants, sembla prêt à dire quelque chose, haussa les épaules, et, enfin, murmura :

– Ça vaut mieux... On a fait le coup ensemble... on « trinquera » ensemble.

Gilbert ne dormait pas non plus quand on entra dans sa cellule. Assis sur son lit, il écouta les paroles terribles, essaya de se lever, se mit à trembler des pieds à la tête, comme un squelette que l'on secoue, et puis retomba en sanglotant.

– Ah ! ma pauvre maman... ma pauvre maman, bégaya-t-il.

On voulut l'interroger sur cette mère dont il n'avait jamais parlé, mais une révolte brusque avait interrompu ses pleurs, et il criait :

– Je n'ai pas tué... je ne veux pas mourir... je n'ai pas tué !

– Gilbert, lui dit-on, il faut avoir du courage.

– Oui... oui... mais puisque je n'ai pas tué, pourquoi me faire mourir ?... je n'ai pas tué... je vous le jure... je n'ai pas tué... je ne veux pas mourir... je n'ai pas tué... on ne devrait pas...

Ses dents claquaient si fort que les mots devenaient inintelligibles. Il se laissa faire, se confessa, entendit la messe, puis, plus calme, presque docile, avec une voix de petit enfant qui se résigne, il gémit :

– Il faudra dire à ma mère que je lui demande pardon.

– Votre mère ?

– Oui... Qu'on répète mes paroles dans les journaux... Elle comprendra... Elle sait que je n'ai pas tué, elle. Mais je lui demande pardon du mal que je lui fais, du mal que j'ai pu faire. Et puis...

– Et puis, Gilbert ?

– Eh bien, je veux que le « patron » sache que je n'ai pas perdu confiance...

Il examina les assistants les uns après les autres, comme s'il eût eu le fol espoir que le « patron » fût un de ceux-là, déguisé, méconnaissable, et prêt à l'emporter dans ses bras.

– Oui, dit-il doucement, et avec une sorte de piété religieuse, oui, j'ai confiance encore, même en ce moment... Qu'il sache bien cela, n'est-ce pas ?... Je suis sûr qu'il ne me laissera pas mourir... j'en suis sûr.

On devinait, au regard de ses yeux fixes, qu'il voyait Lupin, qu'il sentait l'ombre de Lupin rôder aux alentours et chercher une issue pour pénétrer jusqu'à lui. Et rien n'était plus émouvant que le spectacle de cet enfant, vêtu de la camisole de force, dont les bras et les jambes étaient liés, que des milliers d'hommes gardaient, que le bourreau tenait déjà sous sa main inexorable et qui, cependant, espérait encore.

L'angoisse étreignait les cœurs. Les yeux se voilaient de larmes.

– Pauvre gosse ! balbutia quelqu'un.

Prasville, ému comme les autres et qui songeait à Clarisse, répéta tout bas :

– Pauvre gosse ! ...

L'avocat de Gilbert pleurait, et il ne cessait de dire aux personnes qui se trouvaient près de lui :

– C'est un innocent qui va mourir.

Mais l'heure avait sonné, les préparatifs étaient finis. On se mit en marche.

Les deux groupes se réunirent dans le couloir.

Vaucheray, apercevant Gilbert, ricana :

– Dis donc, petit, le patron nous a lâchés.

Et il ajouta cette phrase que personne ne pouvait comprendre, sauf Prasville :

– Sans doute qu'il aime mieux empocher les bénéfices du bouchon de cristal.

On descendit les escaliers. On s'arrêta au Greffe pour les formalités d'usage. On traversa les cours. Étape interminable, affreuse...

Et, tout à coup, dans l'encadrement de la grand-porte ouverte, le jour blême, la pluie, la rue, les silhouettes des maisons, et, au loin, des rumeurs qui frissonnent dans le silence effrayant...

On marcha le long du mur, jusqu'à l'angle du boulevard.

Quelques pas encore... Vaucheray eut un recul. Il avait vu :

Gilbert rampait, la tête baissée, soutenu par un aide et par l'aumônier qui lui faisait baiser le crucifix.

La guillotine se dressa...

– Non, non, protesta Gilbert... je ne veux pas... je n'ai pas tué... je n'ai pas tué... Au secours ! au secours !

Appel suprême qui se perdit dans l'espace.

Le bourreau eut un geste. On empoigna Vaucheray, on le souleva, on l'entraîna, au pas de course presque.

Et alors il se produisit cette chose stupéfiante un coup de feu, un coup de feu qui partit d'en face, d'une maison opposée.

Les aides s'arrêtèrent net.

Entre leurs bras, le fardeau qu'ils traînaient avait fléchi.

– Qu'est-ce qu'il y a ? Qu'y a-t-il ? demandait-on.

– Il est blessé...

Du sang jaillissait au front de Vaucheray, et lui couvrait le visage.

Il bredouilla :

– Ça y est... dans le mille ! merci, patron, merci... j'aurai pas la tête coupée... merci, patron ! ... Ah ! quel chic type !...

– Qu'on l'achève ! qu'on le porte là-bas ! dit une voix au milieu de l'affolement.

– Mais il est mort !

– Allez-y... Qu'on l'achève !

Dans le petit groupe des magistrats, des fonctionnaires et des agents, le tumulte était à son comble. Chacun donnait des ordres.

– Qu'on l'exécute !... Que la justice suive son cours !... On n'a pas le droit de reculer ! ... Ce serait de la lâcheté... Qu'on l'exécute !

– Mais il est mort !

– Ça ne fait rien ! ... Il faut que les arrêts de justice soient accomplis ! ... Qu'on l'exécute !

L'aumônier protestait, tandis que deux gardes et que des agents surveillaient Gilbert. Cependant les aides avaient repris le cadavre et le portaient vers la guillotine.

– Allez-y criait l'exécuteur, effaré, la voix rauque... allez-y ! ... Et puis, l'autre après... Dépêchons...

Il n'acheva pas. Une seconde détonation retentissait. Il pirouetta sur lui-même et tomba, en gémissant :

– Ce n'est rien... une blessure à l'épaule... Continuez... Au tour de l'autre !...

Mais les aides s'enfuyaient en hurlant. Un vide se produisit autour de la guillotine. Et le Préfet de Police, qui seul avait conservé tout son sang-froid, jeta un commandement d'une voix stridente, rallia ses hommes et refoula vers la prison, pêle-mêle, comme un troupeau désordonné, les magistrats, les fonctionnaires, le condamné à mort, l'aumônier, tous ceux qui avaient franchi la voûte deux ou trois minutes auparavant.

Pendant ce temps, insouciante du danger, une escouade d'agents, d'inspecteurs et de soldats se ruaient sur la maison, une petite maison à trois étages, de construction déjà ancienne, et dont le rez-de-chaussée était occupé par deux boutiques fermées à cette heure. Tout de suite, dès le premier coup de feu, on avait vu confusément, à l'une des fenêtres du deuxième étage, un homme qui tenait un fusil en main, et qu'un nuage de fumée entourait.

On tira, sans l'atteindre, des coups de revolver. Lui, tranquillement monté sur une table, épaula une seconde fois, visa, et la détonation claqua.

Puis il rentra dans la chambre.

En bas, comme personne ne répondait à l'appel de la sonnette, on démolissait la porte qui, en quelques instants, fut abattue.

On se précipita dans l'escalier, mais, aussitôt, un obstacle arrêta l'élan. C'était, au premier étage, un amoncellement de fauteuils, de lits et de meubles qui formaient une véritable barricade et qui s'enchevêtraient si bien les uns dans les autres qu'il fallut aux assaillants quatre ou cinq minutes pour se frayer un passage.

Ces quatre ou cinq minutes perdues suffirent à rendre vaine toute poursuite. Quand on parvint au deuxième, on entendit une voix qui criait d'en haut :

– Par ici, les amis ! encore dix-huit marches. Mille excuses pour tout le mal que je vous donne !

On les monta, ces dix-huit marches, et avec quelle agilité ! Mais, en haut, au-dessus du troisième étage, c'était le grenier, le grenier auquel on accédait par une échelle et par une trappe. Et le fugitif avait emporté l'échelle et refermé la trappe.

On n'a pas oublié le tumulte soulevé par cet acte inouï, les éditions des journaux se succédant, les camelots galopant et vociférant à travers les rues, toute la capitale secouée d'indignation et, disons-le, de curiosité anxieuse.

Mais ce fut à la Préfecture que l'agitation atteignit son paroxysme. De tous côtés, on s'agitait. Les messages, les dépêches, les coups de téléphone se succédaient.

Enfin, à onze heures du matin, il y eut un conciliabule dans le bureau du Préfet de Police. Prasville était là. Le chef de la Sûreté rendait compte de son enquête.

Elle se résumait ainsi :

La veille au soir, un peu avant minuit, on avait sonné à la maison du boulevard Arago. La concierge qui couchait dans un réduit au rez-de-chaussée, derrière la boutique, la concierge tira le cordon.

Un homme vint frapper à sa porte. Il se disait envoyé par la police pour affaire urgente concernant l'exécution du lendemain. Ayant ouvert, elle fut assaillie, bâillonnée et attachée.

Dix minutes plus tard, un monsieur et une dame qui habitaient au premier étage, et qui rentraient chez eux, furent également réduits à l'impuissance par le même individu et enfermés chacun dans une des deux boutiques vides. Le locataire du troisième étage subit un sort analogue, mais à domicile, dans sa propre chambre, où l'homme put s'introduire sans être entendu. Le second étage n'étant pas occupé, l'homme s'y installa. Il était maître de la maison.

– Et voilà, dit le Préfet de Police, qui se mit à rire, avec une certaine amertume... voilà ce n'est pas plus malin que ça ! Seulement, ce qui m'étonne, c'est qu'il ait pu s'enfuir si aisément.

– Je vous prie de noter, monsieur le Préfet, qu'étant maître absolu de la maison à partir d'une heure du matin, il a eu jusqu'à cinq heures pour préparer sa fuite.

– Et cette fuite a eu lieu ?

– Par les toits. A cet endroit, les maisons de la rue voisine, la rue de la Glacière, ne sont pas éloignées, et il ne se présente, entre les toits, qu'une seule solution de continuité, large de trois mètres environ, avec une différence de niveau d'un mètre.

– Eh bien ?

– Eh bien, notre homme avait emporté l'échelle du grenier, qui lui servit ainsi de passerelle. Ayant abordé l'autre îlot d'immeubles, il ne lui restait plus qu'à inspecter les lucarnes et à trouver une mansarde vide pour s'introduire dans une maison de la rue de la Glacière et pour s'en aller tranquillement les mains dans ses poches. C'est ainsi que sa fuite, dûment préparée, s'effectua le plus facilement du monde et sans le moindre obstacle.

– Cependant vous aviez pris les mesures nécessaires ?

– Celles que vous m'aviez prescrites, monsieur le Préfet. Mes agents avaient passé trois heures hier soir à visiter chacune des maisons, afin d'être sûrs que personne d'étranger ne s'y cachait. Au moment où ils sortaient de la dernière maison, je faisais établir les barrages. C'est pendant cet intervalle de quelques minutes que notre homme a dû se glisser.

– Parfait ! Et, bien entendu, pour vous, aucun doute. C'est Arsène Lupin ?

– Aucun doute. D'abord il s'agissait de ses complices. Et puis... seul, Arsène Lupin pouvait combiner un pareil coup et l'exécuter avec cette audace inconcevable.

– Mais alors ?... murmura le Préfet de Police.

Et, se tournant vers Prasville, il reprit :

– Mais alors, monsieur Prasville, cet individu dont vous m'avez parlé et que, d'accord avec M. le chef de la Sûreté, vous faites surveiller, depuis hier soir, dans son appartement de la place Clichy... cet individu n'est pas Arsène Lupin ?

– Si, monsieur le Préfet. Là-dessus, non plus, aucun doute.

– On ne l'a donc pas arrêté quand il est sorti cette nuit ?

– Il n'est pas sorti.

– Oh ! oh cela devient compliqué.

– Très simple, monsieur le Préfet. Comme toutes les maisons où l'on retrouve les traces d'Arsène Lupin, celle de la place Clichy a deux issues.

– Et vous l'ignoriez ?

– Je l'ignorais. C'est tout à l'heure que je l'ai constaté en visitant l'appartement.

– Il n'y avait personne dans cet appartement ?

– Personne. Ce matin, le domestique, un nommé Achille, est parti, emmenant une dame qui demeurait chez Lupin.

– Le nom de cette dame ?

– Je ne sais pas, répondit Prasville, après une imperceptible hésitation.

– Mais vous savez le nom sous lequel habitait Arsène Lupin ?

– Oui. M. Nicole, professeur libre, licencié ès lettres. Voici sa carte.

Comme Prasville achevait sa phrase, un huissier vint annoncer au Préfet de Police qu'on le demandait en hâte à l'Élysée où se trouvait déjà le Président du Conseil.

– J'y vais, dit-il. Et il ajouta entre ses dents « C'est le sort de Gilbert qui va se décider. »

Prasville hasarda :

– Croyez-vous qu'on le graciera, monsieur le Préfet ?

– Jamais de la vie ! Après le coup de cette nuit, ce serait d'un effet déplorable. Dès demain matin, il faut que Gilbert paie sa dette.

En même temps, l'huissier avait remis une carte de visite à Prasville. Celui-ci, l'ayant regardée, tressauta et murmura :

– Crénom d'un chien il a du culot !...

– Qu'y a-t-il donc ? demanda le Préfet de Police.

– Rien, rien, monsieur le Préfet, affirma Prasville, qui voulait avoir pour lui seul l'honneur de mener cette affaire jusqu'au bout... Rien... une visite un peu imprévue... dont j'aurai le plaisir de vous communiquer le résultat tantôt.

Il s'en alla, tout en mâchonnant d'un air ahuri :

– Eh bien ! vrai... il en a du culot, celui-là, non, mais quel culot ! Sur la carte de visite qu'il tenait en main, il y avait cette inscription : Monsieur Nicole, Professeur libre, licencié ès lettres.

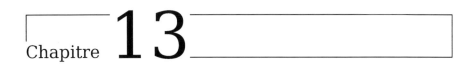

Chapitre 13

La dernière bataille

En regagnant son cabinet, Prasville reconnut dans la salle d'attente, assis sur une banquette, le sieur Nicole, avec son dos voûté, son air souffreteux, son parapluie de cotonnade, son chapeau bossué et son unique gant.

« C'est bien lui, se dit Prasville, qui avait craint un instant que Lupin ne lui eût dépêché un autre sieur Nicole. Et s'il vient en personne, c'est qu'il ne se doute nullement qu'il est démasqué. »

Et, pour la troisième fois, il prononça :

– Tout de même, quel culot !

Il referma la porte de son cabinet et fit venir son secrétaire.

– Monsieur Lartigue, je vais recevoir ici un personnage assez dangereux et qui, selon toute probabilité, ne devra sortir de mon cabinet que le cabriolet aux mains. Aussitôt qu'on l'aura introduit, veuillez prendre toutes les dispositions nécessaires, avertir une douzaine d'inspecteurs, et les poster dans l'antichambre et dans votre bureau. La consigne est formelle : au premier coup de sonnette, vous entrez tous, le revolver au poing, et vous entourez le personnage. C'est compris ?

– Oui, monsieur le secrétaire général.

– Surtout, pas d'hésitation. Une entrée brusque, en masse, et le browning au poing. « A la dure », n'est-ce pas ? Faites venir le sieur Nicole, je vous prie.

Dès qu'il fut seul, Prasville, à l'aide de quelques papiers, cacha le bouton de la sonnette électrique disposé sur son bureau, et plaça derrière un rempart de livres deux revolvers de dimensions respectables.

« Maintenant, se dit-il, jouons serré. S'il a la liste, prenons-la. S'il ne l'a pas, prenons-le. Et, si c'est possible, prenons-les tous les deux. Lupin et la liste des vingt-sept dans la même journée, et surtout après le scandale de ce matin, voilà qui me mettrait singulièrement en lumière. »

On frappait. Il cria :

– Entrez !

Et, se levant :

– Entrez donc, monsieur Nicole.

M. Nicole s'aventura dans la pièce d'un pas timide, s'installa sur l'extrême bord de la chaise qu'on lui désignait, et articula :

– Je viens reprendre... notre conversation d'hier... Vous excuserez mon retard, monsieur.

– Une seconde, dit Prasville. Vous permettez ?

Il se dirigea vivement vers l'antichambre et, apercevant son secrétaire :

– J'oubliais, monsieur Lartigue. Qu'on inspecte les couloirs et les escaliers... au cas où il y aurait des complices.

Il revint, s'installa bien à son aise, comme pour une longue conversation à laquelle on s'intéresse fort, et il commença :

– Vous disiez donc, monsieur Nicole ?

– Je disais, monsieur le secrétaire général, que je m'excusais de vous avoir fait attendre hier soir. Divers empêchements m'ont retenu, Mme Mergy, d'abord...

– Oui, Mme Mergy que vous avez dû reconduire.

– En effet, et que j'ai dû soigner. Vous comprenez son désespoir, à la malheureuse. Son fils Gilbert, si près de la mort... Et quelle mort ! A cette heure-là, nous ne pouvions plus compter que sur un miracle... impossible... Moi-même je me résignais à l'inévitable... N'est-ce pas ? Quand le sort s'acharne après vous, on finit par se décourager.

Mais, remarqua Prasville, il m'avait semblé que votre dessein, en me quittant, était d'arracher à Daubrecq son secret coûte que coûte.

– Certes. Mais Daubrecq n'était pas à Paris.

– Ah !

– Non. Je le faisais voyager en automobile.

– Vous avez donc une automobile, monsieur Nicole ?

– A l'occasion, oui, une vieille machine démodée, un vulgaire tacot. Il voyageait donc en automobile, ou plutôt, sur le toit d'une automobile, au fond de la malle où je l'avais enfermé. Et l'automobile, hélas ! ne pouvait arriver qu'après l'exécution. Alors...

Prasville observa M. Nicole d'un air stupéfait, et, s'il avait pu conserver le moindre doute sur l'identité réelle du personnage, cette façon d'agir envers Daubrecq le lui eût enlevé. Bigre ! Enfermer quelqu'un dans une malle et le jucher sur le haut d'une automobile !... Lupin seul se permettait ces fantaisies, et Lupin seul les confessait avec ce flegme ingénu !

– Alors ? dit Prasville, qu'avez-vous décidé ?

– J'ai cherché un autre moyen.

– Lequel ?

– Mais, monsieur le secrétaire général, il me semble que vous le savez aussi bien que moi.

– Comment ?

– Dame ! n'assistiez-vous pas à l'exécution ?

– Oui.

– En ce cas, vous avez vu Vaucheray et le bourreau frappés tous les deux, l'un mortellement, l'autre, d'une blessure légère. Et vous devez bien penser...

– Ah fit Prasville, ahuri. Vous avouez... c'est vous qui avez tiré... ce matin ?

– Voyons, monsieur le secrétaire général, réfléchissez. Pouvais-je choisir ? La liste des vingt-sept, examinée par vous, était fausse. Daubrecq, qui possédait la véritable, n'arrivait que quelques heures après l'exécution. Il ne me restait donc qu'un moyen de sauver Gilbert et d'obtenir sa grâce, c'était de retarder cette exécution de quelques heures.

– Évidemment...

– N'est-ce pas ? En abattant cette brute infâme, ce criminel endurci qui s'appelait Vaucheray, puis en blessant le bourreau, je semais le désordre et la panique. Je rendais matériellement et moralement impossible l'exécution de Gilbert, et je gagnais les quelques heures qui m'étaient indispensables.

– Évidemment... répéta Prasville.

Et Lupin reprit :

– N'est-ce pas ? Cela nous donne à tous, au gouvernement, au chef de l'État, et à moi, le temps de réfléchir et de voir un peu clair, dans cette question. Non, mais songez à cela, l'exécution d'un innocent ! la tête d'un innocent qui tombe pourrais-je donner une telle autorisation ? Non, à aucun prix. Il fallait agir. J'ai agi. Qu'en pensez-vous, monsieur le secrétaire général ?

Prasville pensait bien des choses, et surtout que le sieur Nicole faisait preuve, comme on dit, d'un toupet infernal, d'un tel toupet qu'il y avait lieu de se demander si vraiment on devait confondre Nicole avec Lupin et Lupin avec Nicole.

– Je pense, monsieur Nicole, que, pour tuer à la distance de cent cinquante pas un individu que l'on veut tuer, et pour blesser un autre individu que l'on ne veut que blesser, il faut être rudement adroit.

– J'ai quelque entraînement, dit M. Nicole d'un air modeste.

– Et je pense aussi que votre plan ne peut être que le fruit d'une longue préparation.

– Mais pas du tout ! c'est ce qui vous trompe ! Il fut absolument spontané ! Si mon domestique, ou plutôt si le domestique de l'ami qui m'a prêté son appartement de la place Clichy, ne m'avait pas réveillé de force pour me dire qu'il avait servi autrefois comme garçon de magasin dans cette petite maison du boulevard Arago, que les locataires étaient peu nombreux, et qu'il y avait peut-être quelque chose à tenter, à l'heure actuelle ce pauvre Gilbert aurait la tête coupée... et Mme Mergy serait morte tout probablement.

– Ah ?... Vous croyez ?...

– J'en suis sûr. Et c'est pourquoi j'ai sauté sur l'idée de ce fidèle domestique. Ah ! seulement, vous m'avez bien gêné, monsieur le secrétaire général !

– Moi ?

– Mais oui ! Voilà-t-il que vous aviez eu la précaution biscornue de poster douze hommes à la porte de ma maison ? Il m'a fallu remonter les cinq étages de l'escalier de service, et m'en aller par le couloir des domestiques et par la maison voisine. Fatigue inutile !

– Désolé, monsieur Nicole. Une autre fois...

– C'est comme ce matin, à huit heures, lorsque j'attendais l'auto qui m'amenait Daubrecq dans sa malle, j'ai dû faire le pied de grue sur la place de Clichy pour que cette auto ne s'arrêtât point devant la porte de mon domicile, et pour que vos agents n'intervinssent pas dans mes petites affaires. Sans quoi, de nouveau, Gilbert et Clarisse Mergy étaient perdus.

– Mais, dit Prasville, ces événements... douloureux ne sont, il me semble, que retardés d'un jour, de deux, de trois tout au plus. Pour les conjurer définitivement, il faudrait...

– La liste véritable, n'est-ce pas ?

– Justement et vous ne l'avez peut-être pas...

– Je l'ai.

– La liste authentique ?

– La liste authentique, irréfutablement authentique.

– Avec la croix de Lorraine ?

– Avec la croix de Lorraine.

Prasville se tut. Une émotion violente l'étreignait, maintenant que le duel s'engageait avec cet adversaire dont il connaissait l'effrayante supériorité, et il frissonnait à l'idée qu'Arsène Lupin, le formidable Arsène Lupin, était en face de lui, calme, paisible, poursuivant son but avec autant de sang-froid que s'il eût eu entre les mains toutes les armes, et qu'il se fût trouvé devant un ennemi désarmé.

N'osant encore l'attaque de front, presque intimidé, Prasville dit :

– Ainsi Daubrecq vous l'a livrée ?

– Daubrecq ne livre rien. Je l'ai prise.

– De force, par conséquent ?

– Mon Dieu, non, dit M. Nicole, en riant. Ah certes, j'étais résolu à tout, et lorsque ce bon Daubrecq fut exhumé par mes soins de la malle où il voyageait en grande vitesse, avec, comme alimentation, quelques gouttes de chloroforme, j'avais préparé la chose pour que la danse commençât sur l'heure. Oh ! pas d'inutiles tortures... Pas de vaines souffrances... Non... La mort simplement... La pointe d'une longue aiguille qu'on place sur la poitrine, à l'endroit du coeur, et que l'on enfonce peu à peu, doucement, gentiment. Pas autre chose... Mais cette pointe, c'était Mme Mergy qui l'aurait dirigée... Vous comprenez... une mère, c'est impitoyable... une mère dont le fils va mourir !... "Parle, Daubrecq, ou j'enfonce... Tu ne veux pas parler ? Alors, je gagne un millimètre.., et puis un autre encore..." Et le coeur du patient s'arrête de battre, ce coeur qui sent l'approche de l'aiguille... Et puis un millimètre encore... et puis un autre encore... Ah je vous jure Dieu qu'il eût parlé, le bandit ! Et penchés sur lui, nous attendions son réveil, en frémissant d'impatience, tellement nous avions hâte... Vous voyez d'ici, monsieur le secrétaire général ? Le bandit couché sur un divan, bien garrotté, la poitrine nue, et faisant des efforts pour se dégager des fumées de chloroforme qui l'étourdissent. Il respire plus vite... Il souffle... Il reprend conscience... Ses lèvres s'agitent... Déjà Clarisse Mergy murmure :

« C'est moi... c'est moi, Clarisse... tu veux répondre, misérable ?

« Elle a posé son doigt sur la poitrine de Daubrecq, à la place où le cœur remue comme une petite bête cachée sous la peau. Mais elle me dit :

« Ses yeux... ses yeux... je ne les vois pas sous les lunettes... je veux les voir...

« Et moi aussi, je veux les voir, ces yeux que j'ignore... je veux lire en eux, avant même d'entendre une parole, le secret qui jaillira du fond de l'être épouvanté. Je veux voir. Je suis avide de voir. Déjà l'acte que je vais accomplir me surexcite. Il me semble que, quand j'aurai vu, le voile se déchirera. Je saurai. C'est un pressentiment. C'est l'intuition profonde de la vérité qui me bouleverse. Le lorgnon n'est plus là. Mais les grosses lunettes opaques y sont encore. Et je les arrache brusquement. Et, brusquement, secoué par une vision déconcertante, ébloui par la clarté soudaine qui me frappe, et riant, mais riant à me décrocher la mâchoire, d'un coup de pouce, hop là je lui fais sauter l'œil gauche ! »

M. Nicole riait vraiment, et, comme il le disait, à s'en décrocher la mâchoire. Et ce n'était plus le timide petit pion de province, onctueux et sournois, mais un gaillard plein d'aplomb, qui avait déclamé et mimé toute la scène avec une fougue impressionnante, et qui, maintenant, riait d'un rire strident que Prasville ne pouvait écouter sans malaise.

– Hop là ! Saute, marquis ! Hors de la niche, Azor ! Deux yeux, pour quoi faire ? C'est un de trop. Hop là ! Non mais, Clarisse, regardez celui-là qui roule sur le tapis. Attention, œil de Daubrecq ! Gare à la salamandre !

M. Nicole, qui s'était levé et qui simulait une chasse à travers la pièce, se rassit, sortit un objet de sa poche, le fit rouler dans le creux de sa main, comme une bille, le fit sauter en l'air comme une balle, le remit en son gousset et déclara froidement :

– L'œil gauche de Daubrecq.

Prasville était abasourdi. Où voulait donc en venir son étrange visiteur ? et que signifiait toute cette histoire ? Très pâle, il prononça :

– Expliquez-vous ?

– Mais c'est tout expliqué, il me semble. Et c'est tellement conforme à la réalité des choses ! tellement conforme à toutes les hypothèses que je faisais malgré moi, depuis quelque temps, et qui m'auraient conduit fatalement au but si ce satané Daubrecq ne m'en avait détourné si habilement ! Eh oui ! réfléchissez... suivez la marque de mes suppositions « Puisqu'on ne découvre la liste nulle part en dehors de Daubrecq, me disais-je, c'est que cette liste ne se trouve pas en dehors de Daubrecq. Et puisqu'on ne la découvre point dans les vêtements qu'il porte, c'est qu'elle se trouve cachée plus profondément encore, en lui-même, pour parler plus clairement, à même sa chair... sous sa peau. »

– Dans son œil peut-être ? fit Prasville en plaisantant.

– Dans son œil, monsieur le secrétaire général, vous avez dit le mot juste.

– Quoi ?

– Dans son œil, je le répète. Et c'est une vérité qui aurait dû logiquement me venir à l'esprit au lieu de m'être révélée par le hasard. Et voici pourquoi. Daubrecq sachant que Clarisse Mergy avait surpris une lettre de lui par laquelle il demandait à un fabricant anglais « d'évider le cristal à l'intérieur de façon à laisser un vide qu'il fût impossible de soupçonner », Daubrecq devait, par prudence, détourner les recherches. Et c'est ainsi qu'il fit faire, sur un modèle fourni, un bouchon de cristal « évidé à l'intérieur ». Et c'est après ce bouchon de cristal que, vous et moi, nous courons depuis des mois, et c'est ce bouchon de cristal que j'ai déniché au fond d'un paquet de tabac... alors qu'il fallait...

– Alors qu'il fallait... ? questionna Prasville intrigué.

M. Nicole pouffa de rire.

– Alors qu'il fallait tout simplement s'en prendre à l'œil de Daubrecq, à cet œil « évidé à l'intérieur de façon à former une cachette invisible et impénétrable », à cet œil que voici.

Et M. Nicole, sortant de nouveau l'objet de sa poche, en frappa la table à diverses reprises, ce qui produisit le bruit d'un corps dur. Prasville murmura :

– Un œil de verre !

– Mon Dieu, oui, s'écria M. Nicole, qui riait de plus belle, un œil de verre ! un vulgaire bouchon de carafe que le brigand s'était introduit dans l'orbite à la place d'un œil mort, un bouchon de carafe, ou, si vous préférez, un bouchon de cristal, mais le véritable, cette fois, qu'il avait truqué, qu'il protégeait derrière le double rempart d'un binocle et de lunettes, et qui contenait et qui contient encore le talisman grâce auquel Daubrecq travaillait en toute sécurité.

Prasville baissa la tête et mit la main devant son front, pour dissimuler la rougeur de son visage : il possédait presque la liste des vingt-sept. Elle était devant lui, sur la table. Dominant son trouble, il dit, d'un air dégagé :

– Elle y est donc encore ?

– Du moins je le suppose, affirma M. Nicole.

– Comment vous supposez...

– Je n'ai pas ouvert la cachette. C'est un honneur que je vous réservais, monsieur le secrétaire général.

Prasville avança le bras, saisit l'objet et le regarda. C'était un bloc de cristal, imitant la nature à s'y tromper, avec tous les détails du globe de la prunelle, de la pupille, de la cornée. Tout de suite il vit, par-derrière, une partie mobile qui glissait. Il fit un effort. L'œil était creux. A l'intérieur, il y avait une boulette de papier. Il la déplia, et, rapidement, sans s'attarder à un examen préalable des noms, de l'écriture, ou de la signature, il leva les bras et tourna le papier vers la clarté des fenêtres.

– La croix de Lorraine s'y trouve bien ? demanda M. Nicole.

– Elle s'y trouve, répondit Prasville. Cette liste est la liste authentique.

Il hésita quelques secondes et demeura les bras levés, tout en réfléchissant, à ce qu'il allait faire. Puis, il replia le papier, le rentra dans son petit écrin de cristal et fit disparaître le tout dans sa poche.

M. Nicole, qui le regardait, lui dit :

– Vous êtes convaincu ?

– Absolument.

– Par conséquent, nous sommes d'accord ?

– Nous sommes d'accord.

Il y eut un silence, durant lequel les deux hommes s'observaient sans en avoir l'air. M. Nicole semblait attendre la suite de la conversation. Prasville qui, à l'abri des livres accumulés sur la table, tenait d'une main son revolver, et, de l'autre, touchait au bouton de la sonnerie électrique, Prasville sentait avec un âpre plaisir toute la force de sa position. Il était maître de la liste. Il était maître de Lupin !

« S'il bouge, pensait-il, je braque mon revolver sur lui et j'appelle. S'il m'attaque, je tire. »

A la fin, M. Nicole reprit :

– Puisque nous sommes d'accord, monsieur le secrétaire général, je crois qu'il ne vous reste plus qu'à vous hâter. L'exécution doit avoir lieu demain ?

– Demain.

– En ce cas, j'attends ici.

– Vous attendez quoi ?

– La réponse de l'Élysée.

– Ah ! quelqu'un doit vous apporter cette réponse ?

– Oui. Vous, monsieur le secrétaire général.

Prasville hocha la tête.

– Il ne faut pas compter sur moi, monsieur Nicole.

– Vraiment ? fit M. Nicole d'un air étonné. Peut-on savoir la raison ?

– J'ai changé d'avis.

– Tout simplement ?

– Tout simplement. J'estime que, au point où en sont les choses, après le scandale de cette nuit, il est impossible de rien tenter en faveur de Gilbert. De plus, une démarche en ce sens à l'Élysée, dans les formes où elle se présente, constitue un véritable chantage auquel, décidément, je refuse de me prêter.

– Libre à vous, monsieur. Ces scrupules, bien que tardifs, puisque vous ne les aviez pas hier, ces scrupules vous honorent. Mais alors, monsieur le secrétaire général, le pacte que nous avons conclu étant déchiré, rendez-moi la liste des vingt-sept.

– Pour quoi faire ?

– Pour m'adresser à un autre intermédiaire que vous.

– A quoi bon ! Gilbert est perdu.

– Mais non, mais non. J'estime au contraire qu'après l'incident de cette nuit, son complice étant mort, il est d'autant plus facile d'accorder cette grâce que tout le monde trouvera juste et humaine. Rendez-moi cette liste.

– Non.

– Bigre, monsieur, vous n'avez pas la mémoire longue, ni la conscience bien délicate. Vous ne vous rappelez donc pas vos engagements d'hier ?

– Hier, je me suis engagé vis-à-vis d'un M. Nicole.

– Eh bien ?

– Vous n'êtes pas M. Nicole.

– En vérité ! et qui suis-je donc ?

– Dois-je vous l'apprendre ?

M. Nicole ne répondit pas, mais il se mit à rire, comme s'il eût jugé avec satisfaction le tour singulier que prenait l'entretien, et Prasville éprouva une inquiétude confuse en voyant cet accès de gaieté. Il serra la crosse de son arme et se demanda s'il ne devait pas appeler du secours.

M. Nicole poussa sa chaise tout près du bureau, posa ses deux coudes sur les papiers, considéra son interlocuteur bien en face et ricana :

– Ainsi, monsieur Prasville, vous savez qui je suis, et vous avez l'aplomb de jouer ce jeu avec moi ?

– J'ai cet aplomb, dit Prasville qui soutint le choc sans broncher.

– Ce qui prouve que vous me croyez, moi, Arsène Lupin... prononçons le nom... oui, Arsène Lupin... ce qui prouve que vous me croyez assez idiot, assez poire, pour me livrer ainsi pieds et poings liés ?

– Mon Dieu plaisanta Prasville, en tapotant le gousset où il avait enfoui le globe de cristal, je ne vois pas trop ce que vous pouvez faire, monsieur Nicole, maintenant que l'œil de Daubrecq est là, et que, dans l'œil de Daubrecq, se trouve la liste des vingt-sept.

– Ce que je peux faire ? répéta M. Nicole, avec ironie.

– Eh oui ! le talisman ne vous protégeant plus, vous ne valez plus que ce que peut valoir un homme tout seul qui s'est aventuré au coeur même de la Préfecture de Police, parmi quelques douzaines de gaillards qui se tiennent derrière chacune de ces portes, et quelques centaines d'autres qui accourront au premier signal.

M. Nicole eut un haussement d'épaules, et il regarda Prasvile avec pitié.

– Savez-vous ce qui arrive, monsieur le secrétaire général ? Eh bien, vous aussi, toute cette histoire vous tourne la tête. Possesseur de la liste, vous voilà subitement, comme état d'âme, au niveau d'un Daubrecq ou d'un Albufex. Il n'est même plus question, dans votre esprit, de la porter à vos chefs afin que soit anéanti ce ferment de honte et de discorde. Non, non... une tentation soudaine vous grise, et, pris de vertige, vous vous dites : « Elle est là, dans ma poche. Avec cela, je suis tout-puissant. Avec cela, c'est la richesse, le pouvoir absolu, sans limites. Si j'en profitais ? Si je laissais mourir Gilbert, et mourir Clarisse Mergy ? Si je faisais coffrer cet imbécile de Lupin ? Si j'empoignais cette occasion unique de fortune ? »

Il s'inclina vers Prasville, et très doucement, d'un ton de confidence, amical, il lui dit :

– Faites pas ça, cher monsieur, faites pas ça.

– Et pourquoi donc ?

– Ce n'est pas votre intérêt, croyez-moi.

– En vérité !

– Non. Ou bien, si vous tenez absolument à le faire, veuillez auparavant consulter les vingt-sept noms de la liste que vous venez de me cambrioler, et méditez le nom du troisième personnage.

– Ah Et le nom de ce troisième personnage ?

– C'est celui d'un de vos amis.

– Lequel ?

– L'ex-député Stanislas Vorenglade.

– Et après ? dit Prasville, qui parut perdre un peu de son assurance.

– Après ? Demandez-vous si, derrière ce Vorenglade, une enquête, même sommaire, ne finirait pas par découvrir celui qui partageait avec lui certains petits bénéfices.

– Et qui s'appelle ?

– Louis Prasville.

– Qu'est-ce que vous chantez ? balbutia Prasville.

– Je ne chante pas, je parle. Et je dis que, si vous m'avez démasqué, votre masque à vous ne tient plus beaucoup, et que, là-dessous, ce qu'on aperçoit, n'est pas joli, joli.

Prasville s'était levé. M. Nicole donna sur la table un violent coup de poing, et s'écria :

– Assez de bêtises, monsieur ! voilà vingt minutes qu'on tourne tous les deux autour du pot. Ça suffit. Concluons maintenant. Et, tout d'abord, lâchez vos pistolets. Si vous vous figurez que ces mécaniques-là me font peur ! Allons, et finissons-en, je suis pressé.

Il mit sa main sur l'épaule de Prasville et scanda :

– Si, dans une heure, vous n'êtes pas revenu de la Présidence, porteur de quelques lignes affirmant que le décret de grâce est signé... Si, dans une heure dix minutes, moi, Arsène Lupin, je ne sors pas d'ici sain et sauf, entièrement libre, ce soir, quatre journaux de Paris recevront quatre lettres choisies dans la correspondance échangée entre Stanislas Vorenglade et vous, correspondance que Stanislas Vorenglade m'a vendue ce matin. Voici votre chapeau, votre canne et votre pardessus. Filez. J'attends.

Il se passa ce fait extraordinaire, et pourtant fort explicable, c'est que Prasville n'émit pas la plus légère protestation et n'entama pas le plus petit commencement de lutte. Il eut la sensation soudaine, profonde, totale, de ce qu'était, dans son ampleur et dans sa toute-puissance, ce personnage qu'on appelait Arsène Lupin. Il ne songea même pas à épiloguer, à prétendre – ce qu'il avait cru jusque-là – que les lettres avaient été détruites par le député Vorenglade, ou bien, en tout cas, que Vorenglade n'oserait pas les livrer, puisque, en agissant ainsi, c'eût été se perdre soi-même. Non. Il ne souffla pas mot. Il se sentait étreint dans un étau dont aucune force ne pouvait desserrer les branches. Il n'y avait rien à faire qu'à céder.

Il céda.

– Dans une heure ici, répéta M. Nicole.

– Dans une heure, dit Prasville, avec une docilité parfaite.

Cependant il précisa :

– Cette correspondance me sera rendue contre la grâce de Gilbert ?

– Non.

– Comment non ? Alors il est inutile...

– Elle vous sera rendue intégralement deux mois après le jour où mes amis et moi aurons fait évader Gilbert, cela grâce à la surveillance très lâche qui, conformément aux ordres donnés, sera exercée autour de lui.

– C'est tout ?

– Non. Il y a encore deux conditions.

– Lesquelles ?

– 1° La remise immédiate d'un chèque de quarante mille francs. Quarante mille francs !

– C'est le prix auquel Vorenglade m'a vendu les lettres. En toute justice...

– Après ?

– 2° Votre démission, dans les six mois, du poste que vous occupez.

– Ma démission ! mais pourquoi ?

M. Nicole eut un geste très digne.

– Parce qu'il est immoral qu'un des postes les plus élevés de la Préfecture de Police soit occupé par un homme dont la conscience n'est pas nette. Faites-vous octroyer une place de député, de ministre, ou de concierge, enfin toute situation que votre réussite vous permettra d'exiger. Mais secrétaire général de la Préfecture, non, pas cela. Ça me dégoûte.

Prasville réfléchit un instant. L'anéantissement subit de son adversaire l'eût profondément réjoui, et, de tout son esprit, il chercha les moyens d'y parvenir. Mais que pouvait-il faire ?

Il se dirigea vers la porte et appela :

– Monsieur Lartigue ?

Et plus bas, mais de manière à ce que M. Nicole l'entendît :

– Monsieur Lartigue, congédiez vos agents. Il y a erreur. Et que personne n'entre dans mon bureau pendant mon absence. Monsieur m'y attendra.

Il prit le chapeau, la canne et le pardessus que M. Nicole lui tendait, et sortit.

«Tous mes compliments, monsieur, murmura Lupin, quand la porte se fut refermée, vous vous êtes montré d'une correction parfaite... Moi aussi d'ailleurs... avec une pointe de mépris peut-être un peu trop apparente... et un peu trop de brutalité. Mais, bah ! ces affaires-là demandent à être menées tambour battant. Il faut étourdir l'ennemi. Et puis, quoi, quand on a la conscience d'une hermine, on ne saurait le prendre de trop haut avec ces sortes de gens. Relève la tête, Lupin. Tu fus le champion de la morale offensée. Sois fier de ton œuvre. Et maintenant allonge-toi, et dors. Tu l'as bien gagné. »

Lorsque Prasville revint, il trouva Lupin endormi profondément et il dut lui frapper l'épaule pour le réveiller.

– C'est fait ? demanda Lupin.

– C'est fait. Le décret de grâce sera signé tantôt. En voici la promesse écrite.

– Les quarante mille francs ?

– Voici le chèque.

– Bien. Il ne me reste plus qu'à vous remercier, monsieur.

– Ainsi, la correspondance ?

– La correspondance de Stanislas Vorenglade vous sera remise aux conditions indiquées. Cependant je suis heureux de pouvoir dès maintenant, et en signe de reconnaissance, vous donner les lettres que je devais envoyer aux journaux.

– Ah fit Prasville, vous les aviez donc sur vous ?

– J'étais tellement sûr, monsieur le secrétaire général, que nous finirions par nous entendre !

Il extirpa de son chapeau une enveloppe assez lourde, cachetée de cinq cachets rouges, et qui était épinglée sous la coiffe, et il la tendit à Prasville qui l'empocha vivement. Puis il dit encore :

– Monsieur le secrétaire général, je ne sais trop quand j'aurai le plaisir de vous revoir. Si vous avez la moindre communication à me faire, une simple ligne aux petites annonces du Journal suffira. Comme adresse : Monsieur Nicole. Je vous salue.

Il se retira.

A peine seul, Prasville eut l'impression qu'il s'éveillait d'un cauchemar pendant lequel il avait accompli des actes incohérents, et sur lesquels sa conscience n'avait eu aucun contrôle. Il fut près de sonner, de jeter l'émoi dans les couloirs, mais en ce moment on frappait à la porte, et l'un des huissiers entra vivement.

Qu'est-ce qu'il y a ? demanda Prasville.

– Monsieur le secrétaire général, c'est M. le député Daubrecq qui désire être reçu pour une affaire urgente.

– Daubrecq ! s'écria Prasville stupéfait. Daubrecq ici ! Faites entrer.

Daubrecq n'avait pas attendu l'ordre. Il se précipitait vers Prasville, essoufflé, les vêtements en désordre, un bandeau sur l'œil gauche, sans cravate, sans faux col, l'air d'un fou qui vient de s'échapper, et la porte n'était pas close qu'il agrippait Prasville de ses deux mains énormes.

– Tu as la liste ?

– Oui.

– Tu l'as achetée ?

– Oui.

– Contre la grâce de Gilbert ?

– Oui.

– C'est signé ?

– Oui.

Daubrecq eut un mouvement de rage.

– Imbécile ! Imbécile ! Tu t'es laissé faire ! Par haine contre moi, n'est-ce pas ? Et maintenant tu vas te venger ?

– Avec un certain plaisir, Daubrecq. Rappelle-toi ma petite amie de Nice, la danseuse de l'Opéra... C'est ton tour, maintenant, de danser.

– Alors, c'est la prison ?

– Pas la peine, dit Prasville. Tu es fichu. Privé de liste, tu vas t'effondrer de toi-même. Et, moi, j'assisterai à ta débâcle. Voilà ma vengeance.

– Et tu crois ça proféra Daubrecq exaspéré. Tu crois qu'on m'étrangle comme un poulet, et que je ne saurai pas me défendre, et que je n'ai plus de griffes et de crocs pour mordre. Eh bien mon petit, si je reste sur le carreau, il y en aura toujours un qui tombera avec moi... ce sera le sieur Prasville, l'associé de Stanislas Vorenglade, lequel Stanislas Vorenglade va me remettre toutes les preuves possibles contre lui, de quoi te faire ficher en prison sur l'heure. Ah ! je te tiens. Avec ces lettres, tu marcheras droit, crebleu et il y a encore de beaux jours pour le député Daubrecq. Quoi ? tu rigoles ? ces lettres n'existent peut-être pas ?

Prasville haussa les épaules.

– Si, elles existent. Mais Vorenglade ne les a plus.

– Depuis quand ?

– Depuis ce matin. Vorenglade les a vendues, il y a deux heures, contre la somme de quarante mille francs. Et moi, je les ai rachetées, le même prix.

Daubrecq eut un rire formidable.

– Dieu que c'est drôle Quarante mille francs ! Tu as payé quarante mille francs ! A M. Nicole, n'est-ce pas, à celui qui t'a vendu la liste des vingt-sept ? Eh bien ! veux-tu que je te dise le vrai nom de ce M. Nicole ? C'est Arsène Lupin.

– Je le sais bien.

– Peut-être. Mais ce que tu ne sais pas, triple idiot, c'est que j'arrive de chez Stanislas Vorenglade, et que Stanislas Vorenglade a quitté Paris depuis quatre jours Ah ! Ah ! ce qu'elle est bonne, celle-là ! On t'a vendu du vieux papier ! Et quarante mille francs ! Mais quel idiot !

Il partit en riant aux éclats, et laissant Prasville absolument effondré.

Ainsi Arsène Lupin ne possédait aucune preuve, et quand il menaçait, et quand il ordonnait, et quand il le traitait, lui, Prasville, avec cette désinvolture insolente, tout cela c'était de la comédie, du bluff !

– Mais non.., mais non, ce n'est pas possible... répétait le secrétaire général... J'ai l'enveloppe cachetée... Elle est là... Je n'ai qu'à l'ouvrir.

Il n'osait pas l'ouvrir. Il la maniait, la soupesait, la scrutait... Et le doute pénétrait si rapidement en son esprit qu'il n'eut aucune surprise, l'ayant ouverte, de constater qu'elle contenait quatre feuilles de papier blanc.

« Allons, se dit-il, je ne suis pas de force. Mais tout n'est pas fini. » Tout n'était pas fini en effet. Si Lupin avait agi avec autant d'audace, c'est que les lettres existaient et qu'il comptait bien les acheter à Stanislas Vorenglade. Mais puisque, d'autre part, Vorenglade ne se trouvait pas à Paris, la tâche de Prasville consistait simplement à devancer la démarche de Lupin auprès de Vorenglade, et à obtenir de Vorenglade, coûte que coûte, la restitution de ces lettres si dangereuses.

Le premier arrivé serait le vainqueur.

Prasville reprit son chapeau, son pardessus et sa canne, descendit, monta dans une auto et se fit conduire au domicile de Vorenglade. Là, il lui fut répondu qu'on attendait l'ancien député, retour de Londres, à six heures du soir.

Il était deux heures de l'après-midi.

Prasville eut donc tout le loisir de préparer son plan.

A cinq heures, il arrivait à la gare du Nord et postait, de droite et de gauche, dans les salles d'attente et dans les bureaux, les trois ou quatre douzaines d'inspecteurs qu'il avait emmenés.

De la sorte il était tranquille.

Si M. Nicole tentait d'aborder Vorenglade, on arrêtait Lupin. Et, pour plus de sûreté, on arrêtait toute personne pouvant être soupçonnée, ou bien d'être Lupin, ou un émissaire de Lupin.

En outre, Prasville effectua une ronde minutieuse dans toute la gare. Il ne découvrit rien de suspect. Mais, à six heures moins dix, l'inspecteur principal Blanchon, qui l'accompagnait, lui dit :

– Tenez, voilà Daubrecq.

C'était Daubrecq, en effet, et la vue de son ennemi exaspéra tellement le secrétaire général qu'il fut sur le point de le faire arrêter. Mais pour quel motif ? De quel droit ? En vertu de quel mandat ?

D'ailleurs, la présence de Daubrecq prouvait, avec plus de force encore, que tout dépendait maintenant de Vorenglade. Vorenglade possédait les lettres. Qui les aurait ? Daubrecq ? Lupin ? ou lui, Prasville ?

Lupin n'était pas là et ne pouvait pas être là. Daubrecq n'était pas en mesure de combattre. Le dénouement ne faisait donc aucun doute : Prasville rentrerait en possession de ses lettres, et, par là même, échapperait aux menaces de Daubrecq et de Lupin et recouvrerait contre eux ses moyens d'action.

Le train arrivait.

Conformément aux ordres de Prasville, le commissaire de la gare avait donné l'ordre qu'on ne laissât passer personne sur le quai. Prasville s'avança donc seul, précédant un certain nombre de ses hommes, que conduisait l'inspecteur principal Blanchon. Le train stoppa.

Presque aussitôt Prasville aperçut, à la portière d'un compartiment de première classe situé vers le milieu, Vorenglade.

L'ancien député descendit, puis donna la main, pour l'aider à descendre, à un monsieur âgé qui voyageait avec lui.

Prasville se précipita et lui dit vivement :

– J'ai à te parler, Vorenglade.

Au même instant, Daubrecq, qui avait réussi à passer, surgissait, et s'écria :

– Monsieur Vorenglade, j'ai reçu votre lettre. Je suis à votre disposition.

Vorenglade regarda les deux hommes, reconnut Prasville et Daubrecq, et sourit :

– Ah ah ! il paraît que mon retour était attendu avec impatience. De quoi donc s'agit-il ? D'une certaine correspondance, n'est-ce pas ?

– Mais oui... mais oui... répondirent les deux hommes, empressés autour de lui.

– Trop tard, déclara-t-il.

– Hein ? Quoi ? Qu'est-ce que vous dites ?

– Je dis qu'elle est vendue.

– Vendue ! mais à qui ?

– A monsieur, répliqua Vorenglade, en désignant son compagnon de voyage, à monsieur qui a jugé que l'affaire valait bien un petit dérangement, et qui est venu au-devant de moi jusqu'à Amiens.

Le monsieur âgé, un vieillard emmitouflé de fourrures et courbé sur une canne, salua.

« C'est Lupin, pensa Prasville, il est hors de doute que c'est Lupin. »

Et il jeta un coup d'œil du côté des inspecteurs, prêt à les appeler. Mais le monsieur âgé expliqua :

– Oui, il m'a semblé que cette correspondance méritait quelques heures de chemin de fer, et la dépense de deux billets d'aller et retour.

– Deux billets ?

– Un pour moi, et le second pour un de mes amis.

– Un de vos amis ?

– Oui. Il nous a quittés, il y a quelques minutes, et, par les couloirs, il a gagné l'avant du train. Il était pressé.

Prasville comprit ; Lupin avait eu la précaution d'emmener un complice ; et ce complice emportait la correspondance. Décidément la partie était perdue. Lupin tenait la proie solidement. Il n'y avait qu'à s'incliner et à subir les conditions du vainqueur.

– Soit, monsieur, dit-il. Quand l'heure sera venue, nous nous verrons. A bientôt, Daubrecq, tu entendras parler de moi.

Et il ajouta, entraînant Vorenglade :

– Quant à toi, Vorenglade, tu joues là un jeu dangereux.

– Et pourquoi donc, mon Dieu ? fit l'ancien député.

Ils s'en allèrent tous les deux. Daubrecq n'avait pas dit un mot, et il restait immobile, comme cloué au sol.

Le monsieur âgé s'approcha de lui et murmura :

– Dis donc, Daubrecq, il faut te réveiller, mon vieux... Le chloroforme, peut-être ?...

Daubrecq serra les poings et poussa un grognement sourd.

– Ah ! fit le monsieur âgé... je vois que tu me reconnais... Alors tu te rappelles cette entrevue, il y a plusieurs mois, quand je suis venu te demander, dans ta maison du square Lamartine, ton appui en faveur de Gilbert ? Je t'ai dit ce jour-là : « Bas les armes. Sauve Gilbert, et je te laisse tranquille. Sinon je te prends la liste des vingt-sept, et tu es fichu. » Eh bien, je crois que tu es fichu. Voilà ce que c'est de ne pas s'entendre avec ce bon M. Lupin. On est sûr un jour ou l'autre d'y perdre jusqu'à sa chemise. Enfin ! que cela te serve de leçon ! Ah ! ton portefeuille que j'oubliais de te rendre. Excuse-moi si tu le trouves un peu allégé. Il y avait dedans, outre un nombre respectable de billets, le reçu du garde-meuble où tu as mis en dépôt le mobilier d'Enghien que tu m'avais repris. J'ai cru devoir t'épargner la peine de le dégager toi-même. A l'heure qu'il est, ce doit être fait. Non, ne me remercie pas. Il n'y a pas de quoi. Adieu, Daubrecq. Et si tu as besoin d'un louis ou deux pour t'acheter un autre bouchon de carafe, je suis là. Adieu, Daubrecq.

Il s'éloigna.

Il n'avait pas fait cinquante pas que le bruit d'une détonation retentit.

Il se retourna.

Daubrecq s'était fait sauter la cervelle.

– De profundis, murmura Lupin, qui enleva son chapeau.

Un mois plus tard, Gilbert, dont la peine avait été commuée en celle des travaux forcés à perpétuité, s'évadait de l'île de Ré, la veille même du jour où on devait l'embarquer pour la Guyane.

Étrange évasion, dont les détails demeurent inexplicables, et qui, autant que le coup de fusil du boulevard Arago, contribua au prestige d'Arsène Lupin.

– Somme toute, me dit Lupin, après m'avoir raconté les diverses phases de l'histoire, somme toute, aucune entreprise ne m'a donné plus de mal, ne m'a coûté plus d'efforts, que cette sacrée aventure, que nous appellerons, si vous voulez bien : « Le bouchon de cristal, ou comme quoi il ne faut jamais perdre courage. » En douze heures, de six heures du matin à six heures du soir, j'ai réparé six mois de malchances, d'erreurs, de tâtonnements et de défaites. Ces douze heures-là, je les compte certes parmi les plus belles et les plus glorieuses de ma vie.

– Et Gilbert, qu'est-il devenu ?

– Il cultive ses terres, au fond de l'Algérie, sous son vrai nom, sous son seul nom d'Antoine Mergy. Il a épousé une Anglaise, et ils ont un fils qu'il a voulu appeler Arsène. Je reçois souvent de lui de bonnes lettres enjouées et affectueuses. Tenez, encore une aujourd'hui. Lisez : « Patron, si vous saviez ce que c'est bon d'être un honnête homme, de se lever le matin avec une longue journée de travail devant soi, et de se coucher le soir harassé de fatigue. Mais vous le savez, n'est-ce pas ? Arsène Lupin a sa manière un peu spéciale, pas très catholique. Mais, bah ! au jugement dernier, le livre de ses bonnes actions sera tellement rempli qu'on passera l'éponge sur le reste. Je vous aime bien, patron. » Le brave enfant ! ajouta Lupin, pensif.

– Et Mme Mergy ?

– Elle demeure avec son fils ainsi que son petit Jacques.

– Vous l'avez revue ?

– Je ne l'ai pas revue.

– Tiens !

Lupin hésita quelques secondes, puis il me dit en souriant :

– Mon cher ami, je vais vous révéler un secret qui va me couvrir de ridicule à vos yeux. Mais vous savez que j'ai toujours été sentimental comme un collégien et naïf comme une oie blanche. Eh bien, le soir où je suis revenu vers Clarisse Mergy, et où je lui ai annoncé les nouvelles de la journée – dont une partie, d'ailleurs, lui était connue – j'ai senti deux choses, très profondément. D'abord, que j'éprouvais pour elle un sentiment beaucoup plus vif que je ne croyais, ensuite et par contre, qu'elle éprouvait, pour moi, un sentiment qui n'était dénué ni de mépris, ni de rancune, ni même d'une certaine aversion.

– Bah ! Et pourquoi donc ?

– Pourquoi ? Parce que Clarisse Mergy est une très honnête femme, et que je ne suis... qu'Arsène Lupin.

– Ah !

– Mon Dieu, oui, bandit sympathique, cambrioleur romanesque et chevaleresque, pas mauvais diable au fond... tout ce que vous voudrez... N'empêche que, pour une femme vraiment honnête, de caractère droit et de nature équilibrée, je ne suis... quoi... qu'une simple fripouille.

Je compris que la blessure était plus aiguë qu'il ne l'avouait, et je lui dis :

– Alors, comme ça, vous l'avez aimée ?

– Je crois même, dit-il d'un ton railleur, que je l'ai demandée en mariage. N'est-ce pas ? je venais de sauver son fils... Alors... je m'imaginais... Quelle douche cela a jeté un froid entre nous... Depuis...

– Mais depuis vous l'avez oubliée ?

– Oh ! certes. Mais combien difficilement ! Et pour mettre entre nous une barrière infranchissable, je me suis marié.

– Allons donc ! vous êtes marié, vous, Lupin ?

– Tout ce qu'il y a de plus marié, et le plus légitimement du monde. Un des plus grands noms de France. Fille unique... Fortune colossale... Comment ! vous ne connaissez pas cette aventure-là ? Elle vaut pourtant la peine d'être connue.

Et, sans plus tarder, Lupin, qui était en veine de confidences, se mit à me raconter l'histoire de son mariage avec Angélique de Sarzeau-Vendôme, princesse de Bourbon-Condé, aujourd'hui sœur Marie-Auguste, humble religieuse cloîtrée au couvent des Dominicaines...

Mais, dès les premiers mots, il s'arrêta, comme si tout à coup son récit ne l'eût plus intéressé, et il demeura songeur.

– Qu'est-ce que vous avez, Lupin ?

– Moi ? Rien.

– Mais si... Et puis, tenez, voilà que vous souriez... C'est la cachette de Daubrecq, son œil de verre, qui vous fait rire ?

– Ma foi, non.

– En ce cas ?

– Rien, je vous dis... rien qu'un souvenir...

– Un souvenir agréable ?

– Oui ... oui... délicieux même. C'était la nuit, au large de l'île de Ré, sur la barque de pêche où Clarisse et moi nous emmenions Gilbert... Nous étions seuls, tous les deux, à l'arrière du bateau... Et je me rappelle... J'ai parlé, j'ai dit des mots et des mots encore... tout ce que j'avais sur le cœur... Et puis... et puis, ce fut le silence qui trouble et qui désarme...

– Eh bien ?

– Eh bien, je vous jure que la femme que j'ai serrée contre moi... Oh pas longtemps, quelques secondes... N'importe ! je vous jure Dieu que ce n'était pas seulement une mère reconnaissante, ni une amie qui se laisse attendrir, mais une femme aussi, une femme tremblante et bouleversée...

Il ricana :

– Et qui s'enfuyait le lendemain, pour ne plus me revoir.

Il se tut de nouveau. Puis il murmura :

– Clarisse... Clarisse... le jour où je serai las et désabusé, j'irai vous retrouver là-bas, dans la petite maison arabe... dans la petite maison blanche... où vous m'attendez, Clarisse... où je suis sûr que vous m'attendez...

B 2
B & C